الوابل

رواية

الوابل

لويس لانديرو

ترجمة: عبد الرحمن مرزوق

دار جامعة حمد بن خليفة للنشر
HAMAD BIN KHALIFA UNIVERSITY PRESS

دار جامعة حمد بن خليفة للنشر
صندوق بريد 5825
الدوحة، دولة قطر

www.hbkupress.com

© Luis Landero, 2019
Published by agreement with Tusquets Editores, Barcelona, Spain

جميع الحقوق محفوظة.

لا يجوز استخدام أو إعادة طباعة أي جزء من هذا الكتاب بأي طريقة دون الحصول على الموافقة الخطية من الناشر باستثناء حالة الاقتباسات المختصرة التي تتجسد في الدراسات النقدية أو المراجعات.

إن الآراء الواردة في هذا الكتاب لا تعبر بالضرورة عن رأي الناشر.

الطبعة العربية الأولى عام 2023

الترقيم الدولي: 9789927164156

تمت الطباعة في الدوحة - قطر .

مكتبة قطر الوطنية بيانات الفهرسة – أثناء – النشر (فان)

لانديرو، لويس، 1948- مؤلف.

[Lluvia fina]. Arabic

الوابل : رواية / لويس لانديرو ؛ ترجمة عبد الرحمن مرزوق. - الطبعة العربية الأولى. - الدوحة، دولة قطر : دار جامعة حمد بن خليفة للنشر، 2023.

222 صفحة ؛ 22 سم

تدمك 978-992-716-415-6

ترجمة لكتاب: Lluvia fina.

1. الأسرة -- القصص. 2. القصص الإسبانية -- المترجمات إلى العربية. 3. الروايات. أ. العنوان.

PQ6662.A616 L58125 2023

863.64 – dc23 202328647853

إلى أليخاندرو
ابني وفلذة كبدي والفيلسوف الشجاع
دائمًا في قلبي.

1

لعلك أدركت الآن أن حكاياتنا ليست قبسًا من نور الملائكة، ولا كانت أحاديثنا اليومية، أو هنات الكلمات ونقائصها، أو تلك الأقاويل التي تلوكها الألسنة شغلًا لها، بلا فائدة يومًا كذلك. ولعلك علمت الآن أن أحاديث الأحلام لا تتفجر منها ينابيع البراءة. إني أجد شيئًا في روح الكلمات يمزجها بالخطر والمخاطرة، وليس صحيحًا أن الريح تُلقيها في آذاننا بلا زيادة أو نقصان، فهذا ليس طبعها. قد تنتظر أصداء كلمات انقضت حيواتها، رفيعة الشأن كانت أم وضيعة، في كهوف الذاكرة، خاملةً لِحقب متعاقبة، تنتظر يوم بعثها لتعود قوية إلى الحاضر، تُبرز أحداث الماضي وتجلو غموضها. تعود هذه الكلمات بعد بعثها بروح قوية، ولسان طلق، وأيدٍ منبسطة، كعنقاء تُبعث من عصفور. ها هي، أراها قادمة تسد الأفق من حولها، متدثرة بملابس غريبة على قرع طبول عجيبة، وخلفها آثار لم أرَ مثلها قَطُّ، لتصدع بأنباء ماضٍ لعله لم يحدث. وإن عجبت فاعجب من حكايات الماضي وكلماته المنبعثة من ظلمات الذاكرة، فإنها إن تأتِ تأتِ موتورة حزينة مكتسيةً بزي الحرب، مطالبةً بالبراءة، دافعةً نحو الشِّقاق، كما لو أنها غاصت في عوالم خيالاتها في بئر النسيان وعُجنت بمخلوقاته، فلا ينجلي الصبح إلا وقد مُسخت كل ذرة منها كما مَسخت الوحوش الدكتور مورو. وهكذا نفتح الأبواب لتلك المسوخ من كلمات الأمس وحكاياته، فلا نستطيع أن نرفع بصرنا عن سحرها على الرغم من وجهها المشوه، لتنفث في روعنا معانيها الجديدة وحججها الوليدة فتخلب ألبابنا وتستبد بها. كل هذا ونحن لم نأتِ على ذكر إيماءاتنا وحركاتنا التي

تصاحب منطوقنا، وإن شئنا قلنا ذلك الأداء المسرحي الذي يصوِّر كلماتنا، وهي في كثير من الأحيان أوقع في النفوس من الكلمات، بل قد تفنى الكلمات وتظل الإيماءات والحركات حيَّة في الذاكرة، لتجعلنا في حيرة، فلا ندري إن كنا نتذكر الكلمات أم نتذكر مشهدها الذي انطلقت فيه، وبحر الإيماءات الذي سبحت فيه، والضحكات، والنظرات، وحركات الأيدي، والأكتاف، ولحظات الصمت الفاضحة، وما تفضحه أبداننا ولو كتمناه.

تغطي سحائب الإرهاق وجه أورورا، المحملة بتخمينات السوء التي تستبد بعقلها وتقض مضجعها. وهكذا يمر زمن طويل بطول الحياة تسمع فيه حكايات لا تُحكى إلا سرًّا، وكلمات فوق كلمات لا تُقال إلا همسًا، حكايات تمتد جذورها إلى زمن بعيد، زمن انقضت آثاره بين الناس، لكن حكاياته لا تزال حيةً نابضة كما كانت في فتوتها إن لم تكن أكثر. حبا الله أورورا سرًّا يزرع في قلوب الناس الثقة بها، ويولِّد في صدورهم الرغبة في البوح الصادق لها بما يجيش في نفوسهم، ويطلق ألسنتهم ليحكوا لها شذرات من حياتهم، قد لا تكون ألسنتهم باحت بها لغيرها قَطُّ. لكن هذه هي أورورا، يحب الجميع البوح بما في صدورهم لها، ويحبها الجميع، ويحبون رحابة صدرها وأسلوبها المحبب وإصغاءها الجميل.

إن شئت فقل إن روحها تتمتع بسر إعجازي فيها، فمن يرَها تزرع على شفتيه ابتسامة لا تفارقه وترغمه على الوقوف بين يديها ليسألها عن أي شيء، مثل اسمها أو برجها أو زهرتها المفضلة، وبهذا ينتهي الأمر بالجميع وهم يخبرونها عن بواعث أفراحهم ونجاحاتهم وعقباتهم وعثراتهم.

«هكذا بالضبط تعرفت على غابرييل»، وكان هذا منذ نحو عشرين عامًا، فقد لمحها وهي تعبر شارعًا مكتظًّا، حينها ألجمته الحيرة، فاقترب منها متجاهلًا مَن حولهما، وحدق إليها كما لو كان يحدق إلى جسم مشوش يريد

التيقن منه، وسألها إن كانا قد تعارفا من قبل، فأجابت بـ«لا»، فأجاب بحسم: «نعم»، وراح يجعِّد وجهه محاولًا التذكُّر، فلم يجاوزه الشك بأنه رآها في مكان آخر، أو في حياة أخرى، أو ربما في حلم. وكان المارة يمرقون بينهما، ثم حدث ما يحدث عادةً في تلك المواقف؛ فيبدأ المرء بقول دعيني أخمِّن اسمكِ أو أتذكره، ربطة شعركِ غريبة، من أين أنتِ؟ ما عملكِ؟ هل أنتِ متأكدة أننا لم نتعارف؟ ثم ضمهما مقهى في مساء ذلك اليوم، واستبدت بغابرييل شهوة الكلام فتحدث مطولًا عن نفسه، وعما يحب، وعن هواياته، وعن مشروعه للمستقبل، ثم أخبرها عن جزء كبير من حياته. وفي هذه الأمسية أنصتت إنصاتًا جميلًا، ولم تبدُ عليها أيٌّ من علامات التعب أو الندم على وقتها الذي استباحه. ومضى الوقت وهي تنصت إلى حكاياته وكلماته ووقفاته، وكانت تتطلع إلى الدهشة، وتتشوق إلى معرفة المزيد، وترحب بما يقول. وفي ختام لقائهما قال غابرييل محتفيًا بهذا اللقاء:

- لم يمر عليَّ قَطُّ شخص متميز كتميزك، أو يتمتع بحلاوة روح كروحك.

وكانت كلماته هذه مقدمة إعلان حب سيجمعهما.

لاحقًا اصطحبها غابرييل إلى المنزل، فقد كانت امرأة لا تعوزها الثقة في نفسها. وانطلق غابرييل في الطريق يتحدث عن السعادة، موضوعه المفضَّل، حيث لم يدرس الفلسفة ليكون أستاذًا لها من فراغ، بل دأب منذ صغر سِنه على القراءة والتفكُّر في أمر السعادة، وعرف منذ وقت طويل أن طُرق العيش في كل عصر ومجتمع تزيد من سعادة البشر أو تنتقص منها.

- أمر شائق.

هكذا صرَّحت أورورا، وهكذا تشجَّع غابرييل وقال لها إنه يظن أن السعادة أمر نتعلَّمه، وأنها يجب أن تكون المهارة الأولى التي نتعلَّمها

صغارًا، كما نتعلم ضرورة التعايش مع العقبات التي يضعها القدر في طريقنا، وهذا هو الدرس الأول الواجب لترتقي أرواحنا وتطفو فوق تعقيدات الحياة - وهنا حلَّق غابرييل بأصابعه متمثلًا تدفق الماء الذي لا تضره حدود الواقع - وهكذا لا تستطيع المِحن، ولا الثروات، ولا رتابة الأيام، ولا رغبتنا المميتة في بلوغ المستحيل، ولا القضاء والقدر، ولا تلك الرغبات المُلحة في الحصول على المتع الفورية، ولا حتى الخوف من الموت، أن تُلقي بأرواحنا في غياهب الإحباط وفقدان الأمل. وكان غابرييل يتوقف كل حين، لا ليرى أثر الكلمات عليها، ولا ليرى كيف يزين إنصاتها الجميل ذلك الحوار الممتد، لكنه يتوقف بحثًا عن كلمات يعبر بها، وهو يشعر أن الأمر أعقد من أن يُفصح عنه في بضع كلمات. امتد حوارهما، وأفصحت عن أنها تفضِّل الحديث الهادئ حول هذه الأمور، وقد تورَّدت وجنتاها وهي تُلقي إليه بهذه الملاحظة. وهكذا جمعتهما أمسيات أخرى بعدما وافقت أورورا على ذلك. وشيئًا فشيئًا لعب غابرييل دور الدليل الخبير في شعاب السعادة، ووافقت هي وتبعته بخضوع. ومضى الاثنان يشقان طريقهما نحو المستقبل كما لو كانا في غابة مسحورة تكمن فيها المخاطر من كل جانب. وكان هو في الرحلة الإمام والقائد، يمسك بيدها ليحميها من أي خطر، كما لو كانت طفلة صغيرة، أو مخلوقة ضئيلة، أو قارورة رقيقة يجب أن يتعامل معها المرء بعناية شديدة. وهكذا انقضت عشرون عامًا وهما في طريقهما، من دون أن يصلا إلى وجهتهما، وأصبحا يضلان الطريق في كل مرَّة أكثر من سابقتها، وامتلأ طريقهما بالرَّيب، وفقدا بلا شك وجهتهما نحو السعادة. لماذا إذن يقولون إن الحكايات تتلبسها البراءة، وإن الريح تحمل الكلمات بلا زيادة أو نقصان؟ ما فتئت هذه الموهبة الإعجازية ملازمة لها طوال حياتها. فكل من ضاق صدره بشيء، بحث عنها ليبوح به لها.

ربما نبعت هذه الموهبة من صفائها الهادئ الذي تعلوه مسحة حزن، ومن طريقتها في التبسُّم والنظر إلى الآخرين، فما لبث الناس يخبرونها: «ابتسامتكِ جميلة يعلوها الحزن»، «ما أجمل مُحياكِ»، «النظر إليكِ يبعث في النفس لذةً»، «ما أجمل بريق عينيكِ». «هذا كثير، هذا لا يُحتمل»، هذا ما مر في بالها، ثم عادت مرَّة أخرى إلى الواقع برعشة خفيفة وتنهيدة. لقد بدأ الظلام يُخيِّم، وانطلق الأولاد منذ برهة طويلة، خرجوا كالعِقد المنظَّم، ثم انفرط عقدهم وانطلقوا في كل جهة صارخين حاملين حقائبهم مرتدين أزياءهم مصطحبين معهم الأقنعة التنكرية للكرنفال. كانت تسمعهم وهم خارج الفصل من خلال النافذة وهم يلوحون إليها بإشارة الوداع ويلعبون بملامح وجوههم مرحين لاهين، ولا تزال تسمعهم وهم يبتعدون وأصواتهم تخفت كصوت قطار يرحل عن محطته. وهكذا انقضى الوقت ولم تتحرك من مكانها، ولم تعلم على وجه اليقين لماذا.

- ألن تأتي يا أوري؟

هكذا أيقظتها زميلتها من شرودها وهي تقف عند الباب الموارب، فأجابتها بـ«بلى» وبأنها ستنطلق خلال برهة لأنها تريد تصحيح بعض الواجبات قبل أن تمضي. لكنها لم تغادر ولم تصحح شيئًا. وبدلًا من هذا قضت وقتها في ترتيب المناضد والمقاعد، وجمع رسومات طلابها واختيار بعضها وتعليقها على حائط العرض. ومن الرسومات كانت تنطلق روائح الفانيليا وطين الصلصال، وروائح الممحاة البالية والبول وأقلام الألوان. وفجأة وقفت أورورا هادئة في مكانها، وقد تعلقت عيناها بضوء النهار المدبِر كما لو أن عقلها رهين فكرة لا تستطيع الإمساك بتلابيبها.

«ما الأمر المهم الذي كنتِ تفكرين فيه منذ قليل ونسيتِه فجأة؟ آه، لقد تذكرت»، لم يكن هذا الأمر سوى تلك الحكايات التي يحكيها الناس من

حولها. والحقيقة أنها لم تهتم يومًا بالإنصات إلى الآخرين وهم يبوحون لها بالذكريات القديمة التي تنهش صدورهم، فهي لا تحب الندم على الماضي، فالماضي لا يمكن إصلاحه، لكن ما من ترياق لجراح الماضي أنجع من البوح بها أمام من يحبنا ومن نجد عنده الراحة والمواساة. تُرى كيف نتلاعب بسردنا لحكايتنا! كيف نسرد حكايتنا سردًا يعزينا ويداوي أنفسنا المثخنة بالجراح والأخطاء التي ما زال أنيننا منها عاليًا على الرغم من انقضاء السنوات! ما فتئ الأمر على حالته هذه، وما فتئت أورورا راضية به ومذعنة إليه بلا ضجر، إلا أن أمورًا شاذة لم تغب عن حاضرها، فعندما تؤدي دورها القديم في الإنصات كمحل سرٍّ أمين، تدرك فجأة أن عقلها قد غادر لحظتها ليسكن مكانًا آخر، كما يحدث الآن، فيشرد عقلها بلا هدف هائمًا في فراغ مجرد، وأحيانًا تأتيها كلمات كما لو كانت منتحلة بلغة غريبة مخلوطة بضوضاء، تشققات، وصفارات إنذار، وثرثرة، وكلمات مبتورة، كهذا التشويش الذي يزعج آذاننا من محطات الراديو التي تبث من أماكن نائية. ثم تغرق في بحر الإحباط، وتشعر أن تلك الاندفاعات التي تأتي من وعيها لا تأتي إلا كلحظات لا منجى فيها من الانزعاج، والشقاق، والغضب الذي لا مخرج له. وسألت نفسها: «هل سأُجن؟».

أخيرًا توافق الجميع على أن لحظة الإفصاح عما تنوء به صدورهم قد حانت. إنهم يتواصلون معها عبر الهاتف، أو يرسلون إليها رسائل عبر الواتساب، أو يرسلون رُسلهم إلى منزلها أو مدرستها، أو يتواصلون معها وهي تمشي في الشارع، أو وهي تُصحح الواجبات أو تقرأ رواية أو تشاهد فيلمًا أو تساعد أليسيا في واجباتها، أو وهي تستجلب النوم بعد يوم شاق. يتواصلون معها كل يوم وفي كل ساعة. وكل هذا من دون أن نحسب من بينهم غابرييل الذي ليس له حديث إلا عن الحفل الذي سيقيمه بمناسبة عيد

الميلاد الثمانين لأمه. وكالجميع، فإنه يخبرها عن حكايات الجميع، إضافةً إلى روايته هو من الحكاية. وهكذا تنتهي الحكايات كلها عند مصب واحد؛ أورورا. فقد أضحت في النهاية صاحبة اليد العليا على جميع الحكايات، تعرف كل شيء، وتعلم كل الحبكات ونقائضها، لأن الجميع لا يثق إلا بها، ولا يحكي إلا لها، مصرِّحين بجميع التفاصيل بلا خجل أو تردد، كلهم، كل من غاصت قدماه في هذه الحكاية التي بدأت تافهة وانتهت بخراب وكوارث. وقد أدركت مآلات الأمر منذ اللحظة الأولى.

وهكذا انتهى الأمر للمرَّة الأولى في حياتها بأن تشكلت في وجدانها حكاية ترغب هي أيضًا في البوح بها، لكن ما من أحدٍ لينصت إليها، وفوق هذا قد لا تدري كيف تحكيها، لأنها لا تملك القدرة على تثبيت الذكريات في نقطة بعينها، فهي إن أرادت السرد فقدت خيط الحكاية وأصبحت الحكاية ممزقة بلا رابط، كما لو أن لاعب «كوتشينة» خلط أوراقها بلا ترتيب. ما تتذكره بصفاء ودقة هي اللحظة التي بدأ فيها الأمر. في يوم الجمعة الماضي، منذ ستة أيام فقط، مرت بغابرييل خاطرة ليس لها سابقة، إذ رأى أن عيد ميلاد أمه سيكون مناسبة فريدة لإقامة حفل يجمع شمل الأسرة، كلها، مرَّة أخرى، بعد وقت طويل من تشتتها، وليكن مناسبة يتحلل فيها الجميع من الديون القديمة والصغيرة كلها، ويردون المظالم التي تُثقل كواهلهم، أو بالأحرى تتراكم في أعماق صدورهم، تلك المظالم التي شتتتهم وكادت تُشعل بينهم العداوة حتى قبل أن يغادروا منزل أمهم. ظنت أورورا أن فكرته هذه، كغيرها من أفكاره، لن تعدو كونها خاطرة ثقيلة عابرة، ولن تكون أكثر من قفزة كليلة بلا غاية نحو الفراغ.

قال:

- سنقيم الحفل هنا في المنزل، وسأُعد كل شيء، حتى الطعام.

وهكذا انطلق في تجهيز الحفل متوهمًا أن أورورا لا تعرفه حق المعرفة. فقد كانت اندفاعاته ألمًا مألوفًا لها.

وهكذا شغلت قائمة الطعام وقته لأيام تلو أيام، وقد قضى ساعاته متحدثًا عنها ومناقشًا ما فيها؛ فساعة يضعها بين يديه، وساعة يبعدها بعيدًا، وقد بعث في نفسه ولعه القديم بتذوق الطعام الذي بُذرت بذوره في جولة من جولات نشواته القصيرة العديدة، وما كان هذا إلا عن رغبة منه في أن يفاجئ الجميع بنكهات جديدة، ولذائذ لم تتذوقها ألسنتهم قَطُّ، ليصنع منذ اللحظة الأولى جوًّا جديدًا لهم، يُطلق ألسنتهم بأحاديث جديدة، ويُطلق قريحتهم بدعابات وليدة.

أوضح وجهة نظره قائلًا:

- أبحث عن شيء عجيب وتقليدي في الوقت نفسه.

وانطلق مضيفًا:

- لُقيمات رائعة وجديدة تبعث في نفس آكليها انطباعات يعرفونها ويتشاركونها. أتحدث عن قوانص البط وأكباد الإوز وقنافذ البحر وطحالبه ومحاره والعنب المحشو بالفواغرا وكريمة الشمر وبتلات اليقطين وبطارخ سمك القد وكارباتشو البامبو والبطاطا وشرائح البقر الكوبي الحقيقية ومائة نوع من الصلصات والحلويات.

وبينما ينطلق في حديثه جلست أورورا مستمعة إليه، تتأرجح نفسها بين الأسى والغضب، وكادت تستعبر، غير أنها أغلقت عينيها وتنفست بعمق مستجمعةً جلَدها، وأفلتت منها إيماءة جمعت بين النهم للطعام والاستسلام، بل حتى الإعجاب.

وصاح غابرييل في غمرة نشوته اللحظية:

- سأتصل بسونيا.

حاولت أورورا إثناءه عن رأيه:

- انتظر إلى الغد. ما سبب العجلة؟ هل نسيت سوء عاقبة الانجراف خلف اندفاعاتك؟

كان على بُعد قدم منها، وتابع حديثه وهو يحلِّق بذراعيه متعجبًا من بساطة الأمر:

- يا للسخافة! لماذا تعدين كل شيء اندفاعًا؟ ما الكارثة التي قد يحدثها شيء بسيط للغاية مثل الاحتفال بعيد ميلاد؟ سأتصل بها الآن، وسأتصل بالآخرين لاحقًا، بأندريا وأمي وأوراثيو والبنتين والجميع.

قالت أورورا:

- لا تتصل الآن. انتظر حتى تنام أليسيا على الأقل.

لأن أورورا تفردت بكونها محل سر الجميع، وتعلم الضغائن صغيرها وكبيرها، حديثها وقديمها، تلك التي تقبع في الذاكرة كامنةً متأهبةً لفرصة الانقضاض على الحاضر، لتعود متجددة متفاقمة، حيث لا تزال النار قابعة تحت الرماد لا تحتاج إلا إلى نفثة صغيرة لتطلق حرائقها، فقد علمت أن تلك الحكايات التي تبدو محبوكة أو بريئة أو هزلية في ظاهرها، إنما هي البذرة التي تنبت منها شجرة النهاية الحزينة، كما أنها عرفت أو أحست أن الضغائن والمظالم لا تزال كامنة في الصدور حتى الآن؛ فقد أصبحوا لا يتحدثون فيما بينهم إلا نادرًا، لتهنئة في مناسبة شخصية، أو في عيد الفصح، أو عندما يجد جديد. «وقد كان هذا أمرًا محمودًا»، هكذا دار في خاطر أورورا، حتى لا تنفخ الرياح في جذوة الغضب والغل فتشتعل نارها. وكانوا جميعًا يحبون بعضهم بعضًا، كما يصرحون بهذا على الأقل، لكنهم لا يقولون هذا وجهًا لوجه، إنما يقولونه من خلال وسيط، وكانت أورورا هي الوسيط الدائم. «أحب غابرييل

حبًّا جمًّا»، هكذا قالت أندريا. في الوقت ذاته باحت لها سونيا قائلة: «أحببت أمي بجنون طوال عمري، على الرغم من أنها تظن عكس ذلك». وقالت الأم: «كانت أندريا ابنتي المحبوبة طوال عمرها، أحبها من أعماق قلبي». فيما صدَقها أوراثيو قائلًا: «عشقي لسونيا لم يتغير عن اليوم الأول». ودار في خلد أورورا أنه من الأفضل أن يستمروا في تبادل الحب لكن عن بُعد وفي صمت، لأنهم لو بدأوا التنقيب في أحشاء هذا الحب فستنطلق من صدورهم أصداء الماضي ولفحات السخرية ونفثات اللوم وسياط الاتهامات وكلمات السوء، وسينقض الماضي كوحش كاسر لا يستطيع أحد منعه أو ترويضه. وهكذا ألحت عليه مرَّة أخرى، بل كادت تتوسل:

- لا، أرجوك، انتظر قليلًا. دعنا نشاهد التلفاز ثم اتصل بهم لاحقًا، ما الفرق الذي يُحدثه التأخير لبعض الوقت؟

لكن غابرييل كان قد طلب الرقم بالفعل ووضع الهاتف على أذنه، بل ألقى بنفسه على الأريكة ليتحدث في الهاتف بلا تعب أو كلل.

«لعل بي مسًّا من الجنون»، هكذا فكرت، ووقفت جامدة في وسط الفصل، كما لو أنها تحاول تذكر الشيء الذي كانت بصدد فعله لكنه انمحى من ذاكرتها.

2

إن أسعفتها الذاكرة، فقد تزوَّج الأب والأم في عام 1966، وكان اسماهما «غابرييل» و«سونيا»، ومنحا هذين الاسمين لاثنين من أبنائهما. وها هي صورة زفافهما: الأب قصير أصلع وتعلو وجهه الابتسامة، فيما تقف الأم منتصبة وأنفها للسماء بشفتين صارمتين تشيان بإرادة حديدية وتنظر نظرة تملأها الريبة. وفي عام 1968 رُزقا بابنتهما البكر وسمَّياها «سونيا». وجاءت ابنتهما الثانية في عام 1970 وسمَّياها «أندريا»، وهو اسم جدتها لأمها. وفي عام 1973 رُزقا بابنهما «غابرييل». وكانت هذه أول إهانة تتلقاها أندريا؛ أم المظالم. لأن حق الاستخلاف كان يُوجب أن تُسمَّى «غابرييلا»، وهكذا كانت تحب أن يكون اسمها، لتكون سَميَّة لوالدها، وللفاتح العظيم جدها المتخيل (أميرال البحار والموسيقي العارف باللغات والساحر والحالم العظيم الذي اتخذ الأرض وطنًا له)، كانت تحب أن تكون «غابرييلا»، وليس أن تُسمى باسم جدتها لأمها التي لا يعرفها أحد، ولم تترك موضع حجر من أثر في هذه الحياة أو حتى صورة لها أو حكاية طريفة، ولم تخلف وراءها أي شيء، لا شيء غير اسم يطفو على صفحة بحر النسيان. غير أن أمها استأثرت بهذا الاسم ليحمله غابرييل، ولدها المختار المحظوظ والأحب إلى قلبها، الوحيد الذي جاء إلى هذا العالم مبتسمًا، يحمل هدفًا وحيدًا في هذه الحياة؛ أن يكون سعيدًا، والذي لا تتذكر أندريا أنها رأته يبكي قَطُّ، فما حدث أن أصابه شيء يُبكيه، كان هذا رابع المستحيلات، فحتى بكاؤه مستحيل ولو على سبيل الافتراض أو التخيل.

- اعذريني يا أورورا العزيزة، فسوف أصدقكِ القول، فكما تعرفين وكما تعلمين عني، فإني لا أكذب أبدًا لا سيما عليكِ أنتِ، فضلًا عن أني أحب غابرييل حبًّا جمًّا وأسعد بسعادته.

أما أندريا فقد كان البكاء قرينها لوقت طويل، بل إن البكاء المرير لازمها منذ كانت في الثانية أو الثالثة من عمرها، عندما هجرتها أمها ليوم. فقد أعدت أمها متاعها وانطلقت بحقيبتها صارمة كعسكري، لا يُرى منها غير شفتين مزمومتين وقامة منتصبة ومشية صارمة، وصكَّت الباب من خلفها، وهكذا تركت ابنتها وحيدة منبوذة وهي لم تتخطَّ عامها الثاني أو الثالث. ومنذ ذلك الحين لم تعدم أندريا يومًا سببًا للبكاء. لم تعدم سونيا أيضًا زيارات الحزن الثقيل ولا البكاء المرير، إلا أن الحظ زارها زيارة السعادة على عكس أختها، هكذا ترى أندريا، أو يمكننا القول إن «طاقة القدر» انفتحت لها يوم تزوجت أوراثيو ليكون لها وحدها إلى الأبد. وكانت هذه خطيئة من خطايا الأم كما ترى أندريا. كان أوراثيو عاشقًا لأندريا من دون أن يُفصح، هكذا ترى هي، ولولا أن القدر فرَّق بينهما لتزوجا وما فارقتهما السعادة، لكن الأم، لا القدر، هي من قررت زواج سونيا من أوراثيو بدلًا من زواجه بأندريا. وبهذه الخطيئة حل سوء الحظ على ثلاثتهم إلى الأبد، فانفصل أوراثيو وسونيا بعد ثلاث سنوات من الزواج، فيما ظلت أندريا وأوراثيو يتيمين لحبهما إلى الأبد.

وهكذا، لم يزر الفرح أندريا أو سونيا، أو أمهما كذلك، فقد كانت أكثر تعاسة منهما. فشخصية الأم شخصية مظلمة بلا شك، إذ لم تتوقف قَطُّ عن ترديد أن الفرح يأتي بالسوء لأن الفرح نذير المصائب، وقد اعتادت القول: «الرب يسمع نشيج الباكين، أما الضحكات فتسمعها الشياطين». كانت تقول هذا من دون تفكير أحيانًا، وكان هذا القول غيضًا من فيض كلماتها التي اختلقتها اختلاقًا لتستخدمها لأغراضها والتي يفترض أنها تأتي من أعماق

خبرات ماضيها. كانت الضحكات والأفراح تملأ أرجاء المنزل في حياة والدهم، وعندما مات في عام 1980 خيَّم الحزن على المنزل وأقام فيه فلم يبرحه قَطُّ. وها هو مثال قديم وثابت لا يحتاج إلى أي حجج أخرى ليثبت حقيقته: فقد كان الوالد تجسيدًا حيًّا للفرح، وبعد انقضاء الفرح الذي كان يتغلغل في جنبات المنزل سائرًا على صوت ضحكاته أتت مصائب لا راد لها أو معقِّب. رأت سونيا وأندريا أن أمهما لم تعرف الحب قَطُّ، فقد تزوجت أباهما كما كانت ستتزوج غيره، لأن قدر النساء أن يتزوجن، بغض النظر عن طبيعة الرجل. لكن غابرييل رأى أن هذا الرأي محض هوى، تلجأ إليه سونيا وأندريا، مثل غيره من الاختلاقات، ثأرًا من أمهما، واستشفاءً به من جراحهما.

تزوجا، بغض النظر إن كانا قد أحبا بعضهما أم لا. اعتادت أندريا أن تقول: «ترك أبي كل نساء الأرض، وتزوَّج أمي»، وكانت سونيا توافقها في هذا. وهكذا نجح الزوجان في البقاء معًا حتى عام 1975 أو 1976. كانت الأم تعمل حكيمةً تعالج أمراض القدم، وتمارس مهنتها في مدخل الشقة. وكانت الأسرة تعيش في حي اللاتينية، عاشوا فيه جميعًا حتى انفرط عقدهم، واستمرت الأم في المكان نفسه بلا فرح أو حب، وقد أظلمت عيناها بغمامة كغمامة ثور ربطوه في ساقية حتى آخر حياته.

احتوت الشقة على غرفة تخزين، وفيها وجدوا لوحة زيتية مهملة، ومن الغريب أنها كانت كبيرة وذات إطار ذهبي ضخم. فكرت الأم فورًا في بيعها، أو بيع الإطار على الأقل، لكن الأب رفض وقال إن تلك اللوحة هدية من القدر وهو لا يستطيع رفض هديته بأي حال، وهكذا قرر وضعها في مدخل الصالون. كانت الصورة «بورتريهًا» يُبرز كهلًا على أعتاب الشيخوخة، لكنه وسيم، يقف وقفة عسكرية، ويرتدي حُلة احتفالات رسمية من عصر نابليون، والحُلة مزينة بشارة عسكرية وكتفية، وصدرها مرصع ومزين بآلاف الزخارف

العسكرية الأخرى، ويمسك بإحدى يديه قبعة ذات ريش منفوش، فيما كانت يده الأخرى تلاعب مقبض سيفه - بينما ينظر نظرة مثالية ملحمية ورومانسية نحو اللانهاية.

تتذكر أندريا التي كانت في الخامسة أو السادسة من عمرها، وكأن هذا حدث بالأمس، أنه جمع الأطفال الذين كانوا صغارًا كحبات البقل وقال لهم: «هذا جدنا الكبير المُسمى «غابرييل»، وأنا سميُّه، كما أطلقنا اسمه على غابرييل الصغير، لكن تُرى ماذا حدث للبطل الفاتح الكبير الخالد؟». وحدث أن الأطفال صدقوه بلا تردد، بل شعروا بالفخر بهذا الجد الكبير، لا سيما عندما انطلق الأب في سرد حكاياته عن مغامرات الجد الأسطورية، وكان شطر هذه الحكايات ملحميًا وشطرها الآخر فكاهيًّا، عن البطل الذي لا مثيل له. كان الأب مندوبًا لمؤسسة تعمل في الميكنة الزراعية، ويقضي عمله في جولات إلى أماكن جديدة. وهكذا، ما كان يعود قَطُّ إلى منزله إلا وفي جعبته حكايات جديدة، وما أحبَّ شيئًا في هذا العالم كحبه لاختلاق الحكايات. موهبة بدت طبيعة فيه، تخرج بلا تكلف أو عناء. وكان هو بطل بعض حكاياته في رحلاته في غوادالاخارا أو كوينكا أو المدينة الملكية، وأحيانًا أخرى ينطلق مسافرًا في رحلات بعيدة مع الفاتح الكبير أو مع أركادي الكبير أو مع فيريولس الكبير أو مع دونوبان الكبير أو مع فوركاس الكبير، بل حتى مع كورينتشي الكبير، وأسماء أخرى ما فتئ الأب يطلقها على أبطال حكاياته حسبما طار به وبأبطال حكاياته بساط الزمن. وتجمَّع في الرجل، مثلما تجمَّعت في حكاياته، ألف وجهة ودرب وطريق. فلم يكن في الدنيا بأجمعها حدٌّ أو عائق لروحه الطَّلِقة، وما كانت متاهات الحياة إلا وطنه الذي يأنس إليه، فيومًا يكون أدميرالًا في بحار الشمال، وفي الغد قرصانًا في بحار الجنوب، وبعد غد مستكشفًا وعالمًا وصيادًا في أدغال أفريقيا، ثم موسيقيًّا

جوالًا في الهند، أو شقي عصابات في شيكاغو، ويومًا يكون ثريًّا فاحش الثراء أو فقيرًا رقيق الحال كريم الأصل. وهكذا، كان يُشرِّق في حكاياته ويُغرِّب كيفما حملته مخيلة الحكّاء في كل حكاية تجود بها قريحته. وها هو يحكي لهم عن اكتشاف سمكة في الأمازون تُسمى «الفوركاس»، ومرَّة أخرى يحكي لهم عن طائر اسمه «أركادي» أو جزيرة فيريولس أو عن بركان أو واحة أو نبات أو نجم، وكلها أشياء يُمثلها ببراعة بفمه فتتجسد حيَّة ولا نهاية لها كأنه ساحر يُخرج ألاعيبه من قبعة لا قرار لها.

تتذكر أندريا كل هذا بوضوح. أما سونيا وغابرييل فلا يتذكران إلا قليلًا منه. ويتفق الثلاثة على أن أباهم كان يتمتع بمواهب تمثيل رائعة، وهذا لأن جدهم الأسطوري كان يطلق على نفسه أسماءً كثيرة ويتجسد بشخصيات مختلفة، حسب احتياج المغامرة أو حسبما يستهويه الخطر، وفي كل مرَّة يتميز بشخصية أصيلة لا يميزها حتى أقرب رفاقه إليه. وهكذا، كان يتخفى في شخصية سفير الصين، أو في شخصية لورد إنجليزي، أو سلطان الجزيرة العربية، أو شيخ من شيوخ الغجر، أو في شخصية ضرير حنى الزمن ظهره، أو شيخ شحاذ، بل حتى في شخصية سيدة رفيعة المقام. وكما أن الجد الأسطوري قد مَن الله عليه بمواهب جمَّة، فإن الأب لم يُحرم من تلك المواهب، حيث تمتَّع بموهبة التنكر وتمثيل الحكايات بسهولة كما لو أنه يشرب الماء، فيمثل حكاياته بأي شيء يقع في يده، ولم تخلُ مغامراته التي يحكيها من رقصات وأغانٍ، فيغني ويرقص غناء ورقص متمرس خبير، وإن وجد آلة من آلات الموسيقى يعزف بها عزف محترف، ولم يتوانَ في صب موهبته في تمثيل ما يقع في حكاياته من رياح أو أمواج أو عواصف أو أسلحة أو أصوات حيوانات، وكان خبيرًا في إضفاء لكنة فريدة لكل شخصية في حكاياته، بل إنه اختلق ببراعة لا مثيل لها عددًا من اللغات ظهرت في

حكاياته، حتى ظن أولاده لردح من الزمن أنه كان يتكلم تلك اللغات. تنهدت سونيا: «من هنا عشقت الحكايات والأسفار». أما أندريا فقالت: «أما أنا فقد أردت أن أهب حياتي للموسيقى عرفانًا بفضل أبي والفاتح الكبير، الذي كان يعزف الكمان والغيتار والأكورديون ببراعة».

كانت هذه الحقبة أساس ومنبت أشجار الأمل والإحباط والمعاناة في نفوسهم، وبرهانًا لا ريب فيه على أن الحكايات، مهما أوغلت في أساطيرها، ليست خالصة البراءة. وهكذا كان الأربعة: غابرييل وسونيا وأندريا والأم، يقصونها على مسامع أورورا، كلٌّ بطريقته، ليست مرَّة بل مرَّات ومرَّات، وهم حينئذ يوغلون في إثرائها بتفاصيل وذكريات جديدة، ذكريات ينقذها البوح بها في اللحظة الأخيرة من الغرق في بحر النسيان الأبدي. وفي النهاية، تجمعت الحكايات في صدر أورورا متشابكة ومتقاطعة لتغلي كغليان القِدر في عقلها، وتنطلق منها مشاهد متنافرة وسخيفة وغير معقولة... وفي الوقت الذي كان فيه الأب منغمسًا في ملذات الحكي واللعب والتمثيل، كانت الأم تذهب وتجيء حاملةً حقيبة عملها منتصبة متأهبة على الدوام بشفتين مزمومتين في مشهد قاتم للحياة، وما انفكت تستغرب، بل في بعض الأحيان ترتاب من حماقات زوجها وأولادها غير المعقولة، ثم تحبس نفسها في المطبخ لتجهيز الغداء أو العشاء، وعندما تنتهي وتطرق على المائدة ليحضروا، كان سحر الحكايات ينفضُّ عنهم ويعودون جميعًا إلى واقع الحياة في تلك اللحظة فقط. وهنا قالت سونيا لأورورا:

- أعلم أن أبي اختلق كل ذلك لإسعادنا، لأن هذا كان جوهره؛ حالمًا بروح فنان، لكن ذلك لم يكن سوى نذير لكل الأكاذيب التي جاءت فيما بعد. أظن يا أورورا العزيزة أن تلك الحكايات جعلتنا أطفالًا إلى الأبد. لقد أصبحنا أسرى طفولتنا.

كانت الأم لا تذكر الأب إلا وتذكر معه أنه رجل مثقف جاد في عمله، كما لو أنها تشير إلى السامع بأن هاتين الصفتين تجبَّان حماقاته وأوهامه التي تراها منه. لكن خلافًا لكل شيء، لا تتذكر سونيا وأندريا حياتهما مع أبيهما إلا بكونها جنة مفعمة بالألعاب والضحكات، وعيشة رغدة تملأها الطمأنينة والسعادة. كما أنهما تظنان أن الحياة لو طالت بأبيهما لكان كل شيء بخلاف حالته الآن، ولأصبح من الممكن، بل يرقى هذا إلى اليقين، أن يحققوا جميعًا آمالهم ويقتنصوا أحلامهم، ولعاشت الأسرة كلها في سعادة ووئام على الدوام.

لكنه قضى وانقضت حياته، ومُسخ بيتهم من بعده كهفًا للحزن. فقد خيَّمت روح الأم، وإيمانها بأن المُقدَّر مكتوب ولا مفر منه، على المنزل وعلى كل يوم وكل لحظة من حياتهم. وبعد حين، أضحى المستقبل خطرًا داهمًا يوشك أن يقع بهم، وأمسى الخوف إلهًا يُعبد ويُتقى في كل لحظة، خوف من الجوع، وخوف من الحرب، وخوف من المرض، وخوف من المِحن، وخوف من العيش الرغد بلا همٍّ، وخوف من التبذير في أي شيء لأن القدر رابض قابع متربص يحصد رقاب الفقراء إذا اشرأبت. كيف يمكن نسيان نواحها وعويلها؟ «يوم أموت»، «يوم لا تجدون ما يسد رمقكم»، «يوم تنشب حرب جديدة»، «يوم يقطعون معاشي»، «لا تتمادوا في آمالكم»، «لا تثقوا بأحد»، «لا تفتحوا الباب عند أول نداء»، «لا تصدِّقوا نصف ما يخبركم به الناس». وما فتئت من آنٍ إلى آخر تحقن فلسفتها السوداوية في عبارة لا رد لها، مثل: «يتردد الشقاء على المرء تردد شهيقه وزفيره». وكانت عندما تذكر الأب تقول: «عاش في الدنيا سعيدًا طولًا وعرضًا، في لهو وغناء واختلاق أوهام وأمور طفولية واختلاق عوالم خيالية، ثم ماذا؟ في النهاية دفع ثمن كل ما قدَّم».

هكذا كانت الأم، كما تراها سونيا وأندريا، متشائمة وكئيبة ومتسلِّطة. لكن غابرييل لا يراها مثلهما:

- ليست أمي كما تقولان، ولا حتى قريبة من قولكما. أمي أحبتنا جميعًا، ولم تفرق بين أحدٍ منا، وانكبت على وجهها تعمل وتكد حتى تحملنا على ظهرها في دروب الحياة.

ويذكر غابرييل أن أمه ولِدت في أثناء الحرب، حرب كئيبة فقدت فيها الأب والأخ الأكبر، وذاقت فيها ويلات المسغبة والخوف، وتعلمت منذ نعومة أظفارها درسًا لن تنساه أبدًا، ولعل هذا سبب كونها امرأة واقعية زاهدة:

- من قال إن على البشر جميعًا أن يكونوا سعداء ويعتنقوا الود دينًا؟ بلا شك، لم يحالف الحظ سونيا أو أندريا، خصوصًا سونيا، التي كانت تلميذة مجتهدة، لكنهم زوجوها غصبًا لأوراثيو، وأشهد أنها ظُلمت ظلمًا بيِّنًا. أما أندريا فلم تُظلم في شيء، لكن كلتيهما تظلم أمي ظلمًا شنيعًا.

لأعوام طويلة، كانت أورورا المصب الذي تتجمع عنده كل تلك القصص الأسرية، فتستمع إلى الجميع بلا كلل أو ملل، وكل حين تصب على تلك الحرائق بعضًا من رجاحة عقلها وسكينتها، وظلت الصدر الحنون الذي يضمهم جميعًا ويُصلح ذات بينهم، كل هذا بغير أن تبارح للحظة دورها في كونها المنصت الأمين. لم تكن أورورا مغرمة بالحكم على الآخرين، لكنها كانت تبحث عن الحقائق في ثنايا الأرواح، ثم تجمعها قطعة فقطعة مع شذرات الحقائق التي تظهر كركام يحمله الفيضان. وكانت نفسها تحدثها أن تلك الحكايات ليست بردًا وسلامًا، لا سيما عندما يتشابكون معًا كقطيع كلاب، كلٌّ منهم يكشِّر عن أنيابه ليفوز بعظمة الحقيقة الهزيلة. الصمت أفضل،

فليس من الخير تحريك مياه الماضي الزاخرة بأنياب المفترسين. ولهذا قالت لغابرييل وتوسلت إليه:
- لا تتصل الآن. انتظر حتى الصباح على الأقل.
غير أنه تجاهلها، وقد أسكرته فكرته لإقامة حفل للأم، بل إنه أشار إليها بيده أن تصمت في أثناء حديثه، وتنحنح تنحنح الحكيم المفوَّه الذي يستعد لكلام فصيح.

3

صاحت سونيا:

- حفل؟ لكن أمي لا تحب الحفلات. وأنتَ تعلم رأيها بأن وراء كل حفل تأتي مصيبة.

رد غابرييل:

- لكننا لن نزيد على إقامة مأدبة للاحتفال بعيد ميلادها.
- نعم، لكننا جميعًا مدعوون لهذه المأدبة، أليس كذلك؟
- بلى، من دون شك، وهذا هو المغزى، أن نجتمع كلنا بعد هذا الزمن الطويل. لا شك أن أمكِ ستفرح بهذا.
- لا أخفيك القول، إني لا أستطيع أن أرى أمي فرِحة ولو على سبيل التخيُّل.
- كلٌّ منا له طريقته في التعبير عن الفرح.

قالت سونيا:

- لكننا إذا حضرنا جميعًا فسيحضر أوراثيو، أليس كذلك؟

هنا سكت غابرييل سكوت الحكيم المفوَّه، ثم مال بالكلام بخفة، كمن يناور ليمسك بلصٍّ مقيد ليسلمه، أو كمن يقبض على فتية أشقياء.

وأخبرَت أورورا في اليوم الذي تلا محادثتها مع غابرييل:

- كنت أطلي أظافري لأن روبرتو كان بصدد اصطحابي للعشاء في مطعم كوري. الآن وقد انصلحت حالي مع روبرتو، ألا يستطيع زوجكِ أن يفكر في شيء آخر بدلًا من تفكيره في جمع شملنا على

مأدبة؟ إن أردتِ الحقيقة، لقد أصبحتُ أنا أيضًا أتشاءم من الحفلات، ومن الفرح، وأخافهما، وأخاف أن يسمع القدر ضحكاتنا فيعاقبنا بمصيبة مُهلكة.

صاح غابرييل مبتهجًا:

- سأخبركِ بقائمة الطعام التي أريد إعدادها لتخبريني برأيكِ فيها.

ثم تلاها على مسامعها.

- ما رأيكِ؟

- رائعة، كلها أصناف شهية، لكني لا أعلم إن كانت أمي ستحب هذه الأطايب الشهية. لا تخفى عليك نظرتها الغريبة إلى تلك الأمور. وسترى ذلك عما قريب عندما تبدأ في السؤال عن تكلفة كل صنف وتلومك وتوبخك على هذا التبذير، فقد كان المال موضع هوسها طوال عمرها. آه، لا تنسَ أن أندريا نباتية.

- نباتية؟ منذ متى؟

- منذ زمن طويل. متى كانت آخر مرَّة حدثتها؟

- اتصلت بها منذ... لا أتذكر، لكنها لم تخبرني أنها أصبحت نباتية. هل أصبحت نباتية تمامًا؟

- بلا شك. فهي لا تخفى عليك، تتزمت في كل شيء تفعله.

- حسنًا، سأُعد لها شيئًا خاصًّا، ليس لديَّ مشكلة في هذا. قد أُعد برجر الباذنجان أو بونيويلو الكوسة أو ميلانيسا الـ...

- لن تحب ذلك. لن تسمح لك أبدًا بأن تضحي من أجلها. فإنك إن فعلت فستتمسك هي بدور المُضحية وهي تأكل كل ما تقدمه إليها، وهي تُظهر الاشمئزاز من كل شيء، وستكتسح كل شيء حتى تلعق الأطباق، وسترى بنفسك. أم أنك لا تعرفها؟

- كان كل هذا يبدو غير معقول له، فعلى الرغم من ذكائه، ومن كل مذاهب الفلسفة التي درسها، يبدو أنه لا يعلم إلا قليلًا عمَّن حوله. ثم أمرُ عدم اتصال أندريا، لا أعلم ما رأيكِ يا أورورا العزيزة، لكني أظن أن سوءًا ألمَّ بها. كونها لم تتصل بي، لا يهمني في شيء، فقد شُفيت نفسي من الخوف. لكن أندريا تعاني مشكلات نفسية، وقد عانت الأمرَّين، وتعاني وحدة مظلمة، ويجب على غابرييل أن يعلم هذا ويمد لها حبال الصبر.
- لا بأس، سنرى.

هكذا قال غابرييل، ثم أردف قائلًا:

- لن نغوص بأقدامنا في وحل التفاهات. وأنتِ، كيف حالكِ؟ وكيف حال الوكالة؟ وكيف حال البنتين؟ وكيف حال روبرتو؟

ردَّت سونيا بصوت خفيض ورقيق، لكن بحزم:

- لسنا تفاهات. ولا أعلم لماذا تقول إن هذه تفاهات. أندريا تمر بوقت عصيب، وهذا يحدث طوال عمرها، وهو ليس أمرًا تافهًا. لن يصبح الجميع أفلاطون أو أرسطو.
- ليس هذا ما أردتُ قوله يا امرأة. ما قصدتُ إلا قائمة الطعام، وما كان في نفسي غيرها.
- نعم، أعلم أيها المأفون. وتعلم أني لا أكلمك في أمر إلا وقلبي يحمل لك كل الود.
- أشعر أني أوغرتُ صدره قليلًا بحديثي عن التفاهات. ستعرفين هذا أفضل مني. لكني أظن أن غابرييل يأخذ كل شيء بسهولة. أعلم ما حدث مع أليسيا، يا لمصيبة المسكينة. هذه الدنيا غريبة، أرى فيها بشرًا يولدون وفي يدهم صك السعادة الأبدية، وهذا ما حدث

مع غابرييل، وأظن أن هذا ما حدث معكِ أنتِ أيضًا، أليس كذلك؟ هيَّا، لا تقولي لا.

ولم تقل أورورا لا. اكتفت بالإنصات، وقضم شفتيها، وانتقاء عباراتها انتقاءً، مع رحابة الصدر، وتقديم بعض النصائح، والمشاركة كل حين في الأفراح والأتراح. ولم يسألها أحد عن أي شيء قَطُّ، ربما لأن أيًّا منهم لم يظن يومًا أن لديها أيضًا ما يثقل صدرها وترغب في البوح به، أو أن لديها فرحًا أو حزنًا ترغب في إخبارهم به. ولا نقول سرًّا صغيرًا أو قصة تزيد أحداثها يومًا بعد يوم معجونة بتفاصيل الحياة اليومية، كما حدث ويحدث مع الآخرين، تعجنهم الحياة بتجاربها، فينطلقون ليحكوا حكاياتهم لغيرهم، سواءً أكانت رفيعة الشأن أم تافهة، لا يهم، يهرعون لإخبار الآخرين بها، ذاكرين كل التفاصيل، ومستخدمين زخرف القول. ويملأني اليقين بأنهم يعيشون الحكايات بزخم وصدق يفوقان ما يعيشونه في التجارب نفسها. وإني أتعجب من تلك الموهبة الإعجازية التي يتمتع بها البشر فيحيلون كل شيء يمر بهم إلى حكاية مثيرة شائقة.

- ماذا كنتِ تقولين لي؟ لقد نسيت.
- لا شيء.

سمع غابرييل صوتها ضعيفًا.

- عندما قلتُ تفاهات، كنت أقصد قائمة الطعام وليس أندريا، لكن سونيا انتهزت الفرصة لتمسك بزمام المحادثة وتبدأ سلسلة اللوم. ما أصعب الحديث معها، ناهيكِ عن أندريا.
- أخبرتُكَ أنها ليست على ما يرام قبل أن تتصل بها. لا يخفى عليك أنك لا بد أن تنتقي كل حرف بعناية فائقة وأنت تتحدث مع أسرتك، فالكلمات ليست بريئة أبدًا عندهم.

- بخير. البنتان بخير. تعمل أثوثينا في منظمة غير حكومية، وتتخصص في جلب عملاء جدد. أما إيفا فقد انتقلت للعيش في بارلا مع صديقها. صديقها ميكانيكي سيارات ولديه ورشة صغيرة. وكما تعرفين، فقد أصبحت الأوضاع صعبة على شباب اليوم، لا يستقرون على قرين أو عمل أو مكان واحد للعيش مدة طويلة، وعندما تسوء الأمور يعودون إلى منزل آبائهم مؤقتًا. والمضحك أن واحدة منهما يفترض أن تكون صحفية والأخرى متخصصة في الأحياء. كل شيء أصبح هزليًا. ويزيد على ذلك تلك الرحلات التي يقومون بها، ولديهم أصدقاء في جميع الأنحاء، ومع شركات السفر منخفضة التكاليف يستطيعون في ساعات معدودة حمل الحقائب والانطلاق إلى أماكن بعيدة وغريبة. وبعد ساعات تأتيكِ رسائلهم عبر الواتساب من الهند أو من كندا. شيء لا يصدقه عقل. فهم عاطلون مفلسون، وليس لهم من حطام الدنيا شيء، ومع ذلك يسافرون إلى جميع أنحاء العالم بلا توقف مثل البدو الرُّحل.
- فعلًا. لقد أصبح السفر الآن جزءًا أساسيًا في حياة اليوم. وأنتِ، كيف حالكِ؟
- كما الحال دائمًا، مشغولة بالعمل في الوكالة، ثم بعد ذلك أعود إلى روبرتو طبعًا. أخبريني، هل قرأتِ رواية «تلال أفريقيا الخضراء»؟
- لا.
- اقرئيها، فهي رائعة. أهدانيها روبرتو. فأنتِ تعلمين أنه يرغب في أن نسافر إلى كينيا في شهر العسل. لهذا سألتُ إن كان أوراثيو سيحضر حفل أمي أيضًا.
- حسنًا، فهو والد البنتين قبل كل شيء.

- بلا شك. لكني لا أرغب في رؤية أوراثيو، أو في رؤيته مع أمي وهما يتبادلان النظرات كما لو أنهما مغرمان. كان من الأفضل أن تتزوجه أمي لا أن أتزوجه أنا.
- لكن يمكن لروبرتو أن يحضر أيضًا، فهذه فرصة رائعة بلا شك ليتعرف على أمكِ وعلى أندريا وعلى أورورا والبنتين.
- لا أحب أبدًا أن يرى روبرتو أوراثيو يا غابرييل. لا أريده أن يرى ذاك الرجلَ الذي تزوجته يومًا.
- لا أعلم كيف فاتت هذه على بال غابرييل يا أورورا، كيف لم يفكر في مدى اختلاف أوراثيو عن روبرتو، وفي كون لقائهما وجهًا لوجه سيكون كارثيًا. لا أرغب في أن يرى أوراثيو روبرتو. أتعلمين؟ لا أدري أفاض بي الفخر أم ماذا، لكني اقترفت خطأً فتحدثت عن روبرتو مع أوراثيو، ومنذ ذلك ما انفك يسألني عن روبرتو، بل لقد طلب مني أن أريه صورة له. أوراثيو شخص غريب الأطوار. صدقيني. قد أخبركِ يومًا ما عن حقيقة أوراثيو. ولا أدري إن كنتُ سأتمتع بشجاعة الإفصاح عنها، لأن تلك الحقيقة تخجلني، لكن إن حدث وبُحت بها لأحد فلن يكون سواكِ. لهذا، كتمت غيظي ولم ألقِ ملمع الأظافر على الجدار بينما أستمع إلى غابرييل. أعلم أنكِ تفهمينني يا أورورا، فلا أحد يفهمني في هذا العالم إلا أنتِ وروبرتو.
- حسنًا، من الأفضل ألا يحضر روبرتو إذن.
- وماذا أقول له؟

استغرق غابرييل هنيهة، ثم قال:

- من الأفضل ألا تقولي شيئًا.

هكذا رد عليها وقد انخفضت نبرة صوته على غير رغبته.

- كيف لا أقول شيئًا؟

وظهر العبوس على وجه سونيا مع نبرة الغضب في صوتها:

- هذا حفل بلوغ أمكم عامها الثمانين وأنت تقول لي ألا أقول شيئًا! ويأتي هذا منك، أنت يا من تقول إن على البشر أن يمضوا في حياتهم بصدق ووضوح؟ لقد أبرمت مع روبرتو عهدًا بألا نكذب أبدًا، لأن زواجه السابق كان محض كذبة أيضًا، مثل زواجي ومثل الجميع تقريبًا، ولن أكون أنا من يخرق هذا العهد في أول اختبار يواجهني. لن أخون روبرتو أبدًا. الحب الصادق لا يحتمل الخيانة ولا الكذب.
- أفهم، وأقر بكل ما قلتِ، بل أغبطكما عليه. يمكنكِ أن تخبريه بالحقيقة، وقولي له إن هذه قد لا تكون اللحظة المناسبة ليتعرف فيها على الأسرة. أعلم أنه سيتفهم هذا.
- ولماذا يكون أوراثيو من يحضر المأدبة وليس روبرتو؟ لماذا؟
- كما تعلمين، فهو والد ابنتيكِ.

وعاوده هذا الصوت السخيف، صوت الطفل الذي لم يقم بواجباته عندما يقف أمام معلِّمه الشديد العابس.

- لقد مر على طلاقنا نحو ثلاثين عامًا. اسمع، ربما من الأفضل ألا يحضر أيٌّ منهما.
- ألا يحضر أوراثيو؟ ماذا تقولين؟! لن يعجب هذا أمكِ، ولن يعجب هذا أندريا.
- يمكننا أن نقول إنه مسافر أو مريض...
- مهلًا، ألا تعلمين أن أمكِ وأندريا يكلمان أوراثيو كل يوم تقريبًا؟ لا، هذه كذبة مكشوفة. فضلًا عن أنني اكتفيت من الأكاذيب. لن أتحمل أي كذبة أخرى.

ونطق غابرييل بنبرة آلية:
- ولكن من ذكر الكذب؟
- بدأ كل شيء منذ طفولتنا، عندما كان والدنا يخبرنا بأن الرجل الذي في الصورة هو جدنا.
- لكن هذه كانت محض لعبة! مثل حكايات الغيلان والتنانين. ولا أعلم أسرة مُبرأة من الكذب، وهكذا الحال في الحب والصداقات، فلا تخلو حياة البشر من أسرار يدفنونها ليطيب لهم عيشهم معًا.

ثم رفع غابرييل نبرة صوته كمن يُلقي خطبة:
- وما نحن إلا مجموع أسرارنا. فيخفي الكلب الخبز، ويخفي الطير العش، ويخفي الثعلب وكره، ويخفي قِس الاعتراف ذنوب المعترفين، ويخفي الزعماء أسرار الدولة، ويخفي العشاق نظرات الهيام المسروقة. لا يموت إنسان إلا ويحمل معه سرًّا إلى القبر، وأعظم الشرف أن يموت السر بموت صاحبه. فالالتزام بالصدق حد التعصب يوردنا المهالك بلا جدال. ثم ما يحملكم على كشف الماضي الآن؟ ألا يخفى عليكم أن مياه الماضي عكرة؟ والأسوأ من هذا أنها تُعكر صفو الحاضر.
- وأنتِ يا أورورا العزيزة تعلمين هذا أكثر من أي شخص. عندما تتلبس روح الفيلسوف غابرييل، يظهر المنطق في كل ما يقول. وكنتُ قد تأخرت عن موعدي مع روبرتو. وهكذا سألته: «اسمع، حيث إننا نتحدث عن الحاضر، هل تعلم شيئًا عن الطعام الكوري؟».
- لا، ولكن يمكن تخيله. الأرز والصويا والدجاج والنودلز والمأكولات البحرية والتوفو...

ردت سونيا:

- حسنًا، لا أريد أن أكشف مفاجأتك لعيد الميلاد. إن كنت تريدنا أن نقيم حفلًا، فلنقِمه. وإن أصرت أمي وأندريا على حضور أوراثيو، فليحضر، فسأضحي كما ستضحي أندريا بأمر أكلها للحوم. وسأخبر روبرتو بالأمر، بلا كذب أو شيء.
- رائع. إذن سوف أتصل بأندريا ثم أخبركِ بما حدث.
- حسنًا، سأنتظر الأخبار منك.
- الحقيقة يا أورورا لو كان الأمر بيدي لجعلته ينسى أمر الحفل، لكني أراه مبتهجًا بالفكرة... وأنتِ، كيف حالكِ؟ وكيف حال أليسيا؟
- كما تعلمين، ما زالت تخضع للعلاج.
- سوف تتحسن، لا تقلقي.
- إن شاء الله.
- أنا متأكدة. انظري لو استطعتِ أن تُخرجي فكرة حفل عيد الميلاد من رأس غابرييل فافعلي، فليزُرها كلٌّ منا على حدة ويهديها هديته، كما اعتدنا أن نفعل دومًا.
- كنت أفكر في الأمر نفسه. من الأفضل ألا يكون هناك أي حفل.
- صدقتِ. دعينا نحاول معه لعلنا ننجح. اسمعي، أسعدني الحديث معكِ! من قلبي أنتِ أخت مثالية يا أوري الصغيرة. قُبلاتي للجميع.

4

تحكي سونيا وأندريا أنهما بكتا في عزاء أبيهما حتى انفطر قلباهما، وبكاه بعض الأقارب والأصحاب وزملاؤه في الشركة مثلهم أو أقل، وكذلك غابرييل على الرغم من حداثة سنه، وربما كان سبب بكائهم العجب والخوف لا الحزن. أما عن الأم، فكانت على عكس الجميع، لم تذرف عيناها دمعة يتيمة. وقفت طوال الوقت منتصبة جامدة، ولم تصدر منها إلا لفتات مبهمة. وقفت وشفتاها مزمومتان جامدتان، وجذعها مستقيم، فيما ثَبَّتت ذراعيها على حِجرها، وحدقت ببصرها إلى الأمام نحو الفراغ. لو نظرت إلى الأم في أثناء العزاء في صالة المنزل، لرأيتها ثابتة جامدة تمامًا كصورة الفاتح العظيم التي كانت تسيطر على مشهد العزاء. وكانتا تحكيان عن أن أمهما لم يُرَ دمعها قَطُّ، ليس لفرط السعادة، كما الحال مع غابرييل، لكن لصلابة شخصيتها، وقلبها الجامد المؤمن بالجبرية، أو ربما لأنها بكت وهي طفلة حتى جف دمعها، وهكذا مضت دموعها إلى الأبد، كما يقول غابرييل.

وتقولان، وفي هذا يوافقهما أخوهما، إن أول شيء فعلته في اليوم التالي لدفن أبيهما كان إخراج اللوحة من الغرفة، وفصلها عن إطارها وتمزيقها كل ممزق وإلقاءها في القمامة، واحتفظت بالإطار لتبيعه. وكانت تتصرف طوال الوقت بهدوء وتؤدة وإرادة صلبة باردة، وفي النهاية التفتت إلى أطفالها الحاضرين المندهشين من تصرفها غير المفهوم، وقالت لهم إن هذا الرجل صاحب الصورة لم يعد جدهم وليس لهم أي علاقة به، وإنه كان رجلًا من الزمن الغابر، وكل ما أخبرهم به أبوهم عنه كان محض اختلاق وهزل، وإنهم

شبوا عن الطوق وليس أمامهم متسع من الوقت لتصديق تلك الأمور. لا شك أنها كانت تظن أن الحكايات، وكثير منها قد مس شغاف قلوب الأطفال، يمكن محوها كما تُمحى بقع الملابس؛ ما عليك سوى غسلها وينتهي الأمر. وبماذا تبشرهم؟ تبشرهم بانتهاء زمن الألعاب والأحلام وبدء زمن آخر. وجاءتهم قائلة:

- لنجمع أمرنا، ولنمضِ في حياتنا، ولنرَ كيف سنقوم بشؤوننا من مأكل وملبس، وكيف سندفع إيجار الشقة وفواتير المياه والكهرباء والغاز والتدفئة والهاتف ورسوم البلدية، وكيف سنتدبر المصروفات غير المتوقعة (للأمراض والأدوية وتلفيات الممتلكات ومائة شيء آخر) التي تأتي بلا إنذار كفاجعة موقوتة.

ويرن في ذاكرتهما قولها إن هذه ستكون المغامرة التي ظلوا ينتظرونها، والقصة الوحيدة الواقعية في الحياة، وما عدا ذلك من الأكاذيب حول هذا الجرو صاحب قبعة الريش ما هي إلا محض ألاعيب طفولية.

إن هذه المغامرة وهذه الحقبة الجديدة قد أحاطت بهم منذ اللحظات الأولى. وكما تحب أندريا أن تصف حالتهم، فقد انطلقوا إلى المستقبل كقطيع ماشية، عُلقت أجراسهم في أعناقهم تدفعهم دفعًا إلى الأمام. وسَّعت الأم دائرة زبائنها كحكيمة ومعالجة، ومرت الأيام وهي تجيء وتذهب حاملة حقيبتها الجلدية السوداء الصغيرة، وكانت تخرج من المنزل وتعود في أي وقت، لكنها خصصت وقتًا لشراء الاحتياجات وإعداد الطعام، فضلًا عن العناية بالمنزل من دون راحة. أما الأطفال، فقد حافظوا على ارتياد مدارسهم، وعند عودتهم ينكبُّون على الدروس والواجبات المدرسية. وامتلأت جنبات المنزل بالجدية وإنكار الذات، كما لو كانوا جميعًا يدفعون ضريبة ما تفعله الأم لهم. وهكذا كانت مغامرتهم التي قطعوا شعابها هم الأربعة، وفيها

لم يكونوا المستمعين، بل كانوا الأبطال، وكانت مغامرة حقيقية واقعية. وهكذا انقضت حقبة الأساطير والسكينة التي هيأها الأب لهم، وجاءت بعدها حقبة الكد والكسب.

منذ اللحظة الأولى ألقت الأم عبء واجبات المنزل ومسؤولياته على عاتقَي البنتين، ولم تكلف الابن غابرييل بشيء، لصغر سنه، ولأنها منحته امتيازًا باستثنائه على الدوام من إنجاز أي عمل في المنزل. هذا ما تؤكده سونيا، وأشد منها أندريا. فلم يحدث يومًا أن غسل غابرييل طبقًا أو رتَّب فراشًا أو كنس قمامة أو ركَّب زرًّا أو سلق بيضة. تحكي أندريا عن حدث وقع بعد ذلك ببضع سنين، حيث كان عليها أن تغسل الأطباق فصرخت:

- ولماذا لا يغسلها هو؟!

ثم حملها حديثها الصاخب على عد الامتيازات التي يتمتع بها غابرييل، والرجال على العموم، فإذا بأمها تعبس عبوسًا لم يُرَ مثله قَطُّ وتنطلق نحو أندريا رافعة يدها لتضربها.

هذا ما تحكيه سونيا وأندريا، ولا تنسيان خلط كلامهما بعبارات مثل: «تعلمين يا أورورا أني لا أكذب عليكِ أبدًا»، «سامحيني على صراحتي الشديدة معكِ»، «صدقيني يا أورورا»، «لم أبُح بهذا لأحد سواكِ»، «أحبكِ أكثر من أخت لي».

وعندما كانت الأم تخرج في غير أوقاتها المعتادة، كانت تترك المنزل لسونيا. ومع أن أباها تركها ولم تتجاوز اثني عشر ربيعًا، فإن روح الطفلة بداخلها كانت بكرًا لم تُمس، فكانت تحب القصص المصورة للجنيات والأميرات، والرسوم المتحركة، وتضحك كطفلة في الرابعة أو الخامسة عندما ترى المهرجين على شاشة التلفاز، لكن الدُّمية ظلت لعبتها المفضلة، تلعب بها لوقت طويل، وتحدثها بالهمهمات التي تلقيها البنات على أسماع الدُّمى،

وتخبرها بأسرارها، وبعد وفاة الأب، لم يعد في وسعها سوى لعب «الغميضة» مع دُميتها. «لم يعد لدينا وقت للعب»، هكذا أخبرتها أمها عند انطلاقهم في مغامرة الحياة الكبرى، ثم جمعت الدُّمى والألعاب الأخرى وكثيرًا من القصص المصورة وكل ما يذكِّرهم بزمن الأحلام الغابر، ووضعتها في صندوق السيارة. وهنا علمت أن زمن الألعاب قد انقضى، ليس الألعاب فحسب، بل جميع المتع أيضًا. وماذا عن الموسيقى التي كانت شغف أندريا الأكبر؟ منعتهم الأم من سماع الراديو ومشاهدة التلفاز، وما كان أحد يجرؤ على الرقص أو الغناء ما دامت هي في المنزل. وخيَّم على المنزل صمت كصمت القبور، لا تُسمع فيه إلا همهمات إنجاز الواجبات والكد الشديد للمُضي في الحياة. وهكذا، عندما غابت الأم بجذعها المنتصب وخطواتها الثابتة وحقيبتها الجلدية السوداء، هرعت سونيا لإخراج دُميتها من صندوق السيارة، كما لو كانت تنقذها من قلاع الغولة السوداء، وهزتها وعانقتها وألبستها ملابسها الصغيرة، وهمست لها بكلام بلغتها السرية. أما أندريا التي كانت تكره الدُّمى، فقد كرَّست وقتها لقراءة القصص المصورة وهي مستلقية على الأريكة تستمع إلى الأغاني الحديثة التي تنطلق من الراديو وتغنيها بصوتها الخشن. أما غابرييل - حسب كلام أختيه سونيا وأندريا: «سأخبركِ يا أورورا العزيزة بالحقيقة دائمًا حتى لو آلمتكِ» - فكان شخصًا هادئًا منذ طفولته، بل كان جامدًا على نحو ما، كما لو أنه نسخة باهتة حلوة من أمه، أو كما لو أنه وِلد رواقيًّا يؤمن بتقبل الحاضر وكبح النفس عن الانقياد للذة أو الخوف من الألم. ففي الوقت الذي كانت فيه سونيا تهزل وتلعب عند كل جد، كان غابرييل يجد كرجل يافع عند كل لعب وهزل. كانت لدى غابرييل لعبة بلاستيكية لراعي بقر يمسك مسدسًا في يده، وعربة حمراء صغيرة بحجم حجر الدومينو، وكانتا كافيتين له فلم يتُق إلى غيرهما. وكان لعبه دقيقًا نظيفًا، وأكله بطيئًا، ومضغه جيدًا، ولا يتحرك

وهو يأكل كما يفعل الأطفال. ينكب صابرًا على أداء واجباته المدرسية من رسومات وتمرينات (كانت يده جاهزة على الدوام لالتقاط القلم إن سقط، ويندفع لاستخدام الممحاة لتمحو أي خطأ)، ويرصد كل شيء بعينين وديعتين وتعبيرات رقيقة. بدا مثالًا حيًا للتوسط والاعتدال وجمع الشمل كما لو أنه ولِد فيلسوفًا. كان ينطلق إلى أمه عند مجيئها فيحمل عنها حقيبتها بيديه الصغيرتين كما لو كانت قربانًا ليضعها في مكانها. قالت عنه أندريا مرَّة: «أكاد أرى ملاكه الحارس يطوقه بجناحيه ليحميه».

- سخيفة!

هكذا رد عليها غابرييل وهي تستعيد هلاوس ذاكرتها. ثم علل قوله بأن معظم مراحل الطفولة تُجسدها استحضارات واستفزازات تالية، ولا تخلو من تجميل وحذف وإضافة لحكاياتها، يخصبها الخيال وتعززها الأحلام وتغوص فيها اهتمامات سرية زائفة، حتى تكتمل عند النضج حكاية الطفولة الفائتة، وتصير الحكاية الوحيدة للطفولة يقينًا كيقين الموت، وكأن هذه الحكاية تحمل في يدها شواهد البرهان والإثبات.

تحكي سونيا:

- لقد خانني غابرييل. كنت في الثالثة عشرة أو الرابعة عشرة، وإذ به يذهب ليخبر أمي أني أخرجت الدُّمية من صندوق السيارة لألعب بها وأتحدث معها. وبَّختني أمي في هذا الوقت وهدَّدتني بإلقاء الدُّمية في القمامة. ليس بيدي شيء يا أورورا العزيزة، أعلم أن كل هذا من أمور الطفولة، لكن ما زال الغضب من هذه الخيانة يعاودني حينًا بعد حين.

كانتا حين تشعران باقتراب عودة أمهما تتلبسهما روح النساء الكادحات البارعات. وكان هذا هو جو الكآبة الذي تفرضه الأم على المنزل. وتحكي

سونيا وأندريا أن أمهما لم تُسمع قَطُّ وهي تغني أو تترنم بشيء، ولم تُسمع منها طُرفة، ولم تُلقِ يومًا نكتة، بل لم تضحك على نكتة قَطُّ، ولم تكن النِّكات تعجبها. فيما يجادل غابرييل بأن هذه الادعاءات ليست سوى مبالغات خبيثة دافعها الضغينة:

- نعم، كانت أمي، وما زالت، قليلة الكلام، لا تتحدث إلا على قدر الحاجة، لكن قلة كلامها وجديتها وشخصيتها الصارمة المثابرة لا تجيز لسونيا وأندريا أن تقدحا في قدرتها على الحب.

ويقول إنها لم تُغنِّ له قَطُّ حتى أغاني الأطفال المشهورة، أو تقص له قصصًا، ولم تلعب معه، ولم تُقِم له أي حفل، ولم تدغدغه، ولم تسقِه رشفة من نهر التدليل الذي ينهل منه الآباء لأطفالهم.

- هكذا كانت أمي وانتهينا، لكن على الرغم من كل هذا فقد عاشت من أجل أبنائها، وأزاحت متطلبات حياتها عن طريقها من أجلهم، وما ضنت به على الآخرين لم تمنحه لنفسها. أما عني، فلا أدري كيف تتصوراني في صورة الطفل المتزمت، كما لو كنت صورة مصغرة من أمي. كنت طفلًا كالأطفال، وزدت عليهم أني اجتهدت وتعبت وسافرت في بحر التفكير والذكريات، لا لشيء إلا لأحرر نفسي من تلك الصورة التي حبستني فيها أختاي.

ما فتئت سونيا وأندريا تكرران أن أمهما كانت مهووسة بالمال، فظلت تقتر عليهما ولا تعطيهما إلا مائة بيزيتا ظهر الأحد، وما كانت تلك المائة تكفي لتذكرة سينما واحدة. وضيَّقت عليهما، فما اشترت لهما شيئًا، كهدية أو شيء لنزوة أو شيء نافع ممتع. لا شيء مطلقًا. وحتى التلفاز الأبيض والأسود العتيق الذي اشتراه أبوهما منذ سنين طويلة، ما كانت تسمح لهما بمشاهدته إلا في مناسبات معدودة، وتحسب لهما الوقت أمامه كما يحسب

الشحيح المال. وهي كذلك لم تكن تشاهده، لم تكن تشاهد فيلمًا، أو برنامجًا ترفيهيًّا، أو فيلمًا وثائقيًّا، أو مسلسلًا، لكنها تكون دائمًا حاضرة إن سمحت لهما بمشاهدته، لتفسد عليهما وقتهما، حيث يظهر الاشمئزاز والازدراء على وجهها، ومن حين إلى آخر تومئ برأسها إيماءة من خاب ظنه في أمر جلل.

رد غابرييل سريعًا:

- هذا كذب، بل كانت تشاهد التلفاز، وتحب برامج ليلة السبت الفكاهية، بل كانت تلقي تعليقات فكاهية على الأغاني والممثلين الكوميديين. ولا يخفى على أحد أن الكوميديين نادرًا ما استطاعوا انتزاع ضحكة من مشاهديهم. وكنا نذهب نحن الأربعة أحيانًا إلى السينما. لا تتفق سونيا وأندريا معي في هذا، ولا تكلفان نفسيهما عناء التذكر، لكني أتذكر، أتذكر جيدًا ذلك اليوم الذي ذهبنا فيه لمشاهدة فيلم «باباي» في عرضه الأول، وأتذكر كذلك ذهابنا لمشاهدة فيلم «ساحر أوز»، ودخولنا السيرك في يوم آخر. وأتذكر أنها اشترت مسجل شرائط صغيرًا لسونيا لتستمع إلى الشرائط الصوتية بالإنجليزية، ولتُحسن نطقها بتسجيل صوتها. وكنا ننصب شجرة صغيرة عليها أنوار الزينة في الكريسماس، ولم يمر علينا كريسماس إلا ووجدنا هدايا ملوك الكريسماس في أحذيتنا. لا أرى إلا أن سونيا وأندريا أصبحتا حبيستَي الذكريات السيئة، ثم تضخمت هذه الذكريات بسبب ما حدث بعد ذلك. لقد كنا أسرة سعيدة، بل ربما كنا أسرة سعيدة جدًّا قبل أن تفتتح أمي محل الخردوات. كانت سونيا تفعل كل شيء بفرح وعناية، وما كان هذا إلا من روحها التي ترى كل شيء لُعبة. لقد كان مجرد النظر إليها يبعث في النفس الفرح، فهي نظيفة على الدوام، ولا تُرى إلا وحذاؤها مُلمع، وشعرها وملبسها نظيفان

41

ومرتبان مثل دُميتها، وكانت جميلة، بل فائقة الجمال وتشع منها الأنوثة. على العكس من أندريا التي تمتعت مبكرًا بجسم قوي غير رشيق، فلم يكَد يُعلم أذكر هي أم أنثى. كانت سونيا تنجح في المدرسة بدرجات ممتازة، وتحب الإنجليزية والجغرافيا منذ صغرها، فتقطع الساعات تتفحص الخرائط، أو ترسمها بالألوان وتدوِّن عليها جميع الأسماء والأحداث. لا شك أنها عندما تكبر ستتحدث اللغات بطلاقة، وستكون معلِّمة أو مترجمة أو مضيفة، وستقضي أيامها مسافرة حول العالم. وعلى الرغم من أنها كانت الأخت الكبرى، فإن أندريا هي من تمتعت بالحزم والقدرة على التخطيط. فكانتا عند توفر المال في أيديهما للذهاب إلى السينما، لا تذهبان لمشاهدة أفلام «والت ديزني» أو مغامرات الأطفال، التي تحبها سونيا، بل تشاهدان أفلام الكبار أو الميلودراما، وما كانتا أيضًا تشتريان القصص المصورة أو الحلوى، بل تشتريان الألعاب النارية وسيجار المنثول. كانتا لا تفعلان إلا ما يوافق هوى أندريا ومزاجها.

وعلى العكس من سونيا، كانت أندريا تلميذة فاشلة، لا ترتاد المدرسة في كثير من أيامها، وبديلًا عن ذلك تقضي وقتها في التجول في الحي تراقب العالم بوجهها المتجهم المشاكس. وتحكي، ولا شك أنها خلطت في حكيها بين ماضٍ وحاضر، أن الشيطان تجلى لها، ومنذ هذه الساعة نفث في داخلها روح الفنان. لذلك كانت تمشي مشية سريعة وعلى غير هدى، وتسمع أصواتًا تأتي من داخلها، أصواتًا تأتي ومعها موسيقاها لتجعل منها أغاني رديئة مرَّة ورائعة مرَّة أخرى. لقد احترق شيء في داخلها. وقالت مرَّة لأورورا:

- لم أصل بعدُ إلى الأرض التي أُحب، فقد كان العالم من حولي كجهنم، أو لعل جهنم كانت في عينيَّ أنا، فكنت أسمع مقارع الشيطان في رأسي، ولا أبحث عن شيء سوى مكان يُخفيني، وأينما أمشي

أشعر بالخطر، وكنت أمشي بين المدقات متسللة. سأخبركِ بشيء يا أورورا، لا أعلم ما كان يلقيه كسوف الشمس وخسوف القمر في نفسي وما زال، لكني أرى أن أليسيا تشبهني كثيرًا في هذا، فعندما أراها كما لو كانت محبوسة بين قضبان نفسها، عاجزة عن الهروب من هذا الجُحر أو السجن أو الحديقة الذهبية، يتجلى لي فهم نفسي منها، وأرى نفسي فيها وأنا أسمع صخب المدينة المقيت، وضجيج الأطفال، مثلما كنت في طفولتي عندما أترك نفسي تتوه في الحي.

وانطلقت في السرد ولم تتوقف قَطُّ، فقالت إن بُغضها للدراسة والعالم والمكان وحياتها نفسها بدأ ساعة هجرتها أمها.

- هنا بدأ الكسوف وحل الظلام.

هكذا قالت، وكانت هذه أول ذكرى من ذكريات طفولتها؛ لم يكن عمرها يزيد على العامين أو الثلاثة، ولم يكن في المنزل غيرها مع أمها، وفجأة تركتها أمها بلا تمهيد، فارتدت ملابس الخروج وأعدت متاعها في الحقيبة وخبطت الباب خبطة ما زال صداها يتردد في ذاكرتها حتى اليوم.

- لم أشعر بفزع كالذي شعرت به يومها، ولا يزال ذلك الفزع يتلبسني حتى اليوم، فيحيل لياليَّ عذابًا، وإن عاودتني هذه اللحظة في منامي فإني أستيقظ صارخة. ولا أدري كم مر من الوقت يومها. مرت ساعات تلو ساعات، وجاءت الريح فبعثرت ورق التقويم... ولم تعد أمي، ولن تعود أبدًا. وإن أردتِ الحقيقة، فأمي لم تعد لي قَطُّ منذ ذلك اليوم. فقد كان اليوم الذي خرجت فيه أمي من المنزل إلى الأبد. ووقتها تحولتُ إلى هذا التابع الآبق الذي تعرفونه.

كانت هذه إحدى أساطير أندريا الغامضة، وما فتئت تردد عبارة: «عندما هجرتني أمي»، كما لو كانت راية انتصار ترفرف فوق أطلال مدمرة.

وماذا عن الأم؟ لم تقص الأم روايتها عن هذه الحادثة إلا مرَّة واحدة بكلمات قليلة مقتضبة. لكن هذه سخافة. فكيف يمكن تفسير الموقف نفسه بتفسيرين متضادين؟ لا يمكن أن ينسجم العندليب والضفدع في الطبيعة، فهما مخلوقان متباينان، والنفس تستبشع الجمع بينهما، بل حتى الفن يستبشع الجمع بينهما.

- لقد أخبرتها أني سأخرج لدقائق لأعطي حقنة لمريض. «اجلسي للعب هنا وسأعود سريعًا». ولم تكن في الثانية ولا الثالثة من عمرها كما تزعم، بل كانت في الرابعة على الأقل، وربما في الخامسة.

هذا ما تحكيه الأم. لم يستغرق الأمر إلا بضع دقائق حتى عادت الأم. وفي أثناء هذه الدقائق المعدودة، اجتمع عدد كبير من الجيران يحاولون بلا جدوى تهدئة أندريا التي انطلقت في صراخ وبكاء مرير وهي تضرب وترفس الأثاث والجدران والأواني. «ماذا يجري هناك؟»، «هل أنتِ بخير؟»، «أين أمكِ؟»، «افتحي لنا الباب». فما زادتها نداءاتهم إلا صراخًا ونحيبًا. وهكذا خشي الجيران من وقوع مصيبة، فهمُّوا بالاتصال برجال المطافئ والشرطة لإنقاذها. وعندها وصلت الأم بحقيبتها وخطواتها الثابتة. وعلى الرغم من الجمع، وعلى الرغم من الحدث، لم تفقد رباطة جأشها، ففتحت الباب ليجدوا أندريا بفستان ممزق وشعر أشعث، وقد ملأت الخدوش وجهها، وفطرها البكاء فلا يُسمع منها إلا النحيب الخارج من صدرها، أما عيناها فكانتا زائغتين كمن فقدت عقلها، تمسك بيدها ساطورًا، وحولها تبعثرت الأشياء في فوضى عارمة.

- لم أشعر يومًا بخجل كالذي شعرت به في ذلك اليوم، فلا ريب أن الجيران ظنوا بي الظنون.

وعلى الرغم من نوبة جنونها، تقدمت أمها لتأخذ من يدها الساطور، فإذا بها تتراجع بضع خطوات، وترفع الساطور بحذاء رأسها وتهدد بضربه. كل هذا ولم يغب عنها نحيبها الذي يشبه نحيب الوحوش الضارية.

حاولت سونيا وغابرييل، وأوراثيو كذلك، ترتيب ذكريات أندريا. لكنها لم تسمع من أحد ما يخالف رأيها.

- والحقيبة؟!

تبددت في الهواء كل محاولة لإخبارها أن أمها ما كانت تحمل إلا حقيبتها الجلدية السوداء.

- رأيتها تُعِد متاعها، ورأيت الحقيبة بعينيَّ هاتين. هل كنت أتخيل أم أنني اختلقت كل هذا؟ هل تزعمون أني مجنونة أو كاذبة؟ وهناك شيء آخر، لماذا لم تصطحبني معها؟ كيف تتركني وحيدة في المنزل وأنا في السنة الثانية أو الثالثة؟ ماذا لو شربتُ المبيض السام، أو فتحت الغاز، أو قفزت من النافذة من الفزع والخوف، أو حشرت إصبعي في مقبس الكهرباء، أو أشعلت النار في المنزل بعود ثقاب، أو قطعت إصبعي بالمقص...؟

وهنا صمتت فلم تُكمل ذكر ما بدا أنه يزيد من كربها.

- لكني لم أتأخر إلا بضع دقائق!

- كذبتِ! تأخرتِ كثيرًا حتى شعرتُ أنكِ لن تعودي أبدًا!

- كما أنكِ كنتِ في الرابعة أو الخامسة.

فردت هي:

- بل كنتُ في الثانية أو الثالثة، أتذكر هذا كأنه بالأمس.

- كيف ستتذكرين إن كنتِ صغيرة جدًّا كما تقولين؟

- أتذكره بلا ريب. شيء في جسدي يجعلني أتذكره. لديَّ ذاكرة حديدية، وثمة مواقف لا ينساها المرء أبدًا.

وبدا طريق الحديث معها عن شيء وقع في طفولتها البعيدة مسدودًا، كما لو كانت تلك القصة نبتت وتشكَّلت عميقًا في وعيها.

5

خمنت أورورا حديث غابرييل مع سونيا، كلمة بكلمة. وعلى الرغم من أنها تعلم أن سونيا ستتصل بها في اليوم التالي لتبوح لها بكل التفاصيل، وتعلِّق على كل شيء وتثرثر وتفتح مغارة النميمة، وتخبرها بكل ما لم تخبر به غابرييل، فإن رغبة تأججت في صدرها دفعتها لتسأل غابرييل كيف تلقت سونيا فكرة اجتماعهم للاحتفال بعيد ميلاد أمهم، لكنه حلَّق بإصبعه مشيرًا إليها بأنه سيخبرها لاحقًا لأنه بصدد الاتصال بأندريا، ثم حلَّق بالإصبع نفسها لتصمت:

- ششش.

«أنا على يقين أنه سيتصل بها»، هكذا حدثت أورورا نفسها. وجاء رد غابرييل: «الهاتف يرن!». لأنها خمنت أيضًا ما كان يحدث، ولا بد أنها تتمتع بقدرة شيطانية، أو أنها جُنت، بل إن سونيا أكدت لها كل ما حدث في هذه المكالمة في اليوم التالي عند اتصالها بها.

- أتعلمين؟ بمجرد أن أنهيت الاتصال تذكرت آخر مرَّة جمعتنا مع أندريا مائدة الكريسماس في منزل أمي. أتتذكرين؟

وكيف لها أن تنسى شيئًا كهذا. لقد مرت عشر سنوات على هذا اليوم الكارثي. كانت أمهم قد أعدت السلطة الروسية، وهي الأكلة المفضلة لدى غابرييل، وعندما حان وقت تقديم الطعام، قدَّمتها أولًا إلى ابنها. أو ربما لا، فثمة روايات مضادة للواقعة نفسها، وليس من الواضح إن كانت الأم قد مالت، ولو قليلًا، لتقدم الطعام إلى غابرييل، أو كانت أندريا هي من انطلقت بلسان حاد ساخر فقالت لأمها:

- لا تنسي غابرييل، ولا تنسي تقديم الطعام له أولًا.

لم تفطن الأم للمعنى السيِّئ الكامن في كلمات أندريا، فاتبعت مقالتها وقدمت الطعام أولًا إلى غابرييل، وهنا قالت أندريا:

- المزيد، زيديه، ولا تزيديه إلا من أطيب الطعام، زيديه من القريدس ومن التونة، وزيديه من الفلفل الأحمر، ومن كل شيء.

وكلما استرسلت في كلماتها فقدت نبرة السخرية، وأصبحت كمن يلقي حجارة وليس كلمات. وهنا تجمدت أمها وهي ترفع الإناء بين يديها، وأُسقط في أيدي الجميع فسكتوا مترقبين خائفين لا يُسمع إلا همسهم، فيما استرسلت أندريا في غيِّها:

- زيديه، زيديه من كل شيء، بل امنحيه كل شيء، امنحي كل شيء للولد، امنحي كل شيء للفيلسوف!

وهنا انطلقت أندريا كالنار في الهشيم وقد فقدت تحكمها في نفسها وبدأت في القدح فيهما، في أمها وفي غابرييل، فوصفتهما بالأنانيَّين، المقززَين، المستبدَّين، الوغدَين، وأنهما اجتمعا على تدمير حياتها، تمامًا كما فعلا مع سونيا، وأشارت إليها بإصبعها كما لو كانت تكشف سرًّا لا يعلمه أحد، وأنهما ما فعلا ذلك إلا لكونهما شخصين مدمرَين يحيلان كل شيء إلى رماد. والتفتت في فورة غضبها العاصفة إلى أمها:

- أنتِ قتلتِ قِطي! أنتِ تركتِني وحدي وأنا في عمر العامين! أنتِ تركتِني وحيدة عندما حاولت الانتحار! أنتِ دفعتِني لأغسل عورات العجائز! أنتِ سرقتِ مستقبلي!

ثم التفتت إلى غابرييل:

- أنت ذهبت إلى لندن ولم تكن تعرف كلمة إنجليزية واحدة! وكنت «العوض»! أنت العبقري المنتظر! ماذا كنتَ؟ سأخبرك أنا: ما كنتَ

إلا ريشة في مهب الريح، زهرة صناعية تذوب تحت حر الشمس، وصهيل حصان لا يُسمع إلا مبتعدًا أكثر فأكثر! انظروا إليه جيدًا! ألا تعرفونه؟ بلى إنه هو! إنه الرجل الخارق الذي لا يهمه شيء على ظهر البسيطة!

هذا مقام الآلة وليس البشر. قذفتها أمها بمحتويات إناء السلطة، وكان تصرفًا غير حكيم، حيث تساقطت السلطة من الإناء فوقهم جميعًا. أما أندريا فوقفت ولم تهدأ فورة غضبها، وضربت المائدة بقبضة قوية جعلت الأواني والأطباق تتقافز عليها بانسجام، ثم صرخت وهي في رواق المنزل:

- لم يخامر قلبكِ قَطُّ حبُّ أبي، وما قتلَته إلا ماديتكِ وحزنكِ الأسود!

ثم صفعت الباب خلفها، ونزلت درجات السلم مسرعة، وهم يسمعون منها عاصفة السب والوعيد في أثناء مشيها في الشارع.

اختفت أندريا، لكنهم جميعًا ظلوا متسمِّرين في مكانهم كالأصنام، وقد أخذتهم صيحة الخوف. شحب وجه أوراثيو، وبكى في صمت، وهطلت دموعه فوق المايونيز، وتسمَّرت الأم ممسكة بإناء السلطة عاليًا، بينما غطت البازلاء يد أوراثيو وتدلت من أذنه شرائح الفلفل الأحمر. أخذت الرهبة الجميع فلم يستطع أحد أن يتحرك قيد أنملة أو ينبس ببنت شفة. وفضلًا عن الصمت المطبق الذي تلا فورة غضب أندريا، لن تنسى أورورا طوال حياتها ذلك النحيب المتردد الذي انساب كمياه جدول، ولم يفهم أيٌّ منهم، حتى هي، مصدره، حتى نظرت فجأة إلى أليسيا ذات الأعوام الثلاثة، فإذا النحيب نحيبها، ورأت كيف تصاعد نحيبها حتى تحول إلى دمدمة شديدة، كخوار حيوان يأتي من قعر جُحر، وبدا كما لو أن روحًا مظلمة جامحة خرجت إلى النور فجأة. كان صوتها صوت نحيب أو لهاث أو دمدمة، وكانت تلك أول مرَّة يسمعون فيها صوتها، أول حضور لها، أول شهادة لها أمام الناس. كيف تنسى أورورا هذا اليوم؟

- حسنًا، على ذكر حفل الكريسماس هذا، قررتُ أن أتصل بأندريا قبل أن يصل إليها غابرييل لأخبرها بالأمر، فأنتِ تعلمين حالها، وتدركين أني أعلم شخص بها وأني الوحيدة التي تتحدث إليها فتستمع إليّ في بعض الأحيان.

قالت أندريا:

- لكن أمي تكره الحفلات. تظن أن الحفلات ليست سوى إنذار بوقوع المصائب.

فقالت سونيا:

- هذا ما قلته بالضبط. لكن غابرييل أخبرني أنه ليس حفلًا، بل مأدبة لعيد ميلاد أمنا. يرغب غابرييل في جمع شملنا مرَّة أخرى، ويرغب في أن يهدي أمي هذه الفرصة للفرح.
- فرصة لأمي للفرح؟ لا تعلم أمي ما الفرح. هل رأيتها فرِحة قَطُّ؟
- هذا ما قلته بالضبط لغابرييل.
- وأنا؟ هل رأيتني فرِحة قَطُّ؟ لا. وأقولها من كل قلبي. أنتِ أيضًا لم تعرفي الفرح عندما كنا نعيش معًا. لم يكن سعيدًا بيننا سوى غابرييل، ولا أقول هذا انتقادًا له. هل تظنين أن غابرييل بكى يومًا؟
- اسمعي يا أورورا العزيزة، أنتِ تعرفين أندريا، وأعلم أنها لا تُطاق أحيانًا، ولن أخفي عليكِ شعورها فيما يخص غابرييل، لكن لا تعبئي كثيرًا بما تقول، فهي تُكن له في أعماق قلبها حبًّا جمًّا، حبًّا يمس شغاف قلبها، ففي داخلها تجدين قلبًا رهيفًا. وما يجعلها على حالتها تلك هو شعورها الشديد بالوحدة والضياع والحرمان من الحب، وإن كان نباحها كثيرًا فإنها ما كانت لتؤذي أحدًا أبدًا.

تقول أندريا:

- لقد حمل أبي الفرح في نعشه إلى القبر. ربما نسيتم أنتم، لكني لم أنسَ شيئًا من مغامرات الفاتح العظيم، ما زلت أرددها لنفسي في ليالٍ كثيرة، ويسرقني النوم وقد غشيتني سكينتها...

قالت سونيا:

- أما أنتِ فكل جانب من جوانبكِ تجسيد للمثالية.

قالت أندريا:

- لأني أؤمن بالأمس. لقد أصبح الناس ينسون كل شيء في ثوانٍ، أما أنا فلا. أنا أؤمن بالأمس. أنظر إلى الماضي كل يوم وأرى أثر قدمَي على ظهر الزمن. ما زالت الذكريات تضطرم في صدري كالنار في الهشيم. كيف استطاعت أمي إلقاء صورة الفاتح العظيم في القمامة. كيف جرؤت على هذا؟

ردت سونيا:

- حسنًا، كنا سنعرف الحقيقة بأنفسنا في يوم من الأيام.
- أي حقيقة؟
- أن كل هذا ما كان إلا اختلاقًا من أبينا.
- أتقولين إن أبي اختلق كل شيء، وكل ما حكاه لنا كان محض افتراء؟

ردت سونيا بنبرة مترددة وقد غشيها الخوف:

- أظن ذلك.
- لا نعلم إن كان صدقًا أم افتراءً، أو إن كان الفاتح العظيم حقًّا أم خيالًا. هذا ما أخبرتنا به أمي، لكن...
- وفي هذه اللحظة بالضبط سمعتُ نباح «كاندي»، فانتهزتُ الفرصة لتغيير الموضوع.

قالت سونيا:

- لا عليكِ! كيف حال «كاندي»؟

فردت أندريا بنبرة درامية وقاطعة:

- «كاندي» بخير. أعلم أنكِ تحبينني، وكذلك أورورا، لكن أبي و«كاندي» هما اللذان أحباني من أعماق قلبيهما. الوحيدان اللذان كانا يقلقان من أجلي، وأحباني بلا قيد أو شرط.
- هذا ما قالته لي أندريا، لكنها لم تجرؤ على أن تبوح لي بأن أوراثيو كان يحبها أيضًا، لأن هذا ما تزعمه هي، أن أوراثيو كان مغرمًا بها طوال الوقت أكثر من غرامه بي، وأنها كانت حبيبته السرية. لم تخبرني بهذا، لكني أعلم. وأظنكِ تعلمين بهذا أيضًا، أليس كذلك؟
- لا، لا أعلم شيئًا.

هكذا قالت أورورا وكذبت.

- غريب! فالعالم كله لا يبوح بأسراره إلا لكِ. فأنتِ طيبة ومتفهمة و... لا أعلم، ربما أخبرَتكِ وأنتِ لا ترغبين في إخباري. لكني لا ألومكِ يا أورورا العزيزة، لأني أعلم أنكِ لا تبحثين إلا عن الأفضل لكل شخص، وأنكِ تحملتِ ما يكفي منا جميعًا. لكن عندما قالت أندريا إن أحدًا لم يحبها كما أحبتها «كاندي»، اختلط في صدري الأسى مع الغضب، لأنها لم تقل هذا إلا لتؤذيني، ولا أستطيع أن أجد سببًا لذلك...

قالت سونيا:

- أنا أيضًا يهمني أمركِ، وأحبكِ كما تحبينني.
- ثم صمتت طويلًا بطريقتها التي ترغم المرء على الصمت، وهي في ذلك لا تُحتمل، فتجعل المرء كما لو أنه أذاها، وأنه ألزمها الصمت، وأنه سبب صمتها.

- ماذا جرى معكِ في حلبة الثيران؟

هكذا سألت سونيا.

- واستمرت هي في صمتها المطبق.
- خلعت جميع ملابسي إلا سروالي الداخلي وطليت جسمي كله بالأحمر.
- فلم تنبس ببنت شفة، وكانت تتدثر دائمًا في صمتها المتَّهِم، فتابعت حديثي وأخبرتها أن حارسًا ضربني بهراوة على ظهري فأصابني بكدمة ألزمتني الفراش لمدة شهر.

سألتها أندريا:

- هل ندمتِ على ذلك؟
- لا...
- هل أصبحتِ تنسين كل شيء فور انتهائه مثل الجميع الآن؟ هل نسيتِ أيضًا السهام والرايات والسيوف البتارة؟

فردت سونيا:

- بل أتذكر، لكني أتذكر أيضًا الدجاج والعجول...

فقاطعتها أندريا بفظاظة:

- لا تذكري هذا أمامي! تعلمين أني نباتية. إني أرى أن الحيوانات مخلوقات مقدسة، وكذلك النباتات. ليس هذا فقط، بل أسمع صرخات الزهور. وهكذا أقول للأطفال في الحدائق: «أرجوكم يا أطفال، لا تطأوا زهور الأقحوان».
- ثم تبعت ذلك بنوبة صمت غاضب أخرى. هل تسمعينني يا أورورا؟
- نعم أسمعكِ، لقد مست قلبي رقتكِ ورحابة صدركِ.
- لا أدري إن كان صدري رحبًا فعلًا. أرغب أحيانًا في أن أرسلها إلى الجحيم، لكني أشعر بالأسى تجاهها في أحيان أخرى.

قالت سونيا:

- نادرًا ما آكل اللحم، ويقل مقدار ما آكله مع الوقت.

ردت أندريا بنبرة أسى في صوتها:

- أتدرين كم عدد حيوانات الوشق الباقية في إسبانيا؟

أجابت سونيا:

- لا أعلم، لكني أحبكِ من كل قلبي وأتفهم موقفكِ.

- كل ما شعرت به في تلك اللحظة هو اليأس والرغبة في إنهاء المحادثة في أقرب وقت ممكن.

قالت أندريا:

- أنا أيضًا أحبكِ، وأحببتكِ طوال عمري، أكثر مما تتخيلين. لو كنت ما زلت أؤمن بوجود الرب، مثل الماضي عندما رغبت في الرَّهبنة ولم تدعني أمي أفعل - فما كانت تدعني يومًا أفعل ما أحب - لدعوته من أجلكِ كثيرًا، لكني فقدت إيماني به. لم أعد أؤمن بتاج الشوك. ما عدت أؤمن إلا بالأحلام والحب الشامل.

- هذا كذب يا أورورا، فهي لا تحبني. كيف ستحبني؟ بل على العكس، هي تبغضني، بسبب أوراثيو، فهي لا تطيق حب أوراثيو لي أو زواجه مني.

ردت أورورا:

- لا أرى هذا يا سونيا. لقد كان ذلك منذ زمن طويل. كما أن الذنب ليس ذنبكِ إن فضَّلكِ أوراثيو عليها.

- أواه! هذا ما لن تنساه أو تغفره أبد الدهر. هذه أبشع مصيبة أصابتها في حياتها. وهذا ما يشعرني بالأسى حيال أندريا. يا ليتها تزوجت أوراثيو. يا ليت هذا ما كان. لكنها لا تعلم من هو أوراثيو. لا يعرفه أحد سواي، ولم أخبر أحدًا قَطُّ، حتى أنتِ.

- لكنكِ الآن على وئام مع روبرتو. لا تنشغلي بمثل هذه الأمور.
- صدقتِ، لكن مع الحفل - وهي فكرة غابرييل - فلا مناص من تذكُّر كل شيء.

قالت سونيا:

- والبنتان أيضًا تُحبانك.
- نعم، لكنهما لا تتصلان بي أبدًا، ولا تأتيان لرؤيتي.

ردت سونيا وهي تقلل من شأن الأمر:

- ولا أنا كذلك. لا تخفى عليكِ حال شباب اليوم أو سوء أحوالهم. أرى أن شباب اليوم يمرون بصعاب لم يمر بها شباب الأمس.

قفزت أندريا كزنبرك قائلة:

- أتقولين إن شباب اليوم يعانون أكثر من شباب الأمس؟

فردت سونيا مؤكدة:

- نعم، ربما. في الماضي كانت القواعد راسخة، والأعراف واضحة، والطريق بيِّنًا، والقِيم لا تتزحزح، وكان المستقبل واعدًا.
- يا إلهي، كيف خطر لي قول هذا! نعم، لقد ألجمها الصمت حتى أصبح لصمتها دويٌّ مسموع. كل هذا ولم نتحدث بعدُ عن الحفل. لنرى كيف سأخرجها من باطنيتها المعهودة. وأخيرًا جاء الوقت الذي تجرأت فيه على البوح من دون أن يدفعها أحد لذلك.
- شباب اليوم يتمتعون بالحب والحماية والحرية أكثر من أي جيل مضى، ويحظون بفرص لعمل أي شيء. وددت لو عاد إليَّ شبابي اليوم. لقد كانت حياتي نكِدة كما تعلمين. وددت لو درست الموسيقى وعزفت الغيتار وكوَّنت فرقة لموسيقى الميتال. وددت لو سافرت وأنا أركب في المقعد الخلفي لسيارة كاديلاك. لكن أمي

أخرجتني من المدرسة وأرغمتني على العمل وأنا ابنة ستة عشر ربيعًا. أرغمتني على تنظيف عورات العجائز.

- وهناك تعلمت القوة والصلابة يا أورورا، فلم يكن لديَّ خيار آخر.

ردت سونيا بنبرة غاضبة:

- وماذا عني؟ لقد وضعتني في محل الخردوات وأنا ابنة أربعة عشر ربيعًا، وكنت تلميذة نجيبة وجيدة في اللغة الإنجليزية.

- وكنت بصدد القول: ولم أكن مثلكِ، فلم أفشل في كل شيء، ولم أتغيَّب عن المدرسة. وفي عمر الرابعة عشرة أرغمتني على خطبة أوراثيو، وتزوجته وأنا ابنة خمسة عشر ربيعًا. لكني لم أقل لها ذلك. فأنا أعلم، كما تعلمين يا أورورا العزيزة، ولا تنكري، أن أندريا تظن أن هذه كانت نعمة أرفل فيها وليس عذابًا يطوقني، ولا تعلم أن هذا كان سبب عذابي بقية حياتي. أما هي فلم تنبس ببنت شفة، لكنها صمتت والصمت أبلغ من الكلمات، وبصمتها قالت لي كل شيء، باح صمتها بما في صدرها، بأن القدر كان كريمًا معي عندما أهداني أوراثيو، وأني كنت غبية وجاحدة بالنعمة عندما لم أصن هذه الهدية. لم أُطق هذه المحادثة، ولم أعرف كيف أخرج منها، لكنها كانت هي من ذكرت أمر الحفل.

- سأخبركِ شيئًا. لقد بدأت في تقليب صفحات الماضي، وأعدت قراءتها، وفهمت كل شيء. أمي لم تُحبني قَطُّ، وأنتِ تعلمين هذا. أتتذكرين يوم حاولتُ الانتحار؟ ماذا فعلت هي؟ هل اتصلت بطبيب لينقذني؟ لا، لم تتصل بأحد، ولم تحاول إنقاذ حياتي، لأنها لا تهتم، وأظنها أرادت موتي. أتتذكرين أمر الخاتم، وغيره من أشياء يضيق بها صدري؟ لقد ضيعت عرشي وحكمت عليَّ

بالنفي إلى الأبد. وعلى الرغم من كل شيء فأنا أحبها من أعماق قلبي، وليس لي حيلة في هذا، ولا أحمل لها أي ضغينة، وتعجبني فكرة الحفل، لأنها عانت في حياتها وعملت بكد وجهد وتستحق الحفل، وسأكون أول الحاضرين، وأول من يتبرع بجهده في هذا اليوم لتسعد أمي فيه. وأرغب في أن نجتمع كلنا مرَّة أخرى، كلنا بلا استثناء، بوجوهنا الحزينة. أحبكم جميعًا وسأظل أحبكم حتى لو انطفأت الشمس.

- وبقولها رأيت أن محادثتنا انتهت، وقلت لها إن كلماتها طيبة، وإنها مست شغاف قلبي، وإن الوقت قد حان لمناقشة تفاصيل الحفل. لكنها قالت: «هل سيحضر أوراثيو؟». أغضبني قولها، وأحجمت حتى لا أنطق بسوء، بأنها نسيت أمر روبرتو، بل لم تسألني عنه وهي تعلم عِظم شأنه عندي. وهكذا قلت لها: «لا أعلم. مع السلامة». وأنهيت المكالمة.

6

كان العام 1982، وكانت سونيا وأندريا في عمر الرابعة عشرة والثانية عشرة، أما غابرييل ففي التاسعة، وكانت أمهن في الرابعة والأربعين، وعلى الرغم من هذا لم يكن من السهل معرفة عمرها الحقيقي، فشخصيتها القوية، وصورتها المنحوتة كأم وأرملة، وكدحها في الحياة، كل هذا جعل عمرها غير ذي صلة بشكلها. كان زمنًا يمكن للمرء فيه أن يسمع في إسبانيا نبض قلب التاريخ الشاب والقوي، وكان هذا العام نفسه لا يُنسى لها، للأم، فكانت تنصت فيه إلى حكايتها الوحيدة والشخصية والحقيقية - وفيها تدفقت أحداثها الخاصة متوازية مع زخم هذا الزمن الفريد غافلة عنه - وفيه قررت الأم دفع رسوم حجز محل صغير، كان حانة في السابق، لتجعله محلًّا للخردوات. وبهذه الخطوة الجريئة المباغتة بدأت الأسطورة التأسيسية الثالثة التي نأت بمسارهم جميعًا إلى مصير جديد وغير متوقع.

استأجرت الأم عُمالًا، وكانت تراقبهم من كثب طوال الوقت، وفي بضعة أسابيع أصبح المكان جاهزًا. وطوال هذا الوقت لم تبُح لأبنائها بأي شيء عن مشروعها. أما هم فكانوا يرون ذهابها وإيابها على أنه نشاطها المعهود، وما رابهم إلا أنها كانت لا تحمل حقيبتها العتيقة معها أحيانًا، وأحيانًا أخرى تعود وقد علق بمرفقيها وكتفيها الإسمنت، وتفوح منها رائحة الطلاء ومواد البناء. وفي الليل وفي أثناء دوران ماكينات طباعة الصحف بلا كلل، تظل ساهرة حتى ثلث الليل الأخير مستأنسة ببقعة ضئيلة من الضوء يلقيها عليها مصباح صغير، فيما يحيط بها الظلام من كل مكان وهي تقلب في أوراقها.

وكانوا يسمعون صوت خطواتها القلقة داخل المنزل ليلًا من آنٍ إلى آخر. وإذا توقفت (فجأة كعادتها عندما تداهمها فكرة سيئة)، فكأنما تتوقف ماكينة العالم بتوقفها، وكأن صمت الليل البهيم يأذن بانتهاء العالم. وبعدها، إما تستمر في تجولها الهادئ أو تعود إلى طاولتها لتعكف على أوراقها. وفي هذا الوقت عادةً ما يغط الأطفال في النوم، لكن أندريا وسونيا كانتا تظلان مستيقظتين أحيانًا تستمعان إلى هذا النشاط الصخِب وهما تظنان أن خطرًا داهمًا يكاد يفتك بهم جميعًا. هذا ما تحكيانه، وربما صدَقتا، وربما لم يكن هذا سوى زيادة في ذكرياتهما أضيفت إليها مسحة من استيائهما. لكن في الصباح عندما يستيقظ الجميع يجدون الأم سبقتهم وقد التقمها روتينها اليومي وعض عليها بنواجذه، فتبدأ بالتنظيف ثم تنتقل إلى إعداد الملابس والأحذية ثم الإفطار وهي تنصحهم بأشياء وتحذرهم من أخرى، وأخيرًا يهرول الأطفال منطلقين إلى أسفل.

مرت الأيام هكذا، وعندما أضحى المحل جاهزًا للافتتاح للعامة، دعتهم أمهم لرؤيته، ولم تكن دعوتها نابعة من الفخر أو دعوة لطيفة، بل كانت كدعوة السيد لعمال اليومية - تغفل الدعوة عن جمال الطريق وغناء الطيور، لتحملهم إلى أرض عليهم أن يكدوا فيها ويحرثوا، من دون أن تشرح لهم سر التجارة وكيفيتها.

لا يتذكر غابرييل الأمر على صورته هذه، فيحكي أن أمهم اشترت لهم الحلوى والكعك والشوكولاتة والمرطبات، وأنهم استخدموا منضدة المحل ليقيموا مأدبة أسرية صغيرة. أخذت الدهشة ثلاثتهم وهم ينظرون إلى البضائع الكثيرة في المحل مرتبةً ترتيبًا دقيقًا على الأرفف وفي الأدراج والفاترينات، بألوانها الكثيرة التي تتلألأ بتلألؤ أضواء مصابيح الفلورسنت الجديدة المثبتة في أماكن غريبة. انبعثت من كل شيء رائحة الجديد، ولم يكلوا أو يملوا من

النظر إلى كل شيء، وقد أخذتهم فكرة أن كل هذه الأشياء اللامعة والثمينة (لأنها بدت ثمينة، وكأنهم وقعوا على كنز من كنوز الأساطير) مملوكة لأمهم، وبالتبعية لهم. شعروا أنهم اغتنوا بين عشية وضحاها كما يحدث في الحكايات. ويتذكر غابرييل أن سونيا باحت له فيما بعد بأنها فكرت في تلك اللحظة نفسها:

- لقد حان أوان تعلُّمي اللغات وسأجوب العالم كله.

أما أختاه فقالتا إن المحل لم يكن سوى محل صغير مغمور، تكدست فيه بضاعة رخيصة قديمة، وكانت فيه سندرة صغيرة استخدموها مخزنًا وغرفة للعاملين. مكان كئيب ووضيع فاحت منه رائحة الكيماويات، ففي ذلك الوقت كانت محلات الخردوات تبيع العطور وبعض مواد الصيدلة، وقد امتلأ بقوارير ماء الكولونيا والكحول والزيوت وزيت التربنتين وقوارير أخرى مثلها. وخلف فاترينة العرض وضعت الأم مقعدًا مستديرًا صغيرًا، وآلة تسجيل نقود صغيرة ومزعجة اشترتها مستعملة، وكشفًا معلقًا بمسمار في الحائط بحسابات البيع. قالت أندريا:

- بالطبع، لم تمنح محل الخردوات اسمًا. أي شخص في مكانها كان سيفكر في مائة اسم لمحله، ثم يختار أجملها، لكن أمي لم تفكر في ذلك قَطُّ، وهذا يقيني بها. هكذا كانت أمي.

كانت في المحل فاترينة عرض مُضاءة صغيرة قبيحة. وخيَّمت على هذه التجارة الصغيرة روح التعامل الفوري، أي بيع البضائع وقبض ثمنها فورًا، ذلك النظام الذي يُعد إحدى ركائز الحضارة وإنجازاتها العظيمة، إذ لم تكن لديهم بضاعة كثيرة تتيح البيع الآجل.

أما عن سبب مغامرتها بهذا العمل، فذكَّرتهم أمهم بأنه ما كان عن نزوة أو رغبة، بل عن رهبة تدفعها الحاجة، وقد تعاظمت نفقاتهم حتى هزل تحت

وطأتها معاشهم، وكان إيجار بيتهم يزيد ثقل نفقاتهم، وكل شيء في صباحه أغلى من بارحته، كل هذا وقد تضاءل كسبها من عملها في معالجة أمراض القدم فلم يعد الناس يحتاجون إلى خدماتها إلا نادرًا، وما كانوا يصلون إلى نهاية شهرهم إلا بشق الأنفس، وقد ازدادت الأسعار وتضاءلت الرواتب، وأضحى المستقبل وحشًا كامنًا يقتربون من براثنه خطوة مع كل يوم. وهكذا، كان عليهم إضافة صفحة جديدة لمغامرتهم الكبيرة للنجاة بحياتهم. وتحكي سونيا وأندريا أن أطول خطاب وجَّهته الأم إليهم وقفت فيه خلف فاترينة العرض هذه نفسها، متكئة بكلتا يديها عليها كقاضٍ يحكم في الرقاب، فيما وقفوا هم منصتين على الجانب الآخر بغير انتباه لها، وقد اشرأبت رقابهم إلى أعلى لأن فاترينة العرض أضافت إلى الأم طولًا فوق طولها، خصوصًا غابرييل الصغير ذا السنوات التسع الذي كان يسمع الخطاب محاولًا فهم أي شيء مما تقوله لهم.

كان هذا في الصيف، في بدايات سبتمبر. وقد أنهت سونيا تعليمها العام الأساسي، واختارت المدرسة التي ترغب في الحصول على درجة البكالوريا منها، ثم جاءت بعدها أيام فارقة. فكانت الأم تنتهز أي فرصة في أثناء اليوم لتشكو من متاعب الحياة، وكيف أن اللقمة لا تأتي إلا بجهد كبير، وارتفاع أسعار اللحوم وفواتير الكهرباء وحتى الأحذية، وتذكِّرهم وهي تغرف لهم الطعام - مع كل غرفة - بالكد والعرق المدفوعين كالقربان ليحصلوا على هذه اللقمة. وكانت تأكل ببطء كما لو أنها تستذكر مع كل لقمة ترفعها إلى فمها وتتفكر في معنى تلك اللقمة وقيمتها. وتتنهد إن جلست لتقشير الفواكه؛ إن هذا لعبء ثقيل على كاهل امرأة وحيدة. ثم جاء وقت الأوراق، فسحبت حافظة كرتونية متخمة، تكاد من تخمتها تمزق الشريط الذي يلفها، وراحت تستعرض البوالص والفواتير والأسعار والمساهمات والإيصالات وسندات الأذون وألف وثيقة غيرها. ثم جاء وقت إغلاق هذه الحافظة فضربت رأسها

بيأس، ولم يعرف أولادها، أو بالأحرى البنتان، إن كانت تشعر بالألم أو الذنب أو الخوف أو اليأس... أو ربما بدأ يتجلى لهما مكمن تلك الروح الطنانة الحزينة التي تلبست الأم في تلك الأيام. وتحكي سونيا:
- لم أرَ دليلًا، لكني كنت أعلم أن شيئًا سيحدث، وأن أمرًا سيئًا يوشك أن يقع بنا.

ومع افتتاح محل الخردوات، تحملت سونيا مزيدًا من أعمال المنزل، فكان عليها تنظيفه، وإعداد الطعام من آنٍ إلى آخر وتقديمه، وغسل الأواني، وغسل الملابس وكيها وإصلاحها، والعناية بأخيها وأختها، حتى لم يعد لديها من الوقت ما يكفي للدراسة، فما بالك باللعب. وهكذا ظلت الدُّمى والفرسان والأميرات حبيسة زنزانة مظلمة حتى أهلكها الدهر.

- أما أندريا، فكانت على العكس من كل هذا، لم تساعدني إلا نادرًا، وتقضي معظم اليوم في الخارج مثل أمي. ولم تكن المدارس قد فتحت أبوابها بعدُ، فكانت لا تعبأ بشيء، وتقضي الساعات الطوال في سماع الأغاني والدندنة بها، خصوصًا أغاني الروك، الأحب إلى قلبها، فتتمايل على وقعها كأنها تعزف على غيتار أو تقرع طبولًا، وتصرخ تلك الصرخات المميزة في أغاني الروك، أو تتدرب على الفنون القتالية التي تحبها جدًّا، أو تلقي بنفسها على الأريكة لتقرأ قصصها المصورة أو تشاهد التلفاز. وهنا بدأت شخصية أندريا تظهر، نورها وظلامها. أما غابرييل فقد اعتادت أمي أن تصطحبه معها إلى محل الخردوات، وإن تركته في المنزل فإنه يعكف على شؤونه، فيرسم، أو يقرأ قصصًا، أو يلعب بعربته، أو بلعبة راعي البقر، بتفانٍ وفي صمت، منعزلًا عن كل ما حوله كجزيرة في محيط. وسأحكي لكِ ما كنتِ تجهلين.

حتى جاء مساء يوم انتهوا فيه من طعامهم، فإذا بالأم تقول:

- اجلسوا لنتكلم.

كان هذا يوم أحد. أخلت المنضدة من كل شيء، ونظفت المفرش، وأخرجت تلك الحافظة التي أخرجتها من قبل، ولم تفتحها، بل وضعت يدها عليها كما لو أنها ستقسم عليها، وفي بضع كلمات قاطعة فصَّلت لهم نفقات أسرتهم. فتحدثت عن معاش أبيهم، ومحل الخردوات الذي لم ينجح بعدُ في اجتذاب زبائن دائمين - بل تأخر الزبائن في القدوم إليه - ودخله الذي لا يكفي المعيشة. وهكذا أصبح ضروريًّا أن تُخصص وقتًا أكبر لمهنتها كحكيمة تعالج أمراض القدم، ولتقوم بسمسرة منزلية لأصناف الخردوات والعطور، فهذا هو الحل الوحيد للخروج من المأزق... وتحكي سونيا أنه في هذه اللحظة انكشف لهما المستقبل بوجهٍ مرعب. أما غابرييل فكان يلعب على الأريكة بلعبة راعي البقر البلاستيكية والعربة الحمراء. وكانت أندريا تهز رجلها هزًّا متقطعًا كما لو أنها تدندن على وقع أغنية من أغاني الروك. ربما كانت تظن أن هذا أمر لا يعنيها. وعندما تابعت أمهم القول بأن تتحمل سونيا أعباء محل الخردوات، وتتدبر أندريا شؤون المنزل، واصلت أندريا هز رجلها، أما سونيا فلم تشِ ملامح وجهها بشيء، وكأنها لم تفهم كل شيء بعد. فقد كانت تلك مستجدات كبيرة تكاد لا تستوعبها عقولهم الصغيرة. العمل في محل الخردوات؟ وشيئًا فشيئًا فهمت سونيا ما لم تفهمه. حسنًا، والمدة؟ ردت الأم:

- طوال الوقت اللازم.

كانت تلك اللحظة واحدة من لحظات الحياة التي تضيف للإنسان عمرًا فوق عمره، فتحوله من مراهق إلى شخص كبير مسؤول، وتبدِّل عقله ونفسه فلا يعود إلى ما سبقها. والمدرسة؟ ومشروعاتها وأحلامها البسيطة للمستقبل؟ ردت الأم:

- يمكنكِ أن تلتحقي بالمدرسة بنظام الانتساب، واستغلي وقت فراغكِ في المحل للدراسة عندما لا يكون هناك زبائن، أو عندما أكون موجودة. ولديكِ وقت المساء والعطلات الأسبوعية. إن تحققت الرغبة فستجدين الوقت اللازم.

وأضافت:

- كما يمكنكِ دراسة اللغات بمجهودكِ الذاتي، فاللغات ليست مهنة.

وفي الأيام التالية كانت سونيا تطلب من أمها التفرغ من عملها بعد الظهيرة، لتتمكن هي من الذهاب إلى المدرسة في فترة ما بعد الظهر أو الفترة المسائية. لكن الأم كانت في وقتَي الظهيرة والمساء أكثر انشغالًا في زيارات العلاج المنزلية، فضلًا عن كونهما الوقتين اللذين يحتاج فيهما المحل إلى سونيا أكثر من غيرهما. قالت الأم:

- الكبير مسؤول. على الكبير أن يتقدم الأصغر منه.

وقالت لها لاحقًا، خلال عامين أو ثلاثة، إنها يمكنها العودة إلى الدراسة عندما تتحسن الأمور، فالتخلف عن الدراسة لأعوام لن يضرها بشيء، وكثير من الناس يدرسون وهم أكبر من أقرانهم، ثم يبزُّون الأقران ومن بدأوا قبلهم بكثير. ولتعزز منطقها، قالت لها إن عملها في محل الخردوات يمكن أن يُكسبها معيشة طيبة إلى الأبد، فلم يُخلق الناس جميعهم للدراسة، وإنها يمكنها السفر في شهر أغسطس، وقت العطلات، حيثما شاءت، ليست كمضيفة كما كانت تحب، فالمضيفة لا تعدو كونها نادلة، بل كسائحة، تُخدَم وتُكرَّم.

- وما يدريكِ، لعل القدر كتب مستقبلكِ في محل الخردوات.

ولم تجد الفتاة مخرجًا تفند به منطق أمها.

سمعت أورورا مائة رواية لألف مرَّة لهذه الفترة المؤسفة. لا يتذكر غابرييل كثيرًا عن أيام سبتمبر العصيبة تلك، لكنه يتذكر أنه في ذلك الوقت

أقلع عن اللعب بلعبة راعي البقر والعربة. وكما تحكي الأم لأورورا، فإن هذه الخطوة كانت صعبة ومُرَّة عليها مثلما كانت على سونيا، لكن الظروف لم تدع لها مهربًا، إذ كانت تدفع إيجارين، وكانوا على بُعد خطوة من الإخلاء والخروج إلى الضياع، فكيف ستخرج إلى الشارع بثلاثة أطفال صغار يحتاجون إلى المأكل والمأوى! أما سونيا وأندريا فما كفتا عن قول إن معاش أبيهما وما تكسبه أمهما، بل حتى معاش أبيهما إضافةً إلى ما يأتي من المحل، يكفي لمعيشتهم حتى لو كانت معيشة رقيقة، وكانتا ستدرسان مثل غيرهما من بنات الأسر رقيقة الحال، لكن أمهما حريصة على المال، وكل كثير منه تراه قليلًا، وما اكتفت منه قَطُّ، وفي سبيل جشعها ضحت بمستقبل بنتيها.

- وهذا يا أورورا أمر يتعذر نسيانه أو غفرانه.

وهكذا، بدأ في عمرها فصل جديد، ولا تزال هذه الذكرى تُصيب سونيا بألم يزيد على ألمها يومذاك. كانت طفولتها لا تزال حية فيها، وما زالت تحب اللعب واللهو، وكان حلم تعلم اللغات والسفر حول العالم لا يزال يراودها، وإذ بهذا كله ينقلب بين عشية وضحاها، فتجد نفسها تعمل طوال الوقت في محل حقير مظلم تفوح منه رائحة الكيماويات، منكبةً على آلة تسجيل النقود، تحدث الزبائن عن جودة سحاب بنطال أو شامبو، وتطابق بين ألوان الخيوط، وإذ بها تتحول إلى شابة، بل إلى سيدة مثقلة بالأعباء، وإذ بحياتها تفسد قبل حتى أن تتذوقها.

- كانت هذه هي البداية، ولم أكن أعي ما يستتر خلفها، وعلى الرغم مما كانت عليه، وما كان فيها، فإن مصاعبها تتضاءل إن قارنتِها بما تلاها، عندما تحولتُ بين عشية وضحاها إلى سيدة حقًّا، وواقعًا.

في ذلك الوقت، كانت الأم تمارس مهنتها الأخرى، وتدعو بعض مرضاها إلى محل الخردوات لتعطيهم الحقن أو تُضمد جروحهم في الجزء

الخلفي من المحل. وعندما تذهب إلى المنازل تستغل الفرصة لتعرض عليهم بعض الأصناف المعروضة في المحل، وكان أكثرهم يشترون منها، إما رغبةً منهم وإما حياءً. وعند عودتها إلى المحل كانت تقول لسونيا:

- أرأيتِ؟ إن أردتِ الزبائن فعليكِ بالبحث عنهم، فالحياة أبخل من أن تعطي شيئًا مجانًا.

- لقد كرهتها يا أورورا العزيزة، أقولها لكِ والأسى يملأني. وكانت أكثر الأوقات التي أكرهها فيها عندما تتركني وحيدة في المحل وتغادر حاملةً حقيبتها السوداء. كنت أبغضها من أعماق روحي، وكان بغضي لحقيبتها أشد.

وكان لسونيا موعد مقدَّر لتتجرع من مرارة الخيبة، فبعد قليل ستأتي فرصة ليسافر أحد الأبناء الثلاثة إلى لندن لتعلُّم الإنجليزية، وسيقع الاختيار على غابرييل بالطبع. شيَّعته سونيا وهو يغادر وقد امتلأت حقدًا وغيظًا، وشعرت كما لو أن أحلامها تغادر معه بلا رجعة.

أما أندريا... فتحكي أن سُخرتها في أعمال المنزل الثقيلة الشاقة على فتاة لم تتجاوز الثانية عشرة دمرت مستقبلها الفني والدراسي، وأحدثت في روحها شرخًا لن يلتئم أبد الدهر:

- كان كل يوم من أيامي مثل جبلٍ يجب عليَّ تسلُّقه إلى قمته.

وتعدِّد: كنس الأرضية ومسحها، وترتيب الفراش، وغسل الملابس وكيها، وأعمال المطبخ، والتسوق، وإعداد المائدة وترتيبها، وغسل الأواني والأطباق، فضلًا عن رعاية غابرييل.

- هكذا كانت طفولتي يا أورورا. كنتُ حمَّالة هموم، أتفهمينني؟ وهكذا عرفتُ لماذا أراني أحب اللون الأسود ويحبني كما لو كنا نعرف بعضنا منذ الأزل.

وتحكي أنها في غمرة لحظة فرح، من لحظات فرحها المعدودة في ذلك الوقت، حملت قِطًّا صغيرًا وجدته يرتعد من البرد في الشارع، قِطًّا صغيرًا يميل لون فرائه إلى البُني وعيناه خضراوان، سمَّته «الفاتح»:

- كان القِط فرحتي الوحيدة، وصديقي الوحيد وقتها. وعلمت أن أمي ما كانت لتقبله، فخبأته بين ملابسي في الخزانة، ولم يمضِ الكثير حتى اكتشفت أمي أمره، فمالت برأسها وجذعها إلى الخلف وهي تنظر إليه شزرًا كما لو أنها تشمئز منه: «ما هذا القِط؟». ثم قالت: «لا مكان للقِط هنا. رُديه إلى حيث التقطتِه». فرجوتها وتوسلت إليها، بل إني جثوت على رُكبتَي أستعطفها، وأمسكت بتلابيب ثوبها وأنا أقول لها أرجوكِ يا أمي، أرجوكِ، دعي لي هذا القِط، سأعتني به وأنظفه وأُطعمه من طعامي، وأقسم لكِ أنكِ لن تشعري بوجوده، أقسم لكِ بالله. وقد التفت ساقي بالأخرى وانفجرت في البكاء.

ونظرت أندريا عاليًا إلى وجه أمها، وقد ألبسته الأم قناع الحَكَم، بينما لم تتوقف أندريا عن البكاء وهي تحتضن ساقَي أمها حتى وافقت الأم على مضض، كما لو أنها تقاوم رغبة دفينة بداخلها.

- كنت سعيدة بالقِط. كان بلسمًا لجميع أحزاني. ظل دائمًا خلفي ما دمت في المنزل. كان يجري مندفعًا ولا يتوقف عن اللعب بالمكنسة. أتحدث إليه فيُجيبني بطريقته، ويُقبِل مجيبًا عندما أناديه. أتمايل راقصةً فيتبع دندنتي، وأطلب منه رفع ساقه فيرفعها. كان عزائي الوحيد في هذا العالم، وأصبح بالنسبة إليَّ قوس قزح في العالم المظلم.

وبعد بضعة أسابيع، عادت أندريا من المدرسة ولم تجد القِط. وتقول مؤكدة:

- قتلَته أمي، أو ربما وضعته في حقيبة وحملته بعيدًا وألقت به. أنا أعرفها، وإني على يقين بأنها قتلته وألقت به في القمامة كما فعلت في صورة الفاتح العظيم، بكل بساطة.

أما الأم فتقول إن هذه بلا ريب كذبة من فيض كذبات أندريا ضدها، فكيف لها أن تقتل ذلك الصغير البائس، فما حدث هو أن القِط سقط من الشرفة على سطح الجيران ولم يعرف أو لم يرغب في العودة.

- راودني الأمل في عودته لوقت طويل، وكنت أطل من الشرفة أحيانًا ناظرةً نحو الأسطح المجاورة، رافعةً صوتي بالنداء عليه: «فاتح! فتوح!»، لكنه لم يعد قَطُّ. وكيف سيعود وقد قتلَته أمي! بل إني أعلم كيف قتلته. لقد أغرقته في الحوض. استغلت امتلاء الحوض بالماء غير النظيف، ثم جرَّت «فاتح» وألقته فيه، في أعماق الحوض، حتى همد.

ردت أورورا:

- ربما الأمر لم يكن كذلك، وربما هرب القِط إلى أسطح الجيران. أنتِ تعلمين حال القطط. ربما عثر على قطط أخرى وعاش معها.

كانت أندريا لا تكف عن ذكر هذه القصة، وبعد حين أصبحت على يقين من نهايتها المأساوية.

- شكرًا على مواساتي يا أورورا، لكن اعلمي أنكِ تخدعين نفسكِ، فأمي قتلت القِط عن قصد وبلا ندم، كما فعلت في كل حياتها.

وما كان شيء يزحزحها عن هذا اليقين.

تعارضت آراء الباقين حول هذه الرواية. فرأى غابرييل أن التفكير في احتمالية وقوع هذا لا يعدو أن يكون تفكيرًا مريضًا. أما سونيا، فلم تصدِّق أن أمها قتلت القِط، لكنها لم تنكر قدرتها على فعل ذلك.

- ما كان يهمها إلا وصول الأسرة إلى بر الأمان، وكل ما عدا ذلك كان مهملًا، حتى البغضاء.

كان هذا منطقها. لم تتخلَّ سونيا يومًا عن أمل العودة إلى الدراسة ولم تمل من السؤال، لكن أمها ما انفكت تجيبها بإجابات غامضة. وهكذا انقضى الوقت شهرًا تلو شهر، وفجأة بدأت الأم تتحدث عن شاب تعرفت عليه، شاب رائع - «رائع»، هكذا قالت، ووقفت سونيا وأندريا ذاهلتين أمام هذه الكلمة، وكأن لجامًا ألجم لسانيهما فلا تستطيعان النطق - وراحت تعدد مزاياه ولم يوقفها شيء، قالت إنه شاب رشيد، وجاد، ومؤهل، ومثقف، ووسيم، وودود، ولطيف، ومرح، وكريم، ولم تفوِّت فرصة قَطُّ للحديث عنه والاحتفاء به، وكانت نبرة صوتها تتغير عند حديثها عن هذا المحبوب، حتى شق الاهتمام به طريقه إلى عقل البنتين، لا سيما أندريا، فسألتا عنه، بل إن الخيال لعب برأس أندريا فرسمت له صورة في مخيلتها مع أبيها والفاتح العظيم. ولا تنسى سونيا لحظة سؤال أمها عن اسمه. حدث هذا في المحل. ولما انطلق السؤال من فم سونيا نظرت إليها الأم نظرة عميقة عذبة، لم تنظر مثلها قَطُّ طوال حياتها وقد أشرق وجهها كالقمر، وردت:

- أوراثيو.

ثم حلَّ صمت لطيف يملأه سحر هذا الاسم الفريد الجميل.

7

قال غابرييل:

- اتصلت بكِ البارحة أربع مرَّات أو خمسًا، وكان الخط مشغولًا.

ردت أندريا:

- كنت أكلم سونيا.
- صحيح، لقد أخبرتني أنكما كنتما تتكلمان.
- إذن فلماذا تسأل؟
- غريب الأطوار! هكذا هو، كأنه سدٌّ يريد أن ينقض. لا ينبس ببنت شفة ولا يصمت لثانية إلا وتعرفين شيئًا منه.

قالت أورورا:

- تعلمين كيف هو. وأتعجب من دهشتكِ منه. ماذا قال لكِ؟
- لا شيء. لم يقل إلا ما كان بصدد قوله.
- ما رأيكِ في إقامة حفل لأمنا؟
- وهي؟
- قالت لي إن هذا شيء طيب، بلا زيادة أو نقصان، قالتها بلهجة مقتضبة ليست صافية، لتُظهر لي علمها بالمشكلات والظنون التي سيُطلقها الحفل.

أردف غابرييل:

- ثمانون عامًا!
- قالها لتنطق بشيء، لتكسر صمتها الذي لاذت به بلا رغبة في كسره، ولأنه كان آخر من تكلم، ووجب عليه حينها أن يتدخل.

- كيف مر الوقت سريعًا! كأننا بالأمس كنا أطفالًا صغارًا.

ردت أندريا سريعًا:

- ما زلتُ طفلة. عندما يسرقون طفولتك صغيرًا، يمر الوقت وتقسم لنفسك فتقول لن أغادر طفولتي أبدًا، ولن أكبر أبدًا. وما زلتُ على حالي، طفلة خالدة.

- تلك الأمور التي تقولها أظنها استلهمتها من أغاني الروك التي تحبها. لقد كانت غذاءها الروحي طوال عمرها. أتذكرين تلك المرَّة التي قالت لي فيها: «أنت حبيس الحاضر ولذا تذبُل»؟ أظنها اقتبستها أيضًا من أغاني البوب. وهكذا فهمتُ أنها كانت تقودني إلى فخ أقف فيه أمام نظرتنا إلى العالم، مثل وقوف بطلها المغني «لد زبلين» ضد «كانط»، أو شيء قريب من هذا، لذلك فرحتُ بعبارتها، وقلت لها إن الشيء الأفضل في العالم أن يراه المرء ويكتشفه بعينَي طفل. وفجأة سألتُها: كيف حالكِ؟ وكيف حال مكتب البريد؟

- بخير.

- وكيف حال زملائك؟

- بخير...

- وهكذا تشجَّعت وتخلَّت عن غموضها، وهو ما كانت تريده في أعماق قلبها.

- إني أفضِّل العمل على مركب صيد السلطعونات الملكية في البحار المتجمدة على العمل في مكتب البريد. أما زملائي فإنهم يصبحون ويمسون في النميمة. لا يكفون عنها. يقضون أيامهم يهمسون ويدسون الأسرار في هواتفهم المحمولة، وأحيانًا يلقون رؤوسهم هامسين في حلقة النميمة، ثم تنطلق ضحكاتهم فجأة فتتحرر

معها رؤوسهم من الحلقة مثل فئران مزهوة بنفسها. هاهاها، نعم يفعلون. أظنهم يتحدثون عني، وعن كوني شخصية عجيبة، ويضحكون عليَّ. لكني كنت محط سهام الانتقاد طوال حياتي حتى أضحى الأمر لا يعنيني.

- لا تهتمي بهم. يؤسفني ما تواجهينه، لكن...

قاطعته أندريا:

- لا تأسف، فأنا أعيش بالطريقة التي تسعدني، وحياتي كاملة.
- أعلم أنكِ في أعماق صدرك ترغبين في أن تقولي إنكِ لا تحتاجين إلى نصائحي أو نظرياتي عن السعادة، وآمل أن يكون الأمر كذلك. أرجو أن تظلي سعيدة. ولتنكئي الجرح ستقولين لي إن المرء لا يجد السعادة الحقيقية إلا في جوف الألم، وبين أنيابه يتعلم حب من حوله بصدق.

ردت أندريا:

- لكني لا أحب من حولي من أجل الرب، أو فرضًا من أي إيمان آخر. إني أرى أن الرب لم يُنعم عليَّ بنعمة قَطُّ. ولا أؤمن بشيء، ولا أريد أن يخبرني أحد عما سيحدث لي بعد مماتي.
- ثم قصَّت عليَّ ما كنت أعلمه من أمرها؛ أنها أصبحت مدافعة عن الحيوان والبيئة، وأنها تتطوع في المستشفيات ودور الأيتام، وتؤمن بالطب الطبيعي، وترتاد الحفلات الموسيقية، وتخوض رحلات المشي الجبلي... وأن أصحابها ليسوا أولئك العاملين معها في مكتب البريد، بل آخرون مختلفون قطعًا عنهم؛ أشخاص يحطمون قيود الحياة، أشخاص أخرجوا الشيطان من دنياهم، أشخاص نجوا من الجحيم، أشخاص كانوا ملوك العالم السفلي يومًا ما... وراحت

تحكي مستخدمةً تلك الكلمات بالضبط، لأعلم أنها تعيش حياتها، وتأخذ بزمامها، وأنها ليست مثلي؛ كوني كرست حياتي للقراءة والتعليم والفلسفة، وفخورًا بنفسي وأكاد أغرق في جوانحها، ومتيمًا بالمنطق ومؤمنًا بأنه أساس العالم، ومُقرًّا بأن الناس لا تخلو من ألم.

ردت أورورا عليه:

- لا تكن متزمتًا معها. دعها وما تؤمن به من أسبابها وسرديتها. كما أنك تعظِّم كل حرف تقوله لك!
- أنا؟ لا أظن ذلك. لكن مرد الأمر أني لا أجد سبيلًا للكلام معها. اسألي سونيا وأمي عن ذلك. لا يعجبها إلا الصدام مع كل شيء.
- دعها وأفكارها، إن كان هذا يسعدها...
- لكن هذا عجيب، فهي تخرج لي من جانب في حُلة السعادة، وفي الوقت نفسه تريد مني أن أقرَّ بأنها تعيسة، وأن سبب تعاستها أنا، وكذلك أمي بالطبع، وربما سونيا أيضًا. تود لو تذكِّرني بهذا في كل لحظة لتشفي غليل صدرها بندمي. ولهذا بالضبط أجد الحديث معها سخيفًا ومُهلكًا، فهي لا تكف عن القفز بين السعادة والبؤس، بين الغناء والنواح. ولا تستطيعين أن تنطقي معها بشيء، لا مفر، فإنكِ إن فعلتِ انطلقت في نوبة لوم لكِ بسبب أيامها العصيبة، ثم ترتد إليكِ بوجه متسائل إن كنتِ تأسفين لها، ثم تقول إنها أسعد إنسان على وجه البسيطة، فإن احتفيتِ بسعادتها، أو فرحتِ لفرحها، فإنها تعبس على الفور، وتبحث في خبايا نفسها عن طريقة لتظهر لكِ بؤسها ووحدتها وحياتها المُرَّة منذ طفولتها. وهي بعدُ يستهويها الجدال، فإن فازت فرحت، وإن خسرت فرحت كذلك. إنها تخرج رابحة بأي نتيجة، سواء خرجت من النقاش ضحية أو منتصرة.

كانت أورورا تستمع صامتة ومتفهمة، بطريقتها المحببة في الإنصات إلى الآخرين، وكأنها بروحها الحلوة تضمد أحزانهم وتهدئ من آثار خلافاتهم.

- قصت عليَّ كل هذا ثم صمتت فجأة، وقد أدركتُ أنها شعرت بتماديها في الاحتفاء بسعادتها، وهكذا بدأت الغيوم الثقيلة الكئيبة تظهر في أثناء الصمت.

قال غابرييل وهو يبحث لاهثًا عن مسار وسط يسهُل لكليهما السعي فيه:

- أخبرتني سونيا أنكِ أصبحت نباتية.
- لست نباتية فقط، بل فيغانية. لا آكل المنتجات الحيوانية أو مشتقاتها.
- آه، لم أعلم أنكِ فيغانية.
- لأنك لا تسأل، أو لأنك لا تتذكر، فقد أخبرتُ أورورا، وأتعجب من أنها لم تُخبرك. أورورا سيدة رائعة.

رد غابرييل:

- هذا ممكن. ربما أخبرتني ونسيت.
- قالها لها، ليس لأنها الحقيقة فحسب، بل لأنه أراد أن يزيح عن نفسه همَّ الجدال أيضًا. وفي الحقيقة، جاء هذا الرد مدفوعًا برغبة صغيرة منه في الانتقام، فهي تكره أن يعارضها أحد، وهي أشد كرهًا لمن يوافقها من الناس على أمرها كما يوافق العقلاءُ الحمقى إسكاتًا لهم أو صدقة عليهم. لذا فقد اختار فتح جبهة أخرى للجدال.

فردت:

- أنا ممتنعة عن أكل لحوم الحيوانات البريئة، فأنا أعلم أن قطعة السجق لا تصل إلى طبقي إلا بعدما تمر هذه الحيوانات البريئة بجحيم على الأرض، وأعلم أنكَ لا تهتم مقدار ذرة بأمر الحيوانات. كما أني أقتصر في الطعام على المنتجات النباتية، وهذا لأنني لا أجد مفرًّا من ذلك،

فإني أؤمن أن الطبيعة مقدسة. أصبحتُ فيغانية لا آكل إلا الفواكه والخضراوات، وعندما تصبح فيغانيًا سيصبح هذا نظامك في الحياة.

- وهنا خيَّم عليهما صمت بهيم، كمقدمة لما بعده.

قالت:

- هذه فلسفة.

وبدا أنها تلقي بالكلمة لتقطع جدار الصمت الذي تلا ذلك.

- إني أعلم ما كانت أندريا تسعى إليه، وما سعت إليه لوقت طويل؛ أن تغضبني. فهذا انتصارها الذي تتشوق إليه؛ أن أفقد أعصابي وأصيح وأهرطق بالكلام. لأنها تظن، وكذلك سونيا، أن كل ما أجهر به عن السعادة تجمعه مبادئ ثلاثة بسيطة: أن يعيش المرء في حاضره، وألا يبحث عن السعادة في غير نفسه، وأن يصمد في وجه الشدائد. وقد قللوا بهذا من شأن قناعاتي، كما لو أني لم أعرف يومًا الريبة واليأس، وهذا كان يدفعني إلى الغضب أحيانًا.

رد عليها غابرييل:

- أنا أيضًا أحب الطبيعة. وأهتم بأمر الحيوانات بلا ريب. وأعلم علم اليقين أن الألم يوحِّد ويساوي بيننا.

- وبينما أتكلم خمَّنت رد أندريا، فإذا بنزعة غضب تتملكني، ليس منها، لكن مني أنا، لأني جعلت ثأرها كالماء البارد.

قالت أندريا:

- لكنك تحب الثيران، وتحب مشاهدة هذه الحيوانات البريئة وهي تذوق العذاب. لأن البراءة مقدسة أيضًا بلا ريب. البراءة التي تُقلنا من ظلام أخطائنا. وتعلم أن أمي تحب الثيران أيضًا، وأنكما تذهبان معًا إلى حلبتها أحيانًا. ولا يخامرني شك في أنكما تتزينان عند

ذهابكما كما لو أنكما ذاهبان إلى عُرس. وكأني أراكما هناك تصيحان طربًا وتصفقان. كأنما تقيمان عُرسًا في جنازة. أين ضميركما؟ لذا لا تنتظر مني أن أبارك ما تقول.

- هل علمتِ الآن لماذا لا أتصل بها إلا نادرًا؟ ماذا تحكي لكِ عندما تتصل بكِ؟ لأنكما تكرران الاتصالات فيما بينكما كثيرًا.

ردت أورورا:

- تتصل بي لتبوح بكثير أو قليل مما تعلم أنت.
- وماذا تقولين لها؟
- أنصت إليها، وأحاول فهمها. إنها طيِّبة، وفي قرارة نفسها ساذجة، ولم تلقَ إلا حظًّا عسرًا في حياتها.
- ربما هذا صحيح. لكن أندريا لم تفعل كثيرًا أو قليلًا لتغيِّر هذا الحظ، وتستهويها فكرة أن جميع مصائبها منبعها الآخرون. أما سونيا فهي التي لازمها الحظ السيئ بلا ريب، وكانت ضحية له.
- هيهات، فأندريا ترى أن سونيا كانت الأوفر حظًّا لأنها تزوجت من أوراثيو.
- هذا شنيع! لقد حبست نفسها في عالم من الأوهام، ويستحيل أن تفهمي منطقها.
- إننا نخترع حياتنا اختراعًا، لكن بعضنا يزيد في هذا عن الآخرين أو ينقص. لعلك إن كلمتها من وقت إلى آخر فستفهمان بعضكما. لا تحتاج أندريا إلا إلى أن نحبها.
- لكنها لا تدع أحدًا يحبها، كما أنها هوائية. تقول سونيا إن أفكار أندريا لحظية جامدة، وأرى أن هذا يفسر شخصيتها. ألا تظنين؟ أفكار لحظية جامدة.

لكن أورورا لم تجبه. عضت شفتها، وتدثرت برداء الصمت، وفكرت في أن هذا الأمر يسري على غابرييل كذلك، بل ربما يسري عليه أكثر من سريانه على أندريا.

قالت أندريا:

- لكني أرى فكرة إقامة حفل لأمي رائعة. لقد عانت مثلنا من طفولة بائسة، مثلي، وفقدت زمام حياتها صغيرةً. ما زلت أتألم لحال أمي. يا لأمي المسكينة!

قال غابرييل:

- ربما اقترفت أخطاء، لكنها ما كانت تفعل شيئًا إلا وترجو منه الخير لنا، وما خالطها حقد قَطُّ. رقيقة، يُرى باطنها من ظاهرها.

- يُرى باطنها من ظاهرها؟ بل أنا من يُرى باطني من ظاهري، أنا الكتاب المفتوح، أنا من لا أتسخ بالمطر، ولا يبلني، ولا يغرقني. أتتذكر حساء النودلز الذي كانت تُعده أمي؟

- نعم. كنتِ لا تحبينه أبدًا.

- بل كان مقرفًا. إن أكلتَه فكأنك تأكل خروفًا بصوفه وقوائمه. كما أن أمي كانت تمص الحساء مصًا. وأنا لا أبغض شيئًا مثلما أبغض من يمص الحساء.

- أتذكر أنها كانت تتناوله، لكنها كانت تضع أصابعها على أنفها باشمئزاز حتى لا تشمه. وأتذكر أن أمي صفعتها مرَّة قائلة: «لا تحبين الحساء؟ لا بأس، لا تتناوليه، لكن لم يبقَ شيء للعشاء غيره».

قالت أورورا:

- كل أسرة يسري فيها نوع من الهوس بالأطعمة كهذا.

قالت أندريا:
- بل كانت أمي عدوة لصنوف المتع.
- ثم تيبَّس الحديث مرَّة أخرى، ولم تدرِ أيٌّ منا ماذا تقول. أكره لحظات الصمت التي يبرز فيها المتحدثان ويغشاهما الحرج، كما لو أن سوأتَيهما كُشفتا فجأة.

وأخيرًا نطقت أندريا:
- سونيا أغلقت الخط في وجهي أمس.
- لماذا أغلقت الخط في وجهكِ؟ هل تجادلتما؟
- هذا ما ستقوله هي. لم أفعل شيئًا سوى سؤالها إن كان أوراثيو سيحضر الحفل، فإذا بها تغلق الخط في وجهي. تحولت في ثانية من الهدوء إلى العاصفة، وتركتني والكلام على طرف لساني.
- غريب، فقد أخبرتني سونيا أن حضور أوراثيو لا يهمها.
- نعم، لا سيما أن عليه الحضور، كما لو كان فردًا من الأسرة، بل ربما هو من الأسرة أكثر من معظمنا. هل سيحضر روبرتو كذلك؟
- لا، لن يحضر روبرتو.
- هل تعرفينه؟
- لا أعلم سوى أنه طبيب نفسي، وأنه مطلق وله ابن. وسونيا سعيدة معه. أتعلمين؟ سيتزوجان.
- أواه، فهمت. الناس ينفصلون ثم يعودون إلى الزواج لأنهم لا يعرفون الحب الحقيقي. الجميع يسقط في فخ حُب القُبلات الكاذبة. الناس أغبياء، والغباء ليس سذاجة. وأنتِ؟ هل أنتِ سعيدة؟ أود القول، هل ما زلتِ سعيدة كما كنتِ دائمًا؟ وكيف أمي يا أورورا؟ هل قدمت لكِ قراميش الخبز؟

- ولم أجبها، لم أرغب في إجابتها. بدأت أشعر بالحنق، ولم أرغب في متابعة هذه اللعبة. كل ما تتذكره أن أمي قدمت لي قراميش الخبز!

- لأن السعادة لم تفارقك قَطُّ. منذ كنتَ طفلًا، كنتَ سعيدًا بعربتك الصغيرة ولعبة راعي البقر. وكنتَ آخذًا بزمام قدرك وحياتك. درست ما تحب، وذهبت إلى لندن، وجمعت بين الخيرين، ثم تعرفت على أورورا، تلك السيدة الرائعة. ولولا أمر أليسيا لكنتَ أسعد مَن في الأرض. ولا شك أنك تحتوي ألمك، أم ماذا؟

رد عليها غابرييل بنبرة قاطعة:

- أنتِ وسونيا اخترعتما فكرة أني سعيد بالفطرة، مثلما اخترعتما العديد من الأمور الأخرى.

- أي أمور أخرى؟ ما الأمور التي اخترعتها أنا؟

هكذا ردت عليه أندريا صارخة بصوت متهدج، ولا أدري هل بسبب غضبها أم بسبب خوفها مما قال.

ردت أورورا:

- لا تهتمي كثيرًا بقوله يا أندريا، فقد أخذته حماسة الكلمات.

رد عليها غابرييل:

- مثل قولكما إني لم أذق طعم المعاناة، وإن الألم لا يضرني. كيف تجرأتما على قول أمر كهذا؟ أي شخص أنا في نظريكما؟

- توقفت وقد ألجمها الصمت وغاصت في بحره، وإذا بصوت ضعيف يكسر جدار الصمت، صوت أنين، أو غمغمة شخص يحلم. ثم قالت أخيرًا بصوت ضعيف: «اغفر لي. لم يكن لي أن أقول هذا، ولا أستحق المغفرة، لكن أسألك بالله أن تغفر لي».

- وسامحتها، وقلت إن الأمر لم يكن يستدعي كل هذا، وإني نسيته تمامًا، وإنها كلمات تُقال في الهواء ولا تعبر عما في القلوب.

وهذه المرَّة لم تعلِّق أورورا بشيء، بل اكتفت بالإنصات، وهي أسيرة فكرة مشوشة، أو كأنها لا تُلقي بالًا لمعظم التفاصيل.

- ولكن أندريا ما كانت لتخرج خاسرة من جدال، بلا ريب. وهكذا أرادتني أن أعترف، كما اعترفت بخطئها وطلبت المغفرة، أنها عاشت حياة مظلمة، حياة لم ترَ الشمس قَطُّ.

- أنت الفيلسوف، وتعلم أسرار السعادة، وعليك أن تعلم أن حياتي، مثل حياة آخرين، ما هي إلا موات في موات.

- هكذا تنفث دائمًا عباراتها المنقوشة التي لا تقبل الجدال، فكيف يمكنك أن تعارض الموتى؟ ثم قالت: «أحيانًا يحلو الألم...». وهنا مست شغاف قلبي بحق، وشعرت بالمودة التي أحملها لها في قلبي ولم أستطع يومًا البوح بها، لا لها ولا لسونيا ولا لأمي. ومرَّة أخرى سمعنا الأنين البعيد، كما لو كانت دودة خشب تحفر لحاءه في ظلمة الليل، وسمعت صوت تمخطها، وكنا على وشك الوداع عندما قالت: «هل زرت صفحتي على الفيسبوك من وقت قريب؟». وظننت أننا بصدد جولة جدال جديدة، حيث إني لم أزر صفحتها منذ سنين كثيرة، لكن أندريا لم تكتب ولم تنشر أي شيء عليها منذ سنوات، ولا حتى وضعت «أحببته»، أو «أعجبني». لا شيء. وما كان أمر الفيسبوك إلا إحدى أفكارها اللحظية الجامدة.

- ولكنكِ أهملتِها منذ وقت طويل.

فقالت أندريا:

- نعم، ولكن ماذا لو كنت أكتب وماذا لو كنت أحدثها؟

- وهنا عاجلتني رغبة في إغلاق الخط في وجهها كما فعلت سونيا معها، لكني ألقيت العذر على الظروف في النهاية، وتركت الكلمات تسري لقدرها المحتوم لتهوي في أعماق الصمت. كنت لا أزال أسمع هذا الأنين الصامت عندما أغلقت الخط، وأحسست بالذنب بعدما أغلقت الخط، حتى لو كان كلامنا قد انتهى بالفعل. ما رأيكِ؟
ولم تُعلق أورورا بشيء. بدت كما لو كانت غائبة عن حاضرها، ثم ظهرت على شفتيها ابتسامة حزينة أرغمتها إرغامًا، فقالت بصوت خافت:
- لا أدري... إنها مُهلكة. دع الماضي للماضي ولا تمنحه قُبلة الحياة... ربما صدقت أمك، فانسَ أمر الحفل، فربما إقامته تجلب المصائب.

8

ما الماضي الذي تتغذى عليه ضغينة سونيا وأندريا تجاه غابرييل؟

لا تعلم أورورا. تستشعر أمرًا ولا تدركه. لعله أمر غريب وعتيق وغامض تحجمان عن كشفه أو تتجاهلانه. وتتذكر أنها بعدما تزوجت غابرييل بقليل، اكتشفت سونيا وأندريا شخصيتها الحلوة الطيبة، ووداعتها، وما منحها الله من ثقة في نفسها، وتلك القدرة على الإنصات إلى الآخرين وتطييب خواطرهم وفتح شهيتهم على البوح بحكاياتهم، وهنا بدأت كلٌّ منهما تحكي لها عن فترات في حياتها، وفي كل مرَّة تصبان مزيدًا من التفاصيل على الحكاية، وتغوصان فيها، وتتحرران من قيودهما أكثر فأكثر، حتى أصبحتا تحكيان بلا خجل من أي تفاصيل. فهما تحبان غابرييل حبًّا جمًّا، ولا ريب في ذلك، لكنهما بعد ترسيخ هذا الزعم بقليل ما فتئتا تلقيان هنا وهناك بتعليقات خجول أو عبارات يكسوها الأسف، ثم تنزعان وتتركان صدى العتاب يتردد في ليل الصمت البهيم. إنهما تحومان حول أمر تافه لكنه غامض أو كاشف، وتُبرزانه في كل مرَّة أكثر مما قبلها، لكنهما تتظاهران بعدم الاهتمام به، وفي كل مرَّة تكشفانه تحت ستائر العناية والإخلاص؛ أن غابرييل لم يكن كما يبدو عليه قَطُّ، بل لعله في أعماقه ليس إلا كاذبًا ومدعيًا ودجَّالًا. لم تبوحا بهذا بالطبع، بل كانتا تعرِّضان به تعريضًا، ولعل سبب ذلك أنهما كانتا أول من يأسى له، ثم حاولتا تبرئته من هذا العيب. ربما كان غابرييل ضحية كذلك، لكنه لم يدرك ما أدركته أختاه، بل لعله لم يدرك هذا الشرخ الصغير في جدار نفسه. شيء ضئيل، يتوه في بحر طيبته وصفاته المحمودة.

وهكذا كانت تظهر بعض الكلمات كزخات لامعة (الأنانية، والانغماس في الذات، والفردية، والقسوة، والجحود)، كلمات كانت تبدو كشَوك أو عظام أو جلد في طعام، يضعها الطاعم على طرف طبقه بروية. أو تقولان: «وِلِد غابرييل فيلسوفًا رواقيًا يؤمن بتقبُّل الحاضر وكبح النفس عن الانقياد للذة أو الخوف من الألم»، أو «ما وِلِد غابرييل إلا ليسعد»، أو «كان طفلًا يكتفي بذاته ولا يحتاج إلى الآخرين»، أو «يحب غابرييل الحُلم بالحياة أكثر من عيشها»، أو «يعيش غابرييل في غرفة من المرايا أينما يمَّم وجهه لا يرى إلا نفسه»، أو «ما جاء غابرييل إلى العالم إلا ليقضي نزهة فيه». وتقولان ذلك كأنه أمر واضح معروف لا يحتاج إلى شرح أو توضيح. ألا تجدين فيه شيئًا مبهمًا وغريبًا؟ ألم تريه يثرثر أحيانًا بنبرة محببة عن نفسه، وعن طريقته في الحياة والتفكير، بل عن كلماته القليلة التي لا تكاد تشعل في النفس نارًا ولا تثير في نفس السامع أدنى المشاعر؟ «منطقه عقلاني على الدوام، لكنه لا يُقنع أبدًا». وتحكيان ولا تتوقفان عن تكرار أن الحياة تفتح دائمًا أبوابها لغابرييل، وتقولان ذلك بنبرة عتاب، كما لو أن رغد عيشه ينقص منهما أو يُحيي بؤسهما. وتسترجعان أنه كان طفلًا مثاليًا، ثم شابًا مثاليًا، وأنه لم يذق يومًا طعم الكروب التي تضيق بها نفوس الشباب، عندما تضيق الصدور بحثًا ولهثًا خلف ما يطمئنها في الحياة. أما هو فلا، فقد جمع تلك المشاعر الإنسانية المعروفة ووضعها على هامش حياته. وما تزعمانه عن غابرييل من رذائل واتهامات، تقوله كلٌّ منهما عن الأخرى في غيابها، حتى تشعر بأنك لا تستطيع أن تثق إلا بمن تحكي لك الحكاية. تقولان: «لم تتغير طبيعة الأشياء»، أو «جميعنا معجونون بالعيوب»، أو «لماذا نخدع أنفسنا؟»، أو «كبرنا على الكذب».

ومع الوقت احتارت أورورا في أمر غابرييل، فهي لم تسبر أغواره قَطُّ، ولم تهتم بسبرها. لماذا؟ لقد جمع القدر بينهما، وأحبا بعضهما، وكم من

مرّة جمعهما وقت ما بعد الظهيرة في سير طويل في الحدائق أو جلوس على المقاهي، وذات يوم جذب يدها إلى يده وأخذتهما نشوة اللحظة، والتقت أعينهما، وقررا أن يسيرا رحلة الحياة معًا... وكان هذا كل شيء. تحب أورورا غابرييل، وشعره الداكن، وما يتعلق بطريقة هندامه، وملامحه القاطعة، وضحكته، وشفتيه الرقيقتين، وفوق كل هذا إيماءاته المتقطعة وصوته المؤثر الهادئ. وهو لا يغضب ولا يفقد صبره أبدًا، وعندما يتحدث يربت على أقرب الأشياء إليه أو يلعب بها، وتتمتع يداه بمهارة فائقة فيدير القلم كالمروحة على أطراف أصابعه، ويعرف كيف يستخدم قطع النقود في ألعابه السحرية. وعلى الرغم من صوته العميق ونبرته الآمرة، فإنك ترى في أعماقه طفلًا مرحًا أو شخصًا ساذجًا، وهذا ما زادها حبًّا له فوق حبها. وبصوته العميق المؤثر راح يحدثها عما يحب؛ عن فلسفته وطريقته في الحياة.

ها قد مرت عشرون عامًا وهي تستمع إلى هذا الصوت، وأصبحت تسأل من هو غابرييل. وهي إذ تسأل لا تسأل عن رغبة في الإجابة، وإنما تسأل تعجبًا من عيشها ردحًا من الزمن مع شخص بالكاد تعرفه. ربما كان غابرييل لغزًا لا حل له، وربما لا. وربما كانت ساحة وجوده كساحة معركة انتهت فصولها، فإذ بك ترى في ميدانها جميع حوادثها من أحلام ونجاحات وهزائم ومواطن جُبن وفشل، وقد تكون معارك بسيطة أو حتى مبتذلة، مثلما يظن كثيرون منا أن حياتهم رائعة غنية بالشعارات والمشاعر، ثم يكتشفون مع مُضي السنوات - وهم ينظرون إلى الخلف - أنهم صفر اليدين من أي فكرة يُعلمونها أو مغامرة يحكونها. ولعل الأم صدقت فيما قالت بأنه كان على الدوام ولدًا مطيعًا فرِحًا رشيدًا لين العريكة. كانت هذه هي الصورة النفسية التي ترى بها الأم ولدها، ولم تُبقِ شيئًا للإضافة.

- فيلسوفي الصغير بسيط للغاية.

هكذا قالت لها في أحد لقاءاتهما الأولى.
- ما فعلت شيئًا إلا أني نظفت فكري من بعض الكلاسيكيات المفضلة لدى الناس.

وحكى لها كيف وصل إلى فلسفته في الحياة، وأنه قرأ في أول شبابه - وهو ابن خمسة عشر أو ستة عشر عامًا - أو سمع أو فهم بنفسه أن الحياة مصيرها إلى الفشل فحسب، ولا يُستثنى أحد من هذا الفشل. فما من أحد منا إلا وينتهي إلى الشيب ثم نموت من دون أن نكمل أحلامنا. هكذا رأى الحياة ببساطة يومئذ. كان اكتشافه هذا يبعث على الخوف والقلق، لكن في القلب منه يقبع شعور بالعزاء على ما في الحياة، وبالفرح بها. واتخذ قراره بأن تكون هذه فكرته في الحياة، وأن يجعل هذه الفكرة كنزه ومعتقده ليعيش وفيًّا لها. كانت هذه الفكرة ملاذًا وملجأً له. عندما يتيقن القلب من الفشل، تنطفئ جذوة إغراءات العالم ووعوده وتتحول إلى سراب، إذا اقترب منه الظمآن وجد فيه هلاكًا لا نجاة فيه. كان اكتشافه اكتشافًا محظوظًا لا شك وهو يضع أولى خطواته في لُجج بحر قلق الشباب وكُرباته. كانت تلك لحظة إشراقية له، أضحى معنى العالم بعدها واقعيًّا بسيطًا. وهكذا أصبح زخرف الحياة من فاتنات جميلات وأموال وسيارات وملابس باهظة، والرغبة في الشهرة والظهور - أي تلك الأمور التي تجعل للمرء موطن قدم في هذا العالم - بضاعةً مزجاة زائفة، كتلك التي يقدمها المحتالون ليخدعوا السذج ويسرقوا كنوزهم، من دون أن يدري السذج أن ما في أيديهم أغلى مما في أيدي سارقيهم. وهنا فهم أسطورة حوريات البحر اللاتي يتجملن للبحارة الغافلين ثم يغصن بهم إلى أعماق البحر. أما هو فما كان لينخدع بجمالهن أو بأغانيهن الساحرة. وقد أشعره هذا بالقوة والحرية وبأنه سيد مصيره وبأنه قادر على تجاهل الجميع، لأنه لا يحتاج إلى أحد أو شيء ليشعر بالسعادة وليعيش

في سلام وسكينة؛ أي أنه اكتفى بنفسه لنفسه. والآن يمشي كما لو كان مَلِك العالم. لأنه كان كذلك بالفعل، مَلكًا وسيدًا على كل ما تبصره عيناه. ورأى كيف يكدح الناس من تجار وعاملين ومن يسارعون في إنجاز أعمال الناس والمعلمين والعشاق، كلٌّ بطريقته وفي طريقه. ولماذا كل هذا الكدح؟ لماذا كل هذا الشقاء إن كان بناء الوجود نفسه يوشك أن ينقض في لحظة؟ هكذا أضحى العالم ومصيره وجوهره أمام ناظرَيه كبيان لدرجات امتحان يعرف ما فيه سابقًا. وكان هذا ما يحتاج إليه ليُلقي مرساة سفينته - حياته - داخل مرفأ آمن. ومن دون أن يدري أو يقرأ شيئًا للفلاسفة الذين أصبحوا في يوم أساتذته، بدأ يتذوق مُتع منهج الشك والرزانة التي يبعثها منهج الرواقية في النفس.

وهكذا قرر تكريس حياته للفلسفة، فقد بات قادرًا على تكريس نفسه لأي شيء، فمَن ذا الذي يستطيع أن يزحزحه عن مكانته الثابتة في عالمه؟ ودرس الفلسفة، وكلما ارتشف منها رشفة قراءة أو علم، تأكدت له فكرته الفطرية، كتلك التي وصلت إليها سونيا وأندريا بطريقتيهما، وشكَّلت هذه الفكرة شخصه، ومنحته صراطًا ثابتًا لمصيره.

وراح يحدثها بصوته الهادئ المؤثر وتلك الإيماءات التي تجعله كمن يخطب خطبة، عن الفخاخ التي ننصبها لأنفسنا، فتصيبنا وتهلكنا:

- لا يهلك الناس من شيء كهلاكهم من رغباتهم. لكن ليست الرغبة في هذا أو ذاك، بل الرغبة لمجرد الرغبة، الرغبة في أنقى صورها، الرغبة التي تجعلنا لا نعلم ما نرغب فيه، كأنها قوة عمياء طاغية تدفعنا دفعًا بلا بينة، كأنها سهم في قوس نزع الرامي وتره ولم يرمِه ولن يرميه أبدًا.

سخيفة هي الحياة بلا شك، ولن تحيد يومًا عن نهجها، وهكذا نطارد سرابًا بلا كلل وما نحن ببالغيه، وكلٌّ منا يقول لنفسه أو لأخيه: «فلنجتهد

قليلًا، فلعلنا نجد وراء هذا الجبل مبتغانا»، ونركِّز اهتمامنا على الأشياء من حولنا: حامل المناشف، أو السكر، أو الكوب، وكأن هذه الأشياء التافهة كانت رغبتنا فيها ولها، وسعينا إليها بلا كلل، ذلك السعي المدفوع بالتوق الغامض. ثم انطلق في ذكر أمثلة تؤيد كلامه:

- ماذا لو كان إيكاروس قد نجح في الاقتراب من الشمس، هل كان سيتوقف عندها؟ لا أظن.

وهزت أورورا رأسها نافية ومؤكدة لكلامه.

- بل كان سيخطط للارتفاع أكثر فأكثر، خطوة صغيرة أخرى. وماذا عن البابليين؟ هل كانوا سيتوقفون عن البناء إن وصلوا إلى سقف السماء؟ هذا السخط القلِق هو ما يدفعنا ويحركنا لرفع منازلنا وتشييدها للأبد، ونحن مجانين بالرغبة، وأسرى التوق، ولا نفهم أن جميع ما نصل إليه ليس إلا محطة توصلنا إلى ما بعدها، وأن جميع طرق الحياة تُفضي إلى الموت لا محالة، هناك فقط نجد منزلنا الحقيقي، لنستريح أخيرًا من عناء رحلتنا. وهكذا تمر القرون تلو القرون، يقف الناس ناظرين مطولًا بنظرة يملأها العزاء والمواساة ليعزوا بعضهم بعضًا في هذه المحنة.

- وحتى إن استسلمنا لقدرنا، وهزمنا رغبتنا، وآوينا إلى ملاذ آمن سالم، فلن يكون لذلك أثر كبير علينا، فعما قليل يملأنا الضجر وبعده نمل من حياتنا.

فنحن لم نعد محاربين ولا صيادين، ومن دون أن ندري تبدلت ملامح وجوهنا، فأضحت قبيحة عاجزة عن التعبير، وأصبحنا نفاجأ من أي شيء تحت الشمس، وعما قريب نتلبس حالة الحالم المغرم، وكأنها إيماءة ضعيفة على حافة الهاوية. لم نعد أطفالًا، وفاتنا العمر الذي كان غرضنا الوحيد فيه هو أن نعيش حياة ممتعة نملكها امتلاكًا. فلم نعد نتلقى حنان قبلات أمهاتنا

قبل أن نغط في النوم. ها قد أتى الشبح الذي طالما أخافونا به ونحن أطفال، وها قد أفزعتنا كوابيسنا، وها نحن نستيقظ فزعين في جوف الليل تؤرقنا أسئلة مهمة أو تافهة، لا فرق، فهي أسئلة بلا إجابات. نعم، إننا نواجه الكون الفسيح، لكن يؤرقنا أيضًا إن كنا سنجد ما نقتات به في الصباح، وهذان السؤالان المؤرقان ينبعان من المَعين نفسه ويجريان في الجدول نفسه. وليس هذا لأن وحوش الماضي تظهر لنا، بل أسوأ، إنها هذا الشاب النحيل الحالم، وهذه الأغنية التي نعشقها ولا نعيش منها إلا بعض كلمات، كل هذا ونحن نرقص في حلبة كئيبة عطرة، في ليلة ربيعية ساحرة غريبة. وجرينا الطفولي الفرح، وساعات الأصيل الدافئة المترامية، ونزهاتنا في الحدائق المزهرة، وتلك الأوهام الطفولية التي لا تُمس، وضحكاتنا وقهقهاتنا، ونباح كلاب الشارع، والأسرار التي نفضي بها في آذان بعضنا بعضًا... وهكذا كان غابرييل يعلم كيف يحرك شغاف قلبه، ويخلط بين الكلمات والدموع في فلسفته...

- وهكذا نرتعب من بزوغ الفجر.

ووضع يده في يد أورورا، وأكمل:

- وتصبح أقسى لحظة عندما يكون علينا النهوض ومواجهة عبء يوم جديد، ومرَّة أخرى بتوق لا يقهر لرؤية ما وراء هذا الجبل...

وهكذا زرعت فيه كلماته عن الشغف الباطل نحو الرغبات الجامحة شغفًا يشبه هذا الذي كان ينفر منه. كانت هذه قناعاته حول الإنسان والحياة. وأنصتت أورورا كما لو كانت لا تعرف شيئًا غير الإنصات، بينما أضحى هو أسيرًا لتلك الحكايات الحلوة المحببة. ثم جاءت اللحظة التي تحولت فيها تلك الحوارات الرفيعة، بطرفيها، المتكلم والمنصت، إلى مجرد حوارات حب مُقَنعة. عندما كان غابرييل يتحدث عن شوبنهاور أو سبينوزا مثلًا، كان كلاهما يميل إلى تصديق أنه يتحدث عن أمر آخر. وعندما يصمت غابرييل،

كان كلاهما يتدثر بالصمت نفسه ويتشاركانه حرفًا حرفًا. لا ريب أن الحياة صعبة خشنة، هكذا نطق صمتهما، لكنها حلوة، وأحلى ما فيها أن نكون معًا جزءًا من كلٍّ، فتلتقي النظرات والضحكات، ولا ننتظر شيئًا أكثر مما في أيدينا، ونجلس وقت الأصيل ونراه منسابًا فلا نقلق ولا نضطرب، فقد أمطرنا بسعادته ومضى، ونسعى بعده إلى قطف ثمار وعود الليل الدانية.

وعلى العكس من سونيا وأندريا، لا يرى غابرييل طبيعة الوجود القاتمة، حيث أدرك الوجود أفضل منهما، في أول شبابه، وكان يشفق عليهما، فيفهم مواطن غضبهما وإحباطهما، ومشروعاتهما المبتورة التي لا تزال حية في قلبيهما، لكنه لم يمنح الآمال أهمية تزيد على تلك الحالة البشرية التي لا فكاك منها: إن عاش المرء في حلم، وصار عبدًا له، فلن يربح من ورائه سوى بعض الخرائب وإهدار الكرامة.

تتذكر سونيا وأندريا هذا الانقلاب المفاجئ في شخصية غابرييل، لكنهما فسرتاه بأنه علامة حمق وغرور. فتقول سونيا:

- أصبح فجأة يتحدث مثل محامٍ أو قِس، فكان يزين صوته تزيينًا. صدقيني يا أورورا العزيزة، لا أدري كيف كان يفعلها، فمثلًا إن ذكر مصطلحًا تاريخيًّا اجتماعيًّا، فستشعرين بأنه ينطق حتى الحركات والسكنات. وكنا نغيظه، فلا يخرج عن طوره بثبات بطولي. وكنا نقرصه، فلا يصرخ ولا يئن. وكان لا يفتأ يكرر على مسامعنا: لا تعلِّق نفسك بكثير أمل أو كثير يأس، ولا تخشَ المستقبل، ولا تجتر الماضي، وكُن جَلدًا أمام الشدائد والمصائب، وتعلَّم العيش وحيدًا. لن تجد السعادة في البحث عن المال أو الشهرة أو أي شيء خارج حدود نفسِك، وكما قال أرسطو: «السعادة من نصيب من يكتفي بنفسه عن غيره».

وقالت أندريا:

- بدا لي أن نجاة المرء بنفسه ونفض الآخرين عنه أمر مريح ومُطمئِن. ألا ترين ذلك يا أورورا؟ ألا تظنين أن علينا محاربة المظالم وبؤس العالم؟

لكن أورورا أحبت تفكيره. رأته ينطوي على أمر طفولي أو سذاجة فيه، ورأت أنه من السهل العيش إلى جانبه. كانت صغيرة وحلوة، وحساسة تجاه البرد، وبشرتها رقيقة وشاحبة كوردة رقيقة. لم يكن لها أشقاء، وكان والداها يعيشان في قرية صغيرة في الشمال. لم تكن خجولًا، لكن عندما تضحك تقطع ضحكتها بخجل. وكانت هي أيضًا تحب العزلة، وليست لها طموحات كبيرة. وعلى وجهها مسحة حزن، لكنه حزن لا يؤذي ولا يتفتق عن أوهام. وذات يوم، وضع غابرييل ذراعه حول كتفيها، فاحتضنته، ووقتها شعرت بالأمن والأمان من مخاطر العالم، وهكذا راحا يتقدمان في طريقهما وفي دروب الحياة والزمن.

وهكذا أطلقت الفلسفة عنانيهما، وجعلتهما يريان المستقبل هو حاضرهما. كان غابرييل أستاذًا في معهد، أما أورورا فكانت معلِّمة في مدرسة ابتدائية. أحب كلاهما الروايات والسينما. وحتى إن سافرا أو رُزقا بأطفال فلن يهتما بشيء اهتمامهما ببقائهما معًا، وكان هذا يكفيهما. ولم يأملا من الحياة قَطُّ أكثر مما تعطيه الحياة.

لأعوام طويلة استمعت أورورا إلى أحاديث غابرييل الفلسفية، وكانت تلك الأحاديث تنزل منها أولًا منزل الإعجاب، ثم أضحت تستمتع بها استمتاع الصغار، وأحيانًا الكبار، بقصص الرحلات التي يعرفونها ولا يزالون يستمتعون بتكرارها. لكنها تتذكر الآن أنها لاحظت أحيانًا تشققات في هذا البناء اللفظي الذي يبنيه، تشققات تكاد تنطق بعيوبه في الأساس وفي الوظيفة

وفي الأداء، وقد تظهر - كما حذرتها سونيا وأندريا - في نبرة صوت خائنة غير أصيلة تشي بزيف أو حتى بدجل. لا، فهو لم يكن هادئًا تملأه السكينة كما يضفي على نفسه بصوته وإيماءاته. وكلما غاصت في أعماق ذاكرتها تتذكر أنها عندما التقت به رأت فيه علامات لم تستطع تفسيرها يومئذ (نفضة خفيفة تجعله يلوي أنفه كالأرنب، وتغييرات مفاجئة حادة عند جلوسه، وحركات عصبية حيث يلقي بالأشياء عند معالجته إياها). كيف لم تدرك منذ البداية أن شيئًا فيه؟ وأن أشباحًا تسكن غرفة مظلمة غير مرئية منه؟

وبدا أن الأصيل قد أوقف سريانه اللطيف ليتحول إلى كآبة ذهبية غامضة. أخذتها اللحظة وهي تجلس على كرسي المعلِّم في فصلها، وتضع مرفقها على المنضدة ووجهها على راحة يدها، وغرقت في الإنصات إلى الحكاية التي تقصها عليها ذاكرتها، وهي تنبش الماضي لعلها تستطيع جمعه فتدرك ماهيته، وتنساب معه لعلها تجد ما يساعدها في فهم ما مضى من حياتها وما قد يأتي به المستقبل. يا ليت كان لديها شخص تستطيع أن تحكي على مسامعه حكايتها، أورورا أخرى تستطيع أن تنصت إلى حكايتها مرحبة، فربما تفهم شيئًا، أو على الأقل تبوح بما في نفسها وتخفف من هذا الألم الذي ينهش صدرها. تنظر إلى رسومات ملونة بجميع الألوان ومعلَّقة على الجدران. «حتى الأطفال لديهم حكاياتهم ويحكونها بطريقتهم، بنوبات غضبهم وعباراتهم المكسرة»، هكذا فكرت، وقد أغلقت عينيها لتحتوي الألم والانفعال اللذين يكشفان براءتها ورغبتها الشديدة في العيش مبرأة من فظاعات العالم والسنين.

يرن هاتفها الجوال.

- أين أنتِ؟ ماذا تفعلين؟ أأنتِ بخير؟
- نعم. أُصحح الواجبات. وكيف حال أليسيا؟

- بخير. سأعد فطيرة وبطاطس مقلية للعشاء. متى ستعودين؟

وخيَّم عليهما صمت طويل، لكنه لم يكن صمتًا كصمتهما المعتاد. كان صمتهما في السابق يقول ما يرغبان إن أرادا تجنب كلمات أو نسيا تلك الكلمات، كان يقولها بغمغمة طفل أو ببغاء، أما الآن فلا، لقد أضحى صمتهما ميتًا بلا حياة، وليس فيه ما يضيفه على كلامهما. كان صمتهما ثخينًا ثقيلًا، وما كانت الكلمات المكررة أو عبارات الحشو قادرة على اختراقه. في أوقات أخرى، كانت أورورا ستسأله بكلمات قليلة عن المعهد، وتترك الخيط الرفيع الذي يحفظ جريان حديثهما فلا ينقطع، كلمات قليلة لكنها تلقي في الصدور إحساسًا بالطمأنينة وبسريان كل شيء كالمعتاد. لكنها لم تكن في مزاج يسمح بسؤاله، ولا حتى بسماع أي حكاية، مهما كانت مقتضبة.

- أريد أن أتحدث معكِ لأخبركِ بأمور رائعة.

هكذا انطلق غابرييل في قوله وقد ملأت الدراما صوته.

- بالطبع، لمَ لا.

وهكذا ردت أورورا، ثم خيَّمت على أجوائهما غيوم صمت ثقيل، ذلك الصمت الذي لا يحتاج إلى كلمات وداع قبل الفراق.

9

قالت لها أندريا منذ زمن طويل:

- أود أن أخبركِ أمرًا عني لم أفصح به قَطُّ لأحد غيرك. لقد عشقت أوراثيو قبل أن أراه. وقعت في الحب فجأة وإلى الأبد، وأصبحت مجنونة به. هذا هو سري الكبير بين يديكِ، وهو أيضًا مأساتي الكبرى في الحياة.

لقد عشقته من كلام أمها عنه، وكانت تذوب بنظراتها الحالمة عندما تستحضره، وتنظر إلى السماء لترى صورته المثالية التي رسمتها له في مخيلتها. لقد سمعت قصته مفعمة بحماسة شديدة، حتى إنها أصبحت تنظر فلا ترى إلا رسمه، فإن أغلقت عينيها لم ترَ غيره كذلك، كما لو كان رسمه يطفو فوق عقلها فتراه في كل شيء، ثم أضحت عما قريب لا ترى ولا تفكر في شيء سواه.

نطقت متنهدة:

- أوراثيو! أظن أني عشقته من سماع اسمه. أسمع اسمه فكأني أسمع الأبواق تغرد معلنة عن وصوله.

لم ترَ قَطُّ أمها بعينين حالمتين إلا وهي تحكي عنه، وكانت تسري من شفتيها كلمات بِكر لم تُستخدم قَطُّ: أناقة، كياسة، سحر، رقة. من أين جاءت بهذه الكلمات الساحرة وهي المرأة الصلبة الجامدة؟ وتعلقت عينا أندريا بخيال في الهواء لا يختفي، وتلبَّست ملامحها حالة شعورية حالمة لا توصف، وكانت تُمطر أمها بأسئلة بلا كلل أو ملل عن هذا المخلوق

الاستثنائي، كيف هي تصفيفة شعره؟ ما لونه المفضل؟ هل يحب الموسيقى؟ هل يجيد الرقص؟ كيف صوته؟ كيف هندامه؟ كيف ضحكته؟ كيف إيماءاته؟ كيف مشيته؟ أرادت أن تعرف أدق تفاصيله. كل شيء.

- وعلمت منذ أول لحظة أنه فارس أحلامي، الرجل الذي كنت أحلم به حتى قبل أن أعرف ما الحب.

ما لم تفطن له أندريا أن هذه التفاصيل المفعمة بالمشاعر لم تكن هي المقصودة بها، بل كانت سونيا، ولا أحد غيرها، أما هي فما كان الغرض من وجودها إلا أداء دور المستمع الصامت. أما سونيا فكانت أمها تمطرها بالكلمات فتخرج جافة من فرط تجاهلها لها.

- ظننت أنها أمور تخصها، وتخص عملها كحكيمة، وأنها لا تعنيني في شيء، مهما فعلت لكسب انتباهي، ومهما سألتني مرارًا: «أتسمعينني يا سونيا؟»، أو «ما رأيكِ يا سونيا؟»، أو «أترغبين في التعرف عليه يا سونيا؟». وفي أي وقت أفتح أذنَي لحديثها، سواءً كنا في المنزل أو في المحل أو نمشي في الشارع، أجدها تتحدث عن هذا الرجل، أوراثيو ولا أحد غيره. حتى عندما كنت أجلس للمذاكرة، أجدها تظهر في لحظة وهي تحكي لي تلك المواويل، تحكي وتعيد عليَّ ما حكت بلا ملل، بصوت حلو لم يكن يحرك في نفسي شيئًا، بل كنت أجده زائفًا.

فسألتها أورورا:

- ألم يدفعكِ هذا إلى الشك في شيء؟

فردت عليها:

- مطلقًا. كانت تتملكني روح الطفولة وقتها، فلم أزد على أربعة عشر ربيعًا. ما كنت أفكر إلا في لغتي الإنجليزية، وفي تجهيز نفسي ليوم أعود فيه إلى دراستي.

ولم يخالطها ريب في شيء من هذه الحكاية، حتى جاءتها أمها في يوم (كأنها انتظرت هذه اللحظة كما ينتظر اللاعب البارع ليلعب بأفضل أوراقه في الوقت المناسب فينهي اللعبة) وقالت لها، وكأن الأمر لا يهمها، إن أوراثيو يملك محل ألعاب ضخمًا، ويعيش وحيدًا، وليست له امرأة، ويقيم في شقة فسيحة، وقد خصَّص أكبر غرفة فيها للألعاب فصارت كأنها متحف، وفيها كل الألعاب القديمة والجديدة من جميع الأشكال والأذواق، وإنه لا يحب شيئًا في العالم حبه للألعاب، فهو وإن كان رجلًا تام الرجولة ومستقيمًا وجادًّا، فإن قلبه قلب طفل. وفجأة انتبهت سونيا، لكن ليس لأمر أوراثيو، بل لأمر الألعاب، وكان هذا دليلًا لا شك فيه على طفولتها.

وشيئًا فشيئًا بدأت القصة تكشف لها عن نفسها. فعلى مدى أشهر كانت أمها تذهب يوميًّا إلى أوراثيو لإعطائه حقن فيتامينات بسبب معاناته من الأنيميا، وهكذا تعرفت عليه. كان يمتلك بالفعل محلًّا جميلًا للألعاب فيه ستة أو سبعة موظفين، ويعيش في شقة فسيحة وقديمة ورثها عن والديه. ويبدو أن أوراثيو لم يكن يجيد معها إلا الثرثرة، فحدَّثها يومًا بأن أكبر طموحاته في الحياة أن يتعرف على فتاة مناسبة، فتاة شابة وبريئة، ليتزوجها وينجب منها، حيث إن أكثر ما يحبه في الحياة، أكثر من حبه للألعاب، هو الأطفال.

- الأطفال هم ملح الأرض.

هكذا اعتاد القول، وهو القول الذي كانت الأم تذكِّر به سونيا كل حين.

- ويمكنكِ تخيل بقية القصة.

وبدأت الأوهام تلعب برأس الأم، هكذا حكت سونيا، وفكرت أنه سيكون خيرًا لسونيا وللأسرة جميعها لو تزوجت سونيا بأوراثيو، فهي تعرفه، وقد ائتمنها على سره، ولعل هذه هدية من السماء أو من القدر ستأثم إن ردتها.

- حتى جاء يوم ظهر فيه أوراثيو في محل الخردوات، ولم يكن فيه إلا أنا وأمي (وانظري كيف كنت ساذجة يومئذٍ ولم أفكر في أي شيء). وأتذكر جيدًا أننا كنا في يوم جمعة من أوائل شهر أبريل، وألحَّت عليَّ أمي يومها أن تزينني وتُلبسني أفضل ثيابي لأكون في أبهى صورة، لأننا سنلتقي بأحد كبار التجار، أو شيئًا من هذا القبيل، وربما يدعونا للغداء... لا أدري، كانت قصة واهنة لم تقنعني قَطُّ. وهكذا قصدنا محلنا، وكنت في أبهى صورة وأفضل حُلة، وكانت أمي ترتدي أفضل ما لديها كما لو كنا نقصد زفافًا. وطوال الصباح لم تنفك تحدثني عن أوراثيو، وقالت إنه يشتاق إلى التعرف على أسرتنا، وربما يأتينا فجأة للزيارة في أي وقت. سألتني أمي: «ألا ترغبين في أن يزورنا؟». أما أنا، فماذا كنت سأقول؟ كان أوراثيو نكرة بالنسبة إليَّ، شبحًا من كلمات. ولم أدرِ أن هذا الصباح نفسه سيحدد مستقبلي إلى الأبد! ولعله من الأفضل أن أقول إن مستقبلي كان مرسومًا بالفعل من دون أن أخط فيه حرفًا بقلم. تخيلي يا أورورا العزيزة، كنت يومئذ أدرس الإنجليزية وأرتب الأزرار وزجاجات الشامبو، وفجأة ظهر أوراثيو أمامي في محل الخردوات، والأسوأ ظهوره في حياتي.
- ماذا دار في خلدكِ يومئذٍ عندما أدركتِ الحقيقة؟
- أنا؟ ماذا كنت سأقول؟ شعرت بشيء من دون أن أتبين حقيقته، بأني جميلة وأني أبلغ مبلغ النساء. كنت أقرأ هذا في نظرات الرجال الجريئة، ولم أدرِ كيف، لكن ملامحي الطفولية جعلتني أكثر جاذبية. كان جسمي يعرف فتنته عني، ويكبر من دون أن أنتبه، ويصبح في كل يوم أجمل وأكثر إثارة عن اليوم الذي يسبقه. وأقسم لكِ إني

لم أكن أعلم بهذه المؤامرة التي حاكها جسمي رغمًا عني. فقد خرج شعري الطويل الكثيف عن طاعتي، وأضحى عجزَاي وفخذَاي كبيرين وافرين، وبدا أن نحري وصدري وكتفي قد دبت فيها روح الحرية في تلك الأعالي، فجذبت أعين الرجال جذبًا، وأطلقت في صدورهم الإعجاب والوله بها. أما أنا، فلم يشغل بالي إلا اللغة الإنجليزية، والجغرافيا، وألعابي وأبطال الطفولة، لأني لم أحب شيئًا قَطُّ كحبي للعب بالدُّمى ما استطعت إليها سبيلًا، وكنت لا أزال أقرأ قصص الجنيات والأميرات في الخفاء، وأستخدم الجوارب القصيرة كما اعتدت أن أفعل. وكنت أحيانًا عندما أمشي في الشارع أقفز خطوتين إلى الأمام على القدم نفسها، كما تفعل كل الصغيرات. وهكذا كنت أحيل كل شيء إلى لعبة. هكذا كنت يومئذٍ.

ثم ظهر أوراثيو. كانتا تجلسان خلف فاترينة العرض عندما رأت الأم أوراثيو، قبل أن تراه سونيا، فبدأت في إلقاء عبارات التعجب وتلك الضجة التي يطلقها الناس عند التعارف:

- أواه، سيد أوراثيو، يا لها من مفاجأة! ماذا جاء بك إلى هنا؟ لماذا لم تخبرنا بزيارتك؟

وكانت تميل بجانبها لتتجاوز فاترينة العرض، وتتقدم بخطواتها نحوه فاتحة ذراعيها لتدعوه إلى الدخول:

- تفضل يا سيد أوراثيو، المكان مكانك، أهلًا وسهلًا!

وهنا رفعت سونيا عينيها عن كتابها ورأته:

- وقف في الممر، ووضع قدمه على حافة عتبة السلم، ومال قليلًا إلى الأمام، مثل نادل يقدم خدمة لزبائنه، وكان يرتدي

بدلة داكنة مقلمة، وقد مال برأسه وعلى شفتيه تلك الابتسامة اللئيمة الفاضحة للتواطؤ في أمر، وكان يزين جيب سترته بمنديل مطرز بثلاث نقاط بلون الكراميل، كأنها أهرامات ثلاثة رسمتها يد صبي.

وحاولت أورورا تخيل هيئته ففشلت، فمع أنها رأته عدة مرات منذ زمن طويل، لكنها لا تستطيع استحضار صورته بوضوح، فقد سمعت عنه كثيرًا وكثيرًا من العجائب من الآخرين حتى أفسدوا عليها ذاكرتها.

وتحكي سونيا أن شيئًا قد حاك في صدرها مذ رأته لأول مرَّة، بل إنه أطلق في صدرها الحزن وشيئًا من الخوف:

- كان نحيلًا يومئذٍ عنه الآن، بسبب الأنيميا، وكانت بشرته مريضة، مع بعض البثور الصديدية الزرقاء على عنقه. أما ما أثَّر فيَّ أيما تأثير، فقد كان هذا الجانب الرسمي منه، ولا سيما ابتسامة النفاق تلك التي تراها على وجوه أصحاب المحلات أو الكهنة. وأقولها لكِ من أعماق قلبي يا أورورا العزيزة، إني لم أستطع أن أسامح أمي قَطُّ على كيدها لي من وراء ظهري لأتزوج بهذا الرجل، ولا يهمني ثراؤه أو فقرنا. وزاد من تفاقم الأمر، كما لو أن ما سبق لا يكفي، أنه كان في السادسة والثلاثين من عمره، أي أن الفارق بيننا كان أكثر من عشرين عامًا!

أما الأم، فما كفَّت عن إنكار أن الأمور جرت على هذا النحو:

- لم أتحدث قَطُّ مع أوراثيو عن سونيا، ولم أدعُه قَطُّ إلى محل الخردوات ليراها. يا لقبح هذا الزعم! هل كنت «دلَّالة»؟! ما جاء أوراثيو إلى المحل إلا لأعطيه الحقنة، لكن سونيا كانت موجودة، فأجلناها إلى يوم آخر.

ردت سونيا:

- كذبت! لقد سألتها مرات ومرات: «لماذا إذن زينتني وألبستني كما لو كنا في يوم عيد؟ وكذلك أنتِ، فلم تكوني بهذه الزينة والحبور منذ زفافكِ! لماذا؟ قلتِ إننا سنلتقي بأحد تجار الجملة، لكن أوراثيو ظهر، فهاتفتِ التاجر لإلغاء الموعد». أرأيتِ سخافة القول؟! تاجر جملة! وشيء آخر، كيف يحضر لي أوراثيو معه هدية إن كان لا يعلم بوجودي كما تقول؟

لقد أحضر بالفعل هدية معه واقترب من سونيا وقد وضع يديه خلف ظهره ورسم على وجهه ابتسامة الكهنة الغامضة تلك، وعندما وصل إلى فاترينة العرض أخرج يده وإذ بها تحمل هدية ممسكًا إياها برفق، فمدت سونيا يدها إليه فأخذها برقة وانتباه، وانحنى انحناءة خفيفة (ورأت سونيا شعره المتساقط، وأظهر الضوء قشورًا على جلده)، فطبع قُبلة على يدها، قُبلة طويلة رقيقة، من دون أن يشيح بنظره عنها للحظة، كما لو كانا يتشاركان سرًّا لا يعلمه غيرهما، وبدا كل شيء حينئذٍ غير واقعي، كما لو أنهما كانا على خشبة المسرح يؤديان مشهدًا للمرَّة الألف، ثم قدَّم إليها علبة جميلة مزينة بورق ملون وشريط ذهبي طرفاه معقودان كأنشوطة، وعليها ملصق مكتوب عليه بخط اليد: سونيا.

- ما كان هذا؟ كيف تفسرينه؟

هكذا سألت أمها مرات ومرات.

- لكن أمي قالت إن أوراثيو كان دائمًا يحمل ألعابًا في يده ليهديها إلى الناس، وقد كان هذا منطقيًّا، فهو، كما تعرفينه، يقول إن تبادل الهدايا بين الناس خير سبيل لتعزيز الألفة والأخوة والسلام بينهم، ولا يمشي من دون أن يحمل في جيبه ألعابًا يهديها إلى الناس، كما لو كان ساحرًا. ولكن اسمي كان على الملصق!

فردت أمها:

- وكيف سأعرف؟ كيف سأتذكر ما تحدثت به معه؟ ربما أخبرته مرَّة عن أولادي، ما الضرر في ذلك؟ فالناس لا يكفون عن الحديث والبوح بما في صدورهم. وهل يجيد الناس إلا هذا؟
- ماذا كان في العلبة؟
- دُمية، لم أرَ مثيلًا لها، لا يحصل عليها إلا جامع ألعاب عتيق، فقد كانت لعبة على شكل طفلة من البورسلين بعينين عسليتين من الزجاج، وكان لها زنبرك، عندما تملئينه تدور وتدور وتعزف مقطوعات موسيقية عتيقة. كان شعرها طبيعيًّا بضفائر، وفستانها من الحرير المزخرف المطرز بالساتان، وكانت تتحرك بصعوبة شديدة كأنها تعرج، وتتوقف بعد كل خطوة، لكنها كانت جميلة للغاية وثمينة للغاية، كما علمت لاحقًا. لكني رأيت في هذه الدُّمية تعاسة تشبه تعاسة صاحبها. وقد أخافتني بعينيها الثابتتين الساهرتين كأنهما عينا شيطان، كتلك الدُّمى الشريرة في أفلام الرعب. أما أمي فوقفت هناك وقد علت وجهها ابتسامة تضاهي ابتسامة يهوذا الإسخريوطي، صائحة: «أواااه!»، وهي تصفق بيديها وتشجعني لأبدي فرحتي وسعادتي. هل ستخبرينني بعد كل هذا أن أمي لم ترتب هذه المكيدة لألتقي بأوراثيو ثم أتزوجه في النهاية؟

لكن الأم غضبت عندما سمعت سونيا تقول هذا:

- مَن ذا الذي رآني يومًا أصفق أو أقول أواه، أو أيًّا من هذه الحماقات؟ ومنذ متى أفرح بلعب البنات بالدُّمى؟

حدث هذا يوم جمعة، وتابعت الأم فصول مكيدتها، كما تقول سونيا، فدعته إلى مأدبة في المنزل يوم الأحد. أما الأم فتقول إن هذا محض أوهام

من سونيا، وإنها أكاذيب اختلقتها بعد ذلك لتخفف عن كاهلها عبء أخطائها، وإنها ما دعته إلى المنزل إلا لأنها شعرت بالأسى تجاه هذا الرجل، فهو يعيش وحيدًا مهملًا، ولا يأكل إلا أسوأ الطعام، طعام لا يقيم أوده، وهكذا أصابته الأنيميا. كما أنه أهدى سونيا هدية رفيعة، هدية عتيقة قيِّمة، وكان عليها أن ترد جميله بجميل. وعندما ترى الأم أنها حُوصرت بدليل يتبعه دليل ولا مفر، فكانت تقول:

- وما السوء في دعوة أوراثيو إلى محل الخردوات ليتعرف على سونيا ويرى إن كانا سيتوافقان معًا؟ ألم أفعل ذلك رغبةً في الخير لها؟ أليس ذلك خيرًا من أن نستمر في مصارعة فقرنا، متوجسين من المستقبل؟ ألا ينشغل بال الأمهات بأولادهن ويبحثن لهم عن الخير؟ كما أني لم ألزمها بالزواج من أوراثيو، بل كانت هي من أحبته أو شغفت به، ولو لم تُرِده لتركته، لقد كان أمرها بيدها منذ البداية وطوال خطبتهما.

وكل حين تحكي أنه بعد تبادل عبارات التحية راح أوراثيو يحكي لسونيا عن كيفية عمل اللعبة، وأنهما كانا قريبين حتى مست أنفاسه وجهها، وشمَّت رائحة تنبع من أحشائه، رائحة مثل رائحة الدواء أو صفار البيض، وكانت تسمع صوت ريقه في فمه عند حديثه فيجف في فمها ريقها، وإذ بصوتها يخرج ثخينًا. ولم تحب سونيا أيًا من هذا، ولا نبرته الشارحة المتعبة، ولا إشاراته بالسبابة الشاحبة إلى أجزاء اللعبة من دون أن يمسها. وقد بدا حذرًا قلقًا في كل حركة يتحركها. ثم انتهى من شرحه، فعاد وطبع قُبلة على يدها بطريقة تمثيلية ثم غادر. لكن قبل أن يغادر مرت بهما لحظة - كلحظة برق خاطف - نظر فيها أوراثيو إلى سونيا نظرة ثاقبة جريئة، تكاد تنطق بالرغبة، وفي هذه اللحظة بدأت سونيا تدرك الغاية الكامنة من كل هذه القصة.

أما أندريا، فقد اجتاحتها حالة شعورية متفجرة منذ علمت أن أوراثيو سيحضر مأدبة في منزلهم يوم الأحد. سرحت أندريا بأفكارها حتى توهمت أن أوراثيو أمير يبحث بين رعاياه عن زوجة له، وامتطت حصان الوهم حتى أوغلت في الأمل بأن تكون هي العروس المختارة. لمَ لا؟ فهي ليست جميلة ولا ممشوقة القوام، ولا سيما عند مقارنتها بسونيا، وفي أي حكاية طفولية ستصبح سونيا الأميرة وليست هي، لكن هذا لم يكبح جماح أوهامها، حيث كانت تؤمن بمعجزات القدر الرومانسية، وأذكت موسيقى البوب هذا الإيمان بلا أساس. وتزعم هي أن هذا ما حدث، فقد أغرم أوراثيو بها وليس بسونيا، لكن الأم وقفت موقف الحَكم الجائر، وكانت قد قررت من قبل على من سيستقر الاختيار.

- عندما التقت نظراتنا لأول مرَّة، أدركنا أننا خُلقنا لبعضنا، وفي ذات اللحظة أدركنا أن حبنا في حكم المستحيل.

هكذا أخبرت أندريا أورورا أكثر من مرَّة، ثم كانت تخفض صوتها في كل مرَّة، وتقول إن أوراثيو يظن ظنها، وإن هذا ليس وهمًا، بل إنه أقر لها بذلك، لكنه سر عظيم بينهما ولا تستطيع أن تخبر أحدًا بتفاصيله، سر حُكم عليه بألا يرى النور أبدًا. وحارت أورورا في الأمر: هل هذا أحد أوهام أندريا العاشقة الموتورة، أم أنه حقيقة موءودة لم تُكتب لها الحياة؟

الحقيقة الوحيدة كانت حضور أوراثيو إلى منزلهم يوم الأحد محملًا بالهدايا: عربة تعمل بالتحكم عن بُعد لغابرييل (لكن الأختين تقولان إن غابرييل لم يلقِ لها بالًا، فقد كان مكتفيًا بعربته الحمراء الصغيرة ولعبة راعي البقر البلاستيكية، وبهما امتلأت حكايات خياله الطفولي)، وغيتار صوتي لأندريا، وعلبة بونبون ضخمة للأم، وباقة ورد أبيض لسونيا.

- تصوري أني ذات الجوارب الطفولية القصيرة والفستان البريء أتلقى من رجل باقة ورد أكبر مني حجمًا!

أما أندريا فتقول:

- كان بالضبط كما تخيلته؛ مخلوقًا نقيًا مثاليًا حالمًا شريدًا، رقيقًا ومرهف الحس، محتاجًا إلى الحب احتياج طفل. وكان وسيمًا للغاية، وعليه سمة ملائكية طفولية.

وهذا خلاف آخر حول شكله وطريقته، وليس من سبيل للاتفاق عليهما بينهما، فتراه سونيا قبيحًا منحرفًا، لكنه أجاد إخفاء انحرافه ببراعة.

- قبيح؟ هل تعلمين ما القُبح!

هكذا ردت عليها الأم.

- بل كان رجلًا عاديًا ككل الرجال. وحتى لو كان قبيحًا، فما الضير في ذلك؟ لقد كان مهذبًا ومثقفًا وحر التصرف. ما كانت لترجو أكثر من ذلك. كما أنه لم يكن قبيحًا عندما أحبته وتزوجته، فماذا حدث؟

كانت آراؤهن متباينة ومتعارضة، وكلٌّ منهن مطمئنة إلى رأيها ولا تتزحزح عنه، حتى حارت أورورا في الأمر، فلم تدرِ إن كان أوراثيو وسيمًا أم قبيحًا، ملاكًا أم شيطانًا، وإن كانت سونيا عشقته أم لا.

وسواءً كانت الحقيقة عند هذه أو تلك، فقد كان ذلك الأحد من شهر أبريل يومًا من الأيام الحاسمة القادرة على تغيير الحياة. عندما علمت أندريا أن أوراثيو من نصيب سونيا، ملأتها الضغينة على أمها وأختها، بل إنها فقدت عقلانية أفعالها كلها. أما سونيا، فقد جاء الأحد التالي ببداية فترة التعارف الرسمي للخطوبة.

وأضحى أوراثيو زائرًا دائمًا، كل يوم، في محل الخردوات، وأحيانًا في المنزل، وكان لا يأتيها إلا وهو يحمل هدية؛ لعبة صغيرة أو قصة مصورة أو حلوى، فيخرجها فجأة من جيبه ويقدمها إليها في قبضته المغلقة:

- تُرى هل ستعلمين ما في يدي هنا؟

هكذا كان يسألها، فإن كانت أمها حاضرة فإنها تشاركهما هذه اللعبة، فإذا حارت ولم تكتشف ما في قبضته، يضحك أوراثيو كطفل، طفل في السادسة والثلاثين من عمره، ويقول في كل مرَّة:

- لا شيء، لا شيء، لقد خسرتِ!

فإن نجحت إحداهما في تخمين ما في يده، كان يصمت برهة، ثم يصرخ:

- برافو! الجائزة للسيدة!

أما خروجهما معًا فكان أيام الأحد مساءً، وكانت الأم تخرج معهما في بادئ الأمر، ثم أصبحا يخرجان وحدهما. أما سونيا فترى أن أمها كانت تخرج معهما أولًا من باب الذوق واللياقة، ولتذكي نار الود والرومانسية بينهما، ولتلزمها بأن تنفض عنها التصرفات الطفولية وتتصرف كآنسة تعي دورها العاطفي.

- راحوا يشترون لي الكثير من الملابس (أدركت بعد ذلك أن هذا كان محض استثمار)، ملابس ملائمة للآنسات، ملابس تجعلني أبدو أكبر من سني، وأحذية بكعب عالٍ، وتنورات، وملابس خروج، وجوارب، وملابس داخلية، وكنت سعيدة بكل هذه الملابس، ولم يزعجني سوى أنهم ألزموني بالخروج بمكياج كامل، وأن أحمل حقيبة على كتفي كما لو كنت آنسة، لكني علمت أن أوراثيو لم يكن يعجبه مظهري هذا، فما أعجبه فيَّ هو شكلي الطفولي البريء.

أما الأم فتعلِّق على رواية سونيا بأنها لم تتدخل بينهما في فترة الخطوبة، وما فعلته أنها قدمت موافقتها بعدما وافقت سونيا، وأن سونيا ما اقتربت من أوراثيو إلا لأنها أرادت ذلك، ولم يرغمها أحد.

- كل هذا الذي تحكيه محض زيف اختلقته لتزيل عن كاهلها عبء أخطائها.

فسألتها أورورا:
- لماذا لم ترفضي الخروج معه؟
فردت عليها سونيا:
- لم أكن أعلم شيئًا، وكنا نخرج، ثلاثتنا، في البداية. لم يقل لي أحد إن أوراثيو يتعرف عليَّ وإن هذه خطوبة مطمورة. لاحقًا اعتدت رؤيته كل يوم والخروج معه في الأعياد. وما كفَّت أمي عن الحديث بالخير عن أوراثيو وطيبته وكرمه، وأن المكوث معه يبعث في النفس راحة، وأنه مهذب ولا يعامل الآخرين إلا بنبل رفيع. وقالت لي: «إن كسبتِ قلبه، فسيمنحكِ كل ما تحبينه، وستتعلمين اللغات وتسافرين حول العالم كما تحبين». نعم، فكرت في تركه، وأردت ذلك، لكن لم تكن لديَّ الشجاعة لفعلها وقتها.

أين كانا يذهبان في أيام الأحد؟ تحكي سونيا أنهما كانا يقصدان مقاهي وسط المدينة الراقية الغالية، والسينمات، والمسارح، لمشاهدة أفلام ومسرحيات الأطفال، لأن هذا ما كان يحبه أيضًا، وكانا يركبان سيارات الأجرة بلا اعتبار للنفقات، وينطلقان في حديثهما، ولا سيما أوراثيو الذي كان يأخذ زمام المبادرة في كل مرَّة. وكانت الألعاب موضوع كلامه دائمًا وأبدًا، وكان يعرف كل شيء عنها: كيف كانت أيام الفراعنة، وأيام الرومان، وفي فرنسا، وروسيا، والصين. وكان أحيانًا يجلب معه لعبة ويُفككها ليُريها كيف تعمل، ثم يجعلها تُعيد تجميعها:

- حاولي أن تُجمِّعيها بنفسك. سنرى إن كنتِ تستطيعين.

وحاولت سونيا ولم تستطع، وكان أوراثيو ينطلق ضاحكًا من قلة حيلتها، ثم يمنحها بعض التلميحات لمساعدتها، لكنها إن تأخرت في تجميعها فإنه يفقد صبره ويقول:

- دعيها، دعيها لي!

ثم يرفع يديها عن اللعبة.

- أتذكر أن تلك الأمور أشعرتني بالذنب وقلة الحيلة، ولم تصدر عن كياسة منه. كنت أشعر كأني في مدرسة ولم أذاكر دروسي.

وعندما تعود إلى المنزل كانت تخضع لاختبار آخر، فتنهال عليها أمها بأسئلة لا آخر لها، عن أمسيتهما، وما قاله أوراثيو، وما قالته هي، وماذا كان طعامهما، وماذا كان يرتدي أوراثيو. ولم تمل الأم من السؤال يومًا، ثم تحلل نتيجة كل ما قيل بصوت عالٍ، فتقول إن أوراثيو رجل رائع، ويا لحظ المرأة التي ستصبح بجانبه، ويا لسعادة من يكون مستقبلها معه.

وكان أوراثيو يسهب في الحديث أيضًا، عن معرفة واسعة، عن مسلسلات الأطفال، والأبطال الخارقين والشخصيات المشهورة في القصص المصورة للأطفال من كل الأزمنة، مَن أبدعهم وكيف ومتى وأين، ميكي ماوس، والمرأة الخارقة، وباتمان، ودكتور دوم، وكابتن أمريكا، والنملة الذرية، ومازنجر، ولاكي لوك. وكان لديه اطلاع وشغف بهذه الأمور، فيمكن أن يتحدث عن فيكي الفايكنغ، مثلًا، لساعات طوال، مفسرًا ومحللًا كما لو كان عالمًا أو محكِّمًا. لم تكن سونيا قد سمعت عن معظم تلك الشخصيات، أما هو فكان يعرفهم جميعًا معرفة العالم المتمرس، وذكر أن شقته تعج بتشكيلة ضخمة من القصص المصورة من جميع الحقب والأزمنة، وأن هذه التشكيلة كلفته ثروة، لكنه ما كان ليبيعها حتى لو أعطوه مال الدنيا. وهمس لها يومًا:

- سأحملكِ إلى شقتي في أحد الأيام، وسأُطلعكِ على أسراري التي لم أُطلع عليها أحدًا قَطُّ.

وجعلها في يوم آخر تقسم له بأغلظ الأيمان أنها يوم تقرأ قصصه المصورة، وتقلِّب صفحاتها، فستفعل هذا بعناية شديدة حتى لا تُفسدها، فإنه

ما كان ليُهدي تلك القصص إلى أحد قَطُّ. وجعلها تفعل ذات الأمر عندما جاءا على ذكر الألعاب المتخمة بها شقته:

- مجرد التفكير في وقوع ضرر على ألعابي أو قصصي المصورة يجعلني أفقد صوابي.
- هل تقرَّب إليكِ حينها؟ في أي لحظة...

ولأن أورورا تأخرت في صياغة سؤالها هذا، فإن سونيا قاطعتها بأن أوراثيو كان مثقفًا مهذبًا، حتى إنه في فترة الخطوبة التي امتدت إلى ما يربو عن عام، لم يحاول فعل شيء، وما فعل أكثر من مداعبة خصلات شعرها أو وجهها أو يديها، واستغرقه الأمر طويلًا حتى قبَّلها من شفتيها، وما فعل هذا إلا بأدب، وما كان يفعله إلا على فترات طويلة، وأنه مس ركبتها مرَّة، وصدرها مرَّة أخرى، لكنه فعل ذلك وراحة كفه مفتوحة، وليس بنهم، وما زاد عن ذلك، فقد قال لها إنه يحتفظ بكل شيء إلى ما بعد الزفاف، وإن النقاء لا تعادله كنوز العالم.

- وماذا عنكِ؟ هل أحببتِه؟ هل شعرتِ بانجذاب نحوه؟
- لم أعلم حين ذاك، لكني أعلم الآن. لم أعلم حين ذاك إن كنت أميل إلى الرجال أم لا. أتذكر عندما كنت في العاشرة أخذني الهوس، فكنت أمشي في الشارع وأنظر إلى الأولاد وأقرر إن كنت سأتزوج هذا أو ذاك أم لا. قد أتزوج هذا، لكن هذا لا، أما هذا فلا أعلم، هكذا كنت أحدث نفسي. لكني لم أختَر أوراثيو قَطُّ. كان شيء في جسمي يخشاه، بسبب وجهه المُنقط بالبثور، وجلده المريض، وعندما كان يلمسني كانت تسري في جسمي قشعريرة، لكنها ليست قشعريرة خوف. وأتذكر أني كنت أشمئز عند حديثه، فقد كان اللعاب يتجمع على جانبَي شفتيه عند الحديث، لعاب جاف شاحب لزج، ومن حين

إلى آخر يُخرج طرف لسانه فيزيل كل هذا، كما تفعل الأبقار. وإن أصابت ملابسي بقعة من طعام أو من أحمر الشفاه، فإنه يُخرج منديله ويبلل طرفه بلعابه، ويمسحها عني كأني طفلة، لقد كان يعاملني في كل شيء كأني طفلة، وأحبَّ أني طفلة. وأرى أني لم أفارقه، ولم أفكر في مستقبلي معه، لأنه ما كان يُقبِّلني أو يلمسني إلا نادرًا. لكن إن أردتِ الحقيقة، فإني كنت أشعر بأنه يطوقني بجناحيه، ويحميني، ويعاملني معاملة حسنة، ويعتني بي ويرعاني.

لقد حملها يومًا إلى شقته بعدما أصبحت علاقتهما رسمية، وراح يفتح بمفاتيحه أقفال الباب حتى لم تبقَ سوى آخر دورة في آخر قفل، وإذ به يلوي رأسه نحوها وقد كسا وجهه تعبير تراجيدي، وقال لها بصوت مهزوز:

- أنتِ أول غريب يدخل هذه الشقة.

وتفاجأت سونيا أيما مفاجأة؛ فهو لم يُعد أمها من الغرباء!

كانت شقته قديمة فسيحة، كثيرة الأروقة والمداخل والغرف التي لم يدخلها أحد منذ زمن طويل، وكان سقفها عاليًا، وقد أظلمت جميعها بستائر ثخينة، وكل غرفة بها سرير من أسرَّة كانوبي ذات الأعمدة الطويلة، والثريات تبعث في أرجائها أضواءً خافتة جميلة. ورث أوراثيو هذه الشقة كابرًا عن كابر من عائلة لم يبقَ منها أحد سواه. كانت جدران الشقة مزدحمة بصور أجداده، وكلهم يقفون موقف يوم عيد، أو أمام متجر الألعاب، منذ افتتحوه في أوائل القرن التاسع عشر حتى الآن. أما الأثاث والزخارف فكانت جميعها بأسلوب الباروك الرفيع العتيق. ارتبكت سونيا، ومشت مشية الوقار كما لو كانت في كنيسة. وبدا أن كل شيء في الشقة ساكن في مكانه منذ زمن ولم تمسسه يد.

وعندما وصلا إلى غرفة الألعاب، أصابت الدهشة سونيا حتى ألجمتها فلم تدرِ ماذا تقول ولم تصدِّق ما تراه أمام عينيها. كانت غرفة فسيحة جدًّا،

تزينها مصابيح ملونة حديثة تطلق أضواءً بتدرُّج منظم لتسحر العين بتأثيراتها الساحرة. وهنا أخذتها الدهشة من تلك الأرفف التي تصل إلى السقف، وتجذب إليها الأبصار، وعليها آلاف الألعاب المعروضة، ألعاب منظمة بحسب زمنها ونوعها وعُمر مستخدمها، وكل لعبة عليها ملصق يفصلها تفصيلًا. وكانت الأرض زاخرة أيضًا بالألعاب، وقد توزعت عليها بأسلوب فني رفيع، وقد تدلت من سقف الغرفة خيوط لا تُرى، وفيها عُلِّقت لُعب طائرات حربية، وبالونات وألعاب طائرة أخرى.

راح أوراثيو يشرح لها أن هذه التشكيلة من بين أرفع تشكيلات الألعاب في العالم، وربما أرفعها، التي انكب آباؤه، وكذلك هو، على جمعها طوال قرنين من الزمان. والتفت إليها قائلًا:

- أرى أن جمالها قد ألجمكِ.

وكان هذا حقًّا. فلم تدرِ سونيا ماذا تقول. كانت التشكيلة رائعة، بل بالغة الروعة وتأخذ بالألباب، وتدفع في الصدر رغبة بأن يظل المرء بينها حتى يأتيه أجله. لكن كيف بالمرء أن يفعل هذا وهو يحتاج إلى الخروج إلى عالم الكبار الموحش. ثم وضع يده برقة على كتفها، كما كان يفعل دائمًا، وأخذ بيدها إلى الغرفة الأخرى، ليريها تشكيلته من القصص المصورة. وألجم الجمال سونيا هنا أيضًا، فلم تدرِ ماذا تقول أمام تلك الروعة. ثم التفت إليها قائلًا بنبرة ماكرة صحبتها إيماءة فرحة:

- والآن تعالي لتري غرفتي.

وأخذ بيدها عابرًا ممرًّا طويلًا مظلمًا، وعندما وقفا أمام الباب سألها:

- جاهزة؟

- نعم.

أضاء الغرفة، فإذا بها غرفة طفل، لكنهم بالغوا في تزيينها حتى أصبحت قبيحة. كانت الجدران مغطاة بأشكال وألوان طفولية مع ملصقات لأبطال

حكايات الأطفال، وهكذا الأمر مع شراشف السرير، والوسادات، وأبواب الخزانة، أما السقف فكان مزخرفًا بنجمات مضيئة من الفسفور، وقد امتلأت الغرفة بدُمى محشوة في جميع الأرجاء، وفي وسط الغرفة قطار ضخم يغطي معظم المساحة حتى وصلت قضبانه إلى أسفل السرير، وأذهلها أنه قطار مكتمل بمحطات، وجسور، وجبال، وتلال، وزرع، عن يمينه ويساره، كما لو كان قطارًا حقيقيًّا يشق عباب أرض حقيقية.

منذ ذلك اليوم، لم يعودا في خروجاتهما إلى المقاهي أو السينما إلا نادرًا، حيث أضحت جميع أمسياتهما بين جدران هذه الشقة. يقرآن القصص المصورة، ويشاهدان مسلسلات الأطفال عبر التلفاز، ويستلقيان على الأرض للعب بآلاف الألعاب التي يزخر بها هذا المتحف المنزلي، وكانا يلعبان «الغميضة» في بعض الأحيان.

- وكنا إذا لعبنا، وجدني في مخبئي في لحظة. أما هو فلم أكن أجده قَطُّ، حتى أيأس، وأصرخ في ممرات هذه الشقة الفسيحة: «أستسلم!». وكان يخرج فجأة من خلف ستارة، أو خزانة، أو أيٍّ من قطع الأثاث الكبيرة الكثيرة، ويفزعني صارخًا: «هأنا! هزمتكِ مرَّة أخرى!».

وفي جلستهما كانا يفكران في مشروعاتهما. وأخبرته سونيا أنها تود لو عادت إلى المدرسة، وتعلمت اللغات، وسافرت إلى جميع أنحاء العالم. وكان يجيبها بأنه لا بأس في هذا، لكنه يفضِّل السفر بمخيلته، كما يفعل الأطفال. وكانا كثيرًا ما يتنزهان مع الأطفال، وقد أخبرها ذات يوم أنه يحلم بأن يُرزق بطفلين، وسوف يسميهما «آنخل» و«أثوثينا». وكان يتحدث عنهما كما لو أنهما موجودان في هذه الدنيا بشحمهما ولحمهما، وكما لو أنه يراهما يجريان في أنحاء الشقة، ويقلق من إثارتهما الفوضى في حجرة الألعاب أو حجرة القصص المصورة، ويقلقه مجرد التفكير في هذا.

- قال لي ذات يوم: «سنغلق هاتين الغرفتين بالمفتاح حتى يكبر الطفلان»، وكأنه يوبخني على خطئي في التسبب في فوضى مستقبلية! ثم جعلني بعد ذلك أقسم بأغلظ الأيمان أني لن أدع الطفلين يتسللان إلى هاتين الغرفتين، وقال بنبرة المعلِّم العارف: «إن الأطفال ملائكة وشياطين في الوقت نفسه».

وأكملت أورورا الحديث وقالت بنبرة أسف:

- ثم تزوجتِه.
- تزوجته لأننا وصلنا إلى نقطة لم يكن هناك مفر من المُضي قُدمًا بعدها. فقد بدا لي كل شيء كما لو كان اختلاقًا، أو لعبة. لقد ظننت أني بالانتقال للعيش مع أوراثيو إنما أعيش مع طفل كبير، وأني لن أتحمل على كتفَي عبء التزام واحد. ولا أنكر أني تزوجته أيضًا لأخلِّص عنقي من قيد أمي ومحل الخردوات. ولم أعلم أيهما أسوأ، الزواج من أوراثيو، أو أن أعمل في المحل طوال عمري تحت يد أمي. كل هذا ولم يفارقني حلم الدراسة الذي لازمني منذ نعومة أظفاري.

تم زواجهما، وقد عُقد قرانهما في الكنيسة، فتجمَّلت سونيا بفستانها الأبيض، وارتدى أوراثيو بدلة رسمية سوداء. وفي ألبوم صور زفافهما، تظهر أمها جامدة يقظة، ضامةً شفتيها، كما لو كانت تواجه حربًا أو يعترك في صدرها حزن. أما أندريا فتظهر في كل صورها مبتسمة ضاحكة مبتهجة، تميل بإيماءات ضاحكة، أو تقف كأنها شخصية كرتونية، وقد بدت متفجرة بالسعادة والمرح، وكانت ملامحها تكاد تنطق بالبِشر والحبور، حتى يحار المرء ويتساءل هل هذه أندريا المخلوقة المثقلة بالحزن كأن السعادة لم تعرف طريقًا إليها قَطُّ!

10

- علمت أن أمر هذا الحِلف لن ينتهي إلى خير، وأظن أن هذا هو ما دار ببالك أيضًا، أليس كذلك؟

هكذا سألت سونيا، فردت عليها أورورا:

- تصورت ذلك. أقدامكم غارقة في وحل الماضي، ولا تستطيعون فكاكًا من فخاخه، وتتصرفون كالأطفال فتجعلون من كل أمر حقير معركة.
- فعلًا، لم نتغير قَطُّ، كأن فينا جراحًا صغيرة لم تلتئم. وأعلم يقينًا أن غابرييل أقلنا اعوجاجًا.

تأخرت أورورا في ردها، وقالت بصوت خافت، كما لو كانت تتحدث إلى نفسها:

- لا أعلم، فربما كان غابرييل على غير ما تظنون، بل ربما هو نفسه لا يعرف عن نفسه شيئًا.
- أواه يا أورورا، ما أقبح الحياة وأظلمها! ما ضرنا لو كنا صادقين ودودين، وكان كل ركن في حياتنا بسيطًا سهلًا؟ ما ضرنا لو لم نطلق ألسنتنا الحداد لتنهش لحم بعضنا بعضًا؟ لماذا لا نكون أخيارًا؟ لقد جعلنا حياتنا لا تطاق. وهذه هي النتيجة، لقد أوقف غابرييل أمر الحفل. فجأة وبلا مقدمات. انتهى الحفل. وأعلم علم اليقين أن الجميع سيشير إليَّ بإصبع الاتهام، وأولهم غابرييل. ماذا أخبركِ؟ ماذا حكى لكِ عن أمري؟ أعلم أنكما تحدثتما كثيرًا عن هذه القصة المأساوية.

- لا شيء، لم أعد أنا وغابرييل نتحدث كثيرًا هذه الأيام. عرفت بسورة غضب أمكِ، وبأنكِ وغابرييل تشاجرتما حول أوراثيو وروبرتو، لكنكما تصالحتما في النهاية.
- لا أدري ماذا أقول لكِ. تشاجرنا شجارًا مُرًّا. اتهمني غابرييل بأنني سبب تفرق شمل الأسرة، وبأنني لا أسمح بفرصة للصلح.

قالت أورورا:

- لا عليكِ. لا تبتئسي، فهي كلمات تجري على اللسان وليس لها نصيب مما في القلوب، أفكار لحظية جامدة.
- لا أنكر أني كنت حادة معه عندما اتصلتِ به، لكن ليس بسببه، بل بسبب مشكلاتي مع روبرتو. ألم يخبركِ غابرييل عن أمر روبرتو؟
- أخبرني القليل، قشورًا فقط، وأظن أني لم أفهم ما قاله.
- لا يفهم الرجال مشكلات النساء أبدًا. ولعل هذا، إضافةً إلى المزاج السيِّئ الذي خيَّم علينا عند الاتصال، بسبب أني لم أوضح له ما كان يحدث، وأني أخبرته بكل شيء على عجل وبلا تفسير.
- انظر يا غابرييل، لقد فكرت كثيرًا، ولن أراوغ ولن أتحايل. إن لم يحضر روبرتو مأدبة حفل ميلاد أمي فلن أحضر أنا كذلك. هكذا ببساطة ووضوح. وإن حضر أوراثيو فلن يحضر روبرتو ولن أحضر أنا.

رد غابرييل:

- لكن هذا سخف! لقد أخبرتِني يوم الجمعة أنكِ ستتحدثين مع روبرتو للوصول إلى حل، وأنا أخبرت أمي بهذا، وسعدت سعادة جمة بأننا سنجتمع معًا مرَّة أخرى في عيد ميلادها، وما من كلمات تستطيع التعبير عن شوقها إلى هذا الحفل، ثم تقولين ما تقولين!

- لقد فكرت في الأمر كثيرًا وطويلًا، وهأنا أخبرك بما لديَّ. لقد تعرفت على أسرة روبرتو، وأصبح من الضروري أن يتعرف على أسرتي، فهو يرغب في التعرف عليها، وأخبرني مرارًا وتكرارًا بهذا. وكما تعلم، فأسرتنا لا تجتمع أبدًا، ولن أجد إلا هذه الفرصة ليتعرف عليكم. هل فهمت؟
- لكن هذا سخف! وجود شيء لا يعني أن نلغي شيئًا آخر. يمكنكِ أن تصحبيه لزيارة أمي، ثم نُعِد مأدبة أخرى يتعرف فيها علينا جميعًا، مأدبة لا يحضرها أوراثيو.
- لقد وقع لي أمر مع روبرتو، ولا أعرف كيف أفصح به لك. لقد أخبرته عن عيد الميلاد، ولم أعرف كيف أفسر له عدم مقدرته على الحضور، حاولت لكن الأمر لم يتم لي. بل حدث عكس ذلك، فأوغلت في المراوغة وتمحل الأعذار بأن الحضور سيكون كثيرًا، لأن بعض أصدقاء أمي وجيرانها وبعض الأقارب البعيدين سيحضرون، وسيكون الجمع كبيرًا فلن نستطيع الحديث بهدوء وسكينة، وأني أكره هذه التجمعات الضخمة، وخرجت مني كلمات وكلمات حتى أدرك روبرتو أني أكذب، وأدركت هذا من نبرة صوته. لقد كان أمرًا مُرًّا، أتفهم ما أرغب في قوله؟

رد غابرييل:

- نعم أفهم. لكن أتعلمين؟ يمكن للكلام إصلاح كل شيء. انظري، سأعمل بنفسي على تنظيم لم شمل أسري لنا لنعلن عن زفافك. هكذا بكل سهولة.
- ولا أرى شيئًا سهلًا يا أورورا. غابرييل لم يفهم هول ما وقع بيني وبين روبرتو. لقد كانت هذه أول كذبة في علاقتنا، أول مرَّة أغض بصري عن بصره لأني لا أطيق مواجهة نظرته.

113

سألتها أورورا:

- وماذا أخبركِ؟

- روبرتو؟ في البدء لم يخبرني شيئًا، فقد تدثر بدثار الصمت طويلًا، صمت يشبه صمت القاضي وهو ينظر في التماس المتهم، ثم راح يغرقني بأسئلة عن أمي وعن أندريا وعن الأقارب، وأخيرًا عن أوراثيو. سأخبركِ شيئًا لم أبُح به لغابرييل، فقد كذبت قبلًا على روبرتو بشيء عن أوراثيو، فأخبرته أن أوراثيو رجل جذاب وودود وطيب، رجل عادي، لكني لم أبُح له بأن أوراثيو أكبر مني بعشرين عامًا، وأنه قد ودَّع عهد الشباب الآن. لم أخبره بالحقيقة لأني خجلت منها، وغرورًا مني كذلك. «سأخبركِ لاحقًا»، هكذا قال لي. وكما ترين، فقد علم أني كنت أكذب عليه، وبدأ يمطرني بأسئلة عنه. ونبت عدم الثقة بيننا كما ينبت البقل، لا أعلم، لكني أشعر كما لو أن شيئًا انكسر في علاقتنا.

قالت أورورا:

- لكنكِ ما نويتِ إلا الخير. فجميعنا نُجمِّل شيئًا في ماضينا، وليس هذا كذبًا، بل كذبة بيضاء. وأعلم علم اليقين أن روبرتو إن اكتشف الحقيقة الكاملة يومًا فسوف يتفهمها، بل لعلها تُضحكه. كما أنه طبيب نفسي وعلى دراية بتلك الأمور.

- لا أعلم يا أورورا. لم أعد أعلم. إني أرى في كل العلاقات العاطفية نقطة ضعف، مهما كانت تلك العلاقات قوية، وعند أول شرخ تهوي العلاقة كلها إلى الأبد. أراها مثل الإصابة بسهم الحب، لكنه سهم مرتد. وهذا ما يغيب عن غابرييل، فهو يظن أن الكلام يُصلح كل شيء. أتصدقين أنه عرض عليَّ مرَّة أخرى أن يذهب كلاهما،

أوراثيو وروبرتو، إلى المأدبة، وكأنه لا يفهم شيئًا عن هذا العالم.

قالت له سونيا:

- أنت لا تفهم شيئًا. أنت لا تسمعني ولا تسمع أحدًا غيري. أنت لا تسمع إلا نفسك، ولا تهتم إلا بنفسك وبعالمك.

- استبد بي الغضب حينئذٍ، وأسفت على ذلك. لكني خرجت عن شعوري، فهذه المأدبة ما جاءت إلا بالشر لي، وهذا بسبب غابرييل، فهو الذي خرج بها من قبعته كسحر أسود.

- نعم، أعرف هذه القصة. وأعلم أن الخطأ مني ومن أمي، وأننا نتحمَّل عثراتك، وكذلك عثرات أندريا. فما أجمل أن يكون في الحياة شخص نحمِّله جميع أخطائنا.

هكذا قال غابرييل، فصرخت سونيا:

- عن أي أخطاء تتحدث أيها التعس؟ ما علمتك إلا أنانيًّا، أنت بعربتك الحمراء ولعبة راعي البقر وقراميش الخبز، لديك كل ما يكفيك ويُغنيك، وكأن الآخرين غير موجودين.

همس غابرييل:

- وماذا عنكِ وعن الدُّمى؟

صرخت بصوت طفولي ساخر:

- ما كانت أمي تدعني ألعب بها، لكنك كنت تلعب كما تشاء، ما قالت لك أمي «لا» قَطُّ. وأفظع من ذلك، ذاك اليوم الذي فتنت عليَّ فيه فقلت لأمي إني ألعب بالدُّمى في الخفاء. هذا أنت، أناني، ولا تشد عضد أحد بقوتك. ثم فِعلتك نفس فِعلتك بفلسفاتك، وما فلسفاتك إلا نسخة الكبار من عربتك الحمراء ولعبة راعي البقر، بل حتى من قراميش الخبز الطيبة. هكذا كنت طوال عمرك، لا تلعب

إلا وحدك، ولا تُلقي بالًا لمن حولك، ولا تفعل شيئًا ذا بال. وما فتئت تمسك بتلابيب أمي...

- هكذا، لا تتوقفين عن إدخال أمي في كل مصيبة، المخطئة الكبرى المسؤولة عن تعاستك، ساحرة الأطفال الشريرة التي أرغمتكِ على الزواج من الغول.

- اسمعني، لقد أحطت بشخصية أوراثيو.

هكذا قالت سونيا، بصوت خفيض كالهمس، همس مقصود يفسح بعده مجالًا للصمت حتى تنتهي نوبة الغضب.

- ولماذا لا ترغبين في أن يلتقي روبرتو به؟ ربما لم يكن أوراثيو زوجًا جيدًا، لكنه كان ولا يزال أبًا جيدًا، كما أن أمي تحب صحبته.

- وهنا لم أجد في نفسي من القوة ما يعينني على إجابته، وأحسست بالتعب والوحدة، حتى رغبت في البكاء. سأخبركِ يومًا ما بحقيقة أوراثيو. كما أني تداهمني رغبة جامحة في أن أستغل اجتماعكم جميعًا (وستكون مأدبة عيد الميلاد فرصة رائعة لهذا)، وأحكي كل شيء في حضور أوراثيو، وسأكشف لكم حقيقته.

قالت لها أورورا:

- لا تعذبي نفسكِ يا سونيا، وفكري في الحاضر، فكري في ابنتيكِ وفي روبرتو، فأمامكِ مستقبل مشرق.

سألها غابرييل:

- أما زلتِ هناك؟

- بلى...

- أأنتِ بخير؟

- نعم...

- لماذا تشاجرنا؟ آسف يا سونيا، لم أقصد، خرجت مني الكلمات من دون قصد.
- لا عليك.
- اسمعيني، سأتصل بأمي وأحاول ترتيب الأمور، ألا تمنِّين عليَّ بفرصة أخيرة؟
- وماذا كنت لأقول؟ ربما قلت نعم، فقد شعرت بالأسف مما قلته له، وطلبت منه العفو. «لم أكن أقصد ما قلت»، هكذا قلت له، وهكذا تصافينا، تقريبًا، وتبادلنا عبارات الود.

كررت أورورا:

- هذه أمور تحدث مع الجميع، فمن منا لا تجيش بصدره كلمات كأنها وحوش كاسرة في قفصها توشك أن تخرج فتنقض على من حولنا!

سألت سونيا:

- وماذا قال غابرييل بعد اتصالنا؟ أعلم أنه علَّق بشيء أمامكِ بلا شك.
- رأيته مبتهجًا أكثر منه متألمًا، وقال لي إن حديثكما كان ممتعًا، وإنه سيحكيه لي لاحقًا، وقال لي: «سأذهب للاتصال بأمي». فأجبته: «انتظر، لا تتصل الآن، واحكِ لي ما حدث مع سونيا». ولكنه كان قد تنحنح ليزيل حشرجة صوته، وطلب الرقم على الهاتف واستلقى على الأريكة، وعندئذٍ غادرت. خرجت إلى الشارع للمشي فلم يعد بصدري منزع قوس يحتمل تلك الحرب التي تخوضونها فتحيلون شيئًا بريئًا كعيد الميلاد إلى معركة. وعندما عدت بعد نحو ساعة، كان لا يزال مكانه يتحدث في الهاتف. وظننت أنه يتصل بأمه، وكان هذا غريبًا، فأمكِ لا تقول إلا كلمات قصيرة مقتضبة، ثم أدركت أنه

يتصل بكِ مرَّة أخرى، لكني سمعته يتحدث بنبرة مترددة لم أسمعها منه قَطُّ.

قالت سونيا:

- فعلًا، لقد كان غابرييل حزينًا وغاضبًا، فقد كانت هذه أول مرَّة يتشاجر فيها مع أمي طوال حياته، وقال لي: «لقد تشاجرت معها لأجلكِ، لأدافع عنكِ». وأجبته: «أقدِّر لك هذا جدًّا يا غابرييل، لكن من قال إنه من الأفضل ألا يذهب أوراثيو إلى المأدبة، ويذهب روبرتو بدلًا منه؟! ماذا قالت لك؟». فقال لي: «أجابتني بأن هذا «نعيق بلا طائل»، وقالت لي: «أي جنون هذا؟! من هذا الشخص روبرتو؟! وما علاقته بالأسرة؟!»، وإن كان أوراثيو لن يحضر فإنها لا تريد حفلًا ولا مأدبة، وإن لم يحضر فما بقي لنا شيء نحتفل به. فأخبرتها أن روبرتو سيصبح زوجكِ عما قريب، وأننا سنستغل الحفل ليتعرف على الأسرة، لكنها قالت: «لم يعد في العمر متسع للحب»، وإنها لا ترغب في الخوض في هذا الأمر». أتسمعيني يا أورورا؟

ردت أورورا:

- نعم. أخبرني غابرييل بالأمر، وقال لي إنه فقد حينئذٍ السيطرة على نفسه وانتهى بهما الأمر في خضم عاصفة غاضبة.

- وكل هذا للدفاع عني، هذه أول مرَّة يصطف فيها غابرييل إلى جانبي وليس إلى جانب أمي، ثم عاتبها على تعلُّقها بأوراثيو على الرغم من بُخل مشاعره: «فكري في مصلحتك ومصلحة ابنتكِ، ودعكِ من هذا الأمر السخيف المسمى أوراثيو». بل إنه ذهب إلى أبعد من هذا وقال لها: «كيف طاوعكِ قلبكِ فوافقتِ على زواج هذا العجوز

بطفلة في الرابعة عشرة، ليضع يده القذرة عليها؟». أعلم أن هذا اللوم كان ينهش صدره منذ زمن طويل وآن له أن يخرج. وهنا علمت أن حديثهما قد حمي وطيسه وراحا يصرخان حتى أنهى غابرييل الحديث صارخًا: «اللعنة على حفل عيد ميلادكِ! أتدرين؟ لقد قلتِ قول حق: فليس لدينا ما نحتفل به».

قالت أورورا:

- نعم، سمعت هذا. بعدها اتصلت بي أمكِ لتخبرني بالأمر، لكنها ما استطاعت إلى ذلك سبيلًا، فقد انهمرت دموعها ولم تستطع الكلام.

صاحت سونيا:

- هيهات هيهات! هذه أول مرَّة تبكي فيها أمي. خير لها لو أدركت الآن ما فعلت واستيقظ ضميرها.

ردت أورورا:

- لا أظن هذا. فما كان بكاؤها عن ندم، بل عن سورة غضب. وقالت إنكم جميعًا جاحدون، وإنها كانت تعمل ليلًا ونهارًا كثور قيدوه إلى ساقية لتحميكم من شرور الحياة، وإنها ضحَّت بكل شيء من أجلكم، فما رأت منكم جميلًا، وما رأت منكم إلا الشكوى والعتاب والغضب، وإنها لا تريد أن ترى وجوهكم أو تعلم شيئًا من أخباركم، جميعكم بلا استثناء، وإنها تعدكم في عداد الأموات. وأظنها صدقت في ذلك يا سونيا، وأنا آسفة في هذا، فقد قتلتم بعضكم بعضًا منذ زمن بعيد!

- آلمني قولكِ يا أورورا، لكنه الحق كما أظن، كأن لعنة أصابتنا جميعًا فلم تترك أحدًا. من يصدِّق أني وغابرييل نُصلح ما بيننا بعد هذا الزمن الطويل؟ وأني لا أستطيع أن أوفي له حقه لدفاعه عني؟

لكن بعدما شكرته سقطنا في بحر الصمت العميق، كما لو أننا نسينا الكلمات، أو كأن هاوية سحيقة تقف بيننا. ذكَّرني هذا الصمت بالصمت الصاعق الذي واجهته مع روبرتو بعدما كذبت عليه. وكأن غابرييل كان يقول لي: أسأتُ أدبي مع أمي، وأفسدتُ ما بيننا دفاعًا عنكِ، وبسببكِ، ليأتي خطيبكِ إلى المأدبة، وبسبب غروركِ ورغبتكِ في ألا يتعرف على والد ابنتيكِ. وكان صمتنا أوقع من ألف كلمة، كما لو كنا نشعر بالعار من أنفسنا.

وسقط كلاهما في بحر الصمت، وعلى أمواج بحر صمتهما قلق لا يسبر الصمت أغواره.

11

تحكي أندريا أنها كانت تظن منذ البدء، حتى قبل أن ترى أوراثيو أن الاختيار قد يقع عليها، ليس لجمالها، بل لديونها المتراكمة على ظهر القدر، فأمها هجرتها وهي في الثانية أو الثالثة، ومات قِطها، ولم يجمِّلها القدر بقوام ممشوق أو جمال لافت كأختها. كانت تظن أن قانون سندريلا سيئة الحظ سيسري عليها لا محالة. تُرى هل جاءت لحظة الجائزة؟ وفوق كل هذا، فبطلات أغانيها المفضلة كُن جريئات ثائرات ولم يكنَّ مطيعات تغلب عليهن سمات الطفولة مثل سونيا. وما أذكى شعلة الأمل في صدرها، تلك النظرات الخفية التي يطلقها عليها أوراثيو كلما اجتمع شمل الأسرة، فمهما كان العائق كانت نظراته تجد طريقها إليها، نظرات صائبة لا تحيد عنها ويعلوها الخجل. ولم ينسَ يومًا جلب هدية لها، كبيرة كانت أو صغيرة، فيضعها بين يديها، ولا يتحرك لبضع ثوانٍ كأنه يشير إليها بإشارة سرية أو يقول لها: لقد اختصصتك بهذه الهدية، وأرفقت بها رسالة، رسالة لن يعلم ما فيها إلا أنتِ وأنا. ولعل إيماءاته الخفية عندما كان يقبِّل يدها لم تكن بريئة كما تبدو. لم تكن أندريا قد أتمت عامها الثالث عشر، لكن غريزتها الأنثوية، ووجلها من أن يختار أوراثيو سونيا عليها، منحاها إحساسًا بالنضج لم تشعر به قبل تلك اللحظة.

- أظن أني وُلِدت امرأة بالغة.

هكذا كانت تحكي لأورورا، وهي تتذكر هذه الأوقات العصيبة.

- وقبل أن أولد، ألقيت ببصري من فتحة سُرة أمي ورأيت نيران الجحيم تتأجج. وكنت أعلم منذ وُلِدت أني قد أتيت إلى جحيم على الأرض.

لكن الحب كان إيذانًا بالفرح، هكذا كانت تقول. رأت الحب فرحًا ونورًا ينفضان عنها تلك الظلال الثقيلة التي أظلمت روحها الطفولية.

- هل عشتِ يومًا ذلك الشعور الذي يجردكِ من جسدك؟ هذا ما كنت أشعر به كلما نظر إليَّ أوراثيو. كنت طفلة، بلا شك، لكني كنت أتحول إلى امرأة ناضجة. ليس هذا فحسب، فلم أحس بأنوثة يومًا بعد ذلك كما كنت أحسها في ذلك الزمن. وكأن هذه المرأة الجديدة المتفجرة كانت تصيح بالطفلة في داخلي: «هيا، ارتدي هذا القميص وهذا الحذاء الخفيف لننطلق، فالجنة ليست بعيدة عن هنا. انطلقي، اجري يا صغيرتي». فقد كان هذا حلمي، أن أتزوج أوراثيو، وننطلق بدراجة بخارية إلى الجنوب، ونُرزق بطفل عيناه زرقاوان.

بعد وقت لم يطُل، بدأت سونيا وأوراثيو في الخروج معًا في أمسيات الأحد، تصحبهما أمها، ثم من دونها، وبدأت أندريا تفهم ما يفوتها. لكن ما دار في عقل أندريا هو أن أوراثيو يرغب في التعرف على كلتيهما ليتخذ قراره عن بيِّنة، وبدأ مع سونيا لأنها الكبرى، أو لأن أندريا أصغر منه بكثير، وما كانت تحتاج إلا إلى أن تكبر قليلًا، قليلًا فقط. كل هذا كان يدور في عقلها حتى أصبحت علاقة أوراثيو وسونيا رسمية، فنبتت في عقلها فكرة مشوشة، لكنها قوية وعاصفة، بأن الأمر لا يعدو كونه مؤامرة. وهنا لم يظهر أمامها أحد سوى أمها، وهداها عقلها الصغير إلى أن أمها مكرت بها ليتزوج أوراثيو بسونيا. وربما لم تخطر هي على باله كاختيار واقعي، وهي الابنة الصغرى التافهة، بينما سونيا، سندريلا الأسرة، والابنة البكر، التي أنعم عليها القدر بنِعم الجمال والحسن ولم يُنعم بشيء منها على شقيقتها. ربما تكون هي أيضًا قد كادت وتآمرت لتستولي على أوراثيو فلا تعطيه فرصة لينظر إلى غريمتها، أو لتمنعها من أن تنافسها على قلبه.

- أمي، هذه الشيطانة الماكرة، وسونيا، عروس الماريونيت، الثعلبتان الماكرتان، تآمرتا علينا لتدميرنا.

وهكذا لعبت الأهواء بها فظنت أنهما تآمرتا عليها وعلى أوراثيو، وزيَّن لها عقلها أنها لو كانت دخلت سباقًا عادلًا مع سونيا، لكان القدر قد اختارها له ليعيشا معًا قصة حب أسطورية.

وهكذا ملأت البغضاء قلب أندريا على أمها وأختها، وعادت الظلال الثقيلة تُخيم على روحها. فإن جاء أوراثيو إلى المنزل ليصطحب سونيا للخروج، كانت ترمقه بنظرة تضرُّع صامتة، كأنها تخبره أنه مقدَّر لها، ثم تخرج إلى الشرفة لترقبهما وهما يبتعدان نحو مستقبل كان مقدَّرًا أن يكون لها. كانت ترقبهما وحسرات نفسها تتبعهما على طريق لن تستطيع السير فيه أبد الدهر. وهكذا انتهى حلم الجنة، ولن يكون لديها طفل أزرق العينين.

- علمت حينئذٍ أن الحب فتَّاك، وقلت لنفسي: «ها قد خسرت المعركة يا محاربة الشيروكي»، وأحسست كما لو أن الشيطان يقف إلى جانبي ضاحكًا.

كيف تفهم تلك الفتاة الصغيرة أن الحب الذي نشأ إنما نشأ في قلب امرأة ناضجة وليس في قلبها؟ وكيف تطيق الطفلة حمل هذا العبء الذي تنوء بحمله الجبال؟

وهكذا تركت نفسها تهيم في متاهة أيامها، وقد فقدت الرغبة في جمع ما تكسَّر من حياتها. كانت المدرسة قد فتحت أبوابها، وأضحت مشغولة بشؤون المنزل. وكانت تأكل من دون أن ترفع بصرها عن طبقها. وهجرها النوم، فإن نامت هاجمتها أحلام غريبة فاستيقظت مفزوعة تنطق بهلاوس عجيبة. وكانت تقف كل صباح لتنظر في المرآة فتتملكها الغربة، كما لو أنها أنكرت

نفسها، وتبحث عن هذا القبح الذي فيها، وتقلِّب بين ملامحها علَّها تجده، وقد أصبحت تخشى وجودها، وسرت في أوصالها كراهيتها لنفسها.

- وطوال الوقت ما غاب عن أذني قرع طبول الحرب، أسمعها طوال الوقت، لا تكل ولا تمل.

حتى حدثت نفسها ذات يوم: «لماذا لا أنتحر؟»، وأغرمت بهذه الفكرة البسيطة، النقية، وتعجبت كيف لم تراودها من قبل، فكرة بسيطة لا تحتاج إلى زمن حتى تكتمل. ملأت رياح حماسة سوداء صدرها بهذه الفكرة، فتلك الفكرة البسيطة ستخلصها من بؤسها، ومن قبحها، ومن ساقيها القصيرتين الممتلئتين، ومن شعرها الناعم، ومن عينيها الضيقتين فلا تكاد تُرى فيهما حياة. واستشهادها سيمنحها الجمال الذي حرمها القدر منه. «الآن يعلمون من أنا»، هكذا حدثت نفسها، ولعب الخيال بفكرها، فأحست أنها رشيقة خفيفة كزبد البحر. وتخيلت نفسها كما لو كانت عائدة إلى الوطن بقارب «كانو» بلا شراع بعد مغامرة فاشلة في البحث عن الذهب، وإذ تجدف بقاربها تحيط بها الغابات البكر التي لم يرَها أحد من قبل سواها والأنهار الغاضبة. فقيرة، نعم، مهزومة، بلا شك، لكن تجربتها غنية وفي جعبتها قصة حزينة جميلة تذرف لها العيون. ستترك لهم خطاب وداع ليعلم الجميع قصتها الرائعة، ولن ينسوها بعد ذلك أبدًا.

اختارت أصيل أحد أيام الأحد لإنهاء حياتها. خرج أوراثيو وسونيا باحثين عن جنتهما، ولم يكن معها في المنزل سوى أمها. جلبت شريط تسجيل وسجلت عليه بيانها الموسيقي، واختارته من الأغنيات المفضَّلة لديها، ثم لفته في ورق ألومنيوم، وأرفقت معه خطاب وداعها: «لا تضعوا على قبري إلا هذه العبارة: «taken by force»[1]. ستحكي لكم هذه الأغنية

---

(1) أغنيتها المفضلة من فرقة الروك الألمانية سكوربيونز. (المترجم).

قصة أيامي. وإن أحببتم أن تعرفوها، فادعوا أميرتنا الصغيرة سونيا لكي تترجم لكم كلماتها. هذه نهاية الأسطورة. الوداع». ثم قالت بطريقة درامية: «بيدي هذه أكتب آخر سطر في قدري». ثم ابتلعت مزيجًا من الأقراص مع كأس كبيرة من الينسون - كانت كأسًا تحتفظ بها كذكرى عزيزة من زمن أبيها على خزانة صغيرة لها - حتى لا يؤلمها الموت، وظلت بلا حركة، تنتظر النهاية، وغشيتها سكينة عظيمة تخللت جسدها كله. ستطفو الآن في فراغ الكون اللانهائي، وسترافق موكب روحها نجوم عن يمين وشمال. وبدأت روحها تنساب من جسمها كما ينساب السائل، لتهجر هذا الجسم في هذا الصيف الرقيق، فقد كان يومًا صيفيًّا يوم فعلت فِعلتها. وبدأ العالم يزول عن عقلها صورة تلو صورة كما تلتقط الكاميرات البطيئة الصور، وهي في كل هذا مستلقية على الأرض استلقاءً تراجيديًّا زيَّنه الحزن، تمامًا كما تصورت نهايتها. «سيكون قبري من تلك الظلال التي ما فتئت تُخفيني بين ثناياها»، كان هذا آخر ما دار في عقلها، وهي تسمع كما لو أن زبانية الجحيم تضرب بأجنحتها حولها تكريمًا لها. ثم سقطت في اللاشيء.

هذا ما تحكيه هي، لكن أمها تقول إن كل هذا تمثيل، مثل كثير من الأمور التي تحكيها أندريا. لقد أعدت غرفتها كأنها مسرح ينتظر الجمهور، واحتضنت الغيتار على صدرها، وبعثرت شرائط الكاسيت الموسيقية حولها، وكانت ستائر النافذة مفتوحة حتى يتخللها الهواء فتتماوج فوق رأسها بطريقة جنائزية...

- كنت أحتفظ ببعض أقراص الدواء في المنزل. وعندما رأيتها ملقاة على الأرض، وذراعاها ممدودتان كالمصلوبة، وترتدي أجمل فساتينها، قصدت خزانة الأدوية، فرأيت أن بضعة أقراص لم تكن في علبتها، بعضها مضادات حيوية ومضادات التهاب وأسبرين، فلم

يكن لدينا غيرها في المنزل. وقد امتلأت الغرفة برائحة الينسون. فسخَّنت بعض الماء وأضفت إليه الملح، وأرغمتها على شرب كأسين أو ثلاثًا، حتى أخرجت كل ما في بطنها. وعندما عاد أوراثيو وسونيا، كانت تغط في النوم، ولم أحكِ لهما ما حدث. هذا ما حدث وليس غيره، وكل زيادة عن هذا إنما هي محض خيال.

أما أندريا فلا تحيد عن قولها إنها ابتلعت كثيرًا وكثيرًا من الأقراص حتى أوشكت على الهلاك، وإن أمها أحجمت عن الاتصال بالطبيب لأن الجميع كان سيعرف بانتحار ابنتها، وضنًّا منها بالمال، ولأنها قبل كل هذا ما كانت تهتم بموت ابنتها أو حياتها، ولسان حالها إن ماتت فخير لنا فقد وفَّرت قوتها لغيرها.

- كل الحب الذي كان يخرج من قلب أمي، وهو شحيح قليل، كان لغابرييل، ثم البعض منه لسونيا، أما أنا فلم يبقَ لي منه شيء. لقد أبغضتني منذ لحظة ولادتي، ربما لأنها أرادت غلامًا، فالغلام هو من يوثق عُرى الزواج فلا تنفك، ثم جئت أنا وأفسدت لها خططها. أما أبي، فكنت المفضَّلة لديه والمتوَّجة على عرش قلبه. كان يدعوني «أميرتي»، وحملني يومًا لزيارة حديقة الحيوان، أنا وهو فقط، وركبنا الجمل معًا. كان هذا أسعد يوم في حياتي. والتقطنا صورة لنا مع الجمل، لكن هذه الصورة اختفت يومًا بلا رجعة. ويساورني شك يصل إلى اليقين أن أمي مزَّقتها.

أما قصة انتحارها فما زالت ترددها حتى اليوم بدأب ومثابرة، ولا أحد يعلم علم اليقين ماذا جرى في تلك الأمسية الصيفية. وهذه حال كثير من القصص الأخرى التي ما فتئت تضرب يمنة ويسرة منذ ذاك الوقت، وتتلاطم كفيضان يمحو كل شيء في طريقه. قصص تكبر وتتشابك وكل عقدة فيها

تخرج منها عشرات غيرها بلا نهاية. مثل قصة نشوة الحب الغامضة التي أخذتها بعدما نجت من حادث الانتحار، لأن الانتحار جعلها تكتشف ربها، كما تقول. فتقول إنها رأت رؤيا بينما كانت تنتظر الموت على الأرض، أو ربما بعد تلك اللحظة، وتقول إنها رأت طريقًا مستقيمًا يمتد إلى اللانهاية، على ظهر صحراء لا نهاية لها من أرض محمرَّة، وإنها سارت حتى بلغت حافة ذلك الطريق، وفوق رأسها تلمع شمس الظهيرة الحارقة، وشعرت بالوحدة والعطش والوهن، وكانت على وشك الهلاك، لتكون طعامًا لجوارح الأرض والسماء.

- هل تتذكرين يا أورورا؟

ردت أورورا بـ«نعم»، فكيف لها أن تنسى تلك القصة التي سمعتها لسنوات وسنوات.

- تقطعت بي السبل، وضللت الطريق، وضاع أثري في الأرض، ما كان سيجدني أعظم قصَّاص أثر أو مستكشف أو حتى الدكتور ليفينغستون نفسه. وضاع أثري في الحياة ضياعًا لم يحدث لإنسان قَطُّ.

وإذ بجسر مضيء مشرق ينبسط أمامها في الأفق، يقترب منها بسرعة عظيمة، وإذ بها تسمع ضوضاء تشق فضاء الصمت، وإذا بالشمس تكشف عن دراجة بخارية عتيقة، وبها أنبوب عادم عريض ضخم، وقد وقفت أمامها في هذا المرتفع، يقودها سائق يرتدي بدلة جلدية ويخرج شعره من أسفل خوذته ويتناثر على كتفيه، ثم دعاها للركوب معه.

- ما رأيته خارج حدود الكلمات فتعجز كلماتي عن وصفه يا أورورا. كاد الضوء أن يُذهب بصري، فلم أميِّز أي شيء أمامي، وأتذكر أني فكرت حينذاك: «النور الذي يهدينا يعمي أبصارنا»، وإذ بالدراجة البخارية لم تعد على حالتها، بل أصبحت كما لو كانت ريحًا رقيقة

حملتني كأني ريشة وعانقتني وآنستني في وحدتي وعوضتني عن قسوة هذا العالم. لم أرَ سعادة في حياتي كالتي غمرتني ساعتها. شعرت بسعادة لا تضاهيها سوى سعادتي يوم ركبت الجمل مع أبي، وخالطني شعور بشع عندما استيقظت، لكن سعادتي دامت بعدما حدث ما حدث، فقد علمت أن الله حق، وأن الحب حق، وأن الملائكة حق. أتدرين ماذا فعلت بعدها؟ انطلقت إلى المطبخ، حيث سمعت صخب أمي، وعانقتها بكل قوتي، وقلت لها: «لقد رأيت النور يا أمي، رأيت النور، وعلمت الآن أني أحبكِ أكثر مما أحب أي شيء في العالم. لقد وجدت المفتاح الذي يفتح أقفال قلبكِ»، ثم انخرطت في البكاء وأنا أعانقها.

أما الأم فتقول:

- كانت كالثمِلة، وتحدثت بلسان معقود، ولم تتوقف عن قول السخافات.

- أمي، أريد أن أصبح راهبة، وأن أغني في جوقة الكنيسة.

فردت عليها أمها:

- عندما تبلغين رشدكِ افعلي ما يحلو لكِ، أما الآن فاذهبي للاغتسال، وارتدي ثيابًا يرتضيها ربكِ، ثم رتبي غرفتكِ وذاكري درسكِ، فقد اكتفينا اليوم من السخافات.

وسيطرت فكرة الرهبنة على عقل أندريا لزمن طويل، كما توقَّع الجميع. واستمرت هذه الفكرة الجامدة في عقلها حتى إنها كاتبت بعض الأديرة وزارتها لتعرض عليهم أن تصبح راهبة عندهم.

- جميعهم أخبروني بضرورة موافقة أمي، وما كانت أمي لتمنح موافقتها قَطُّ. وقالت أمي إني متقلبة ولا أستمر على شيء لوقت طويل. «لنرَ إلى

أي مدى سيستمر ولعكِ بالدين الذي أراه»، هكذا أخبرتني. أتعلمين ما حدث؟ لقد استمر الأمر لوقت طويل، كانت الرهبنة ستعزز إيماني وتجعلني سعيدة، لكن أمي لم تدعني قَطُّ أفعل ما أحب.

كانت رؤياها غريبة غامضة، لكن سونيا قالت إن الدراجة البخارية وراكبها وذلك الطريق المستقيم الذي امتد أمامها وما كان عن يمينه وشماله، كل هذا كان على ملصق معلَّق في غرفتها.

- كانت الدراجة من نوع «هارلي ديفيدسون»، أما الصحراء فقد ظهرت في أفلام الغرب الأمريكي.

لكن بغض النظر عن كل شيء، ما فتئت أندريا تحكي للجميع أنها ستسلك طريق الرهبنة بعد بضع سنين، وكانت تحكي عن مستقبلها في الدير - المشي الوئيد في أنحاء الدير، وأعمال المعجنات والبستنة، والجوقة، والصلوات، والخلوة، والتأمل، والتعفف، وحاجز الاعتراف الشبكي - وكأنها عما قريب ستحقق هذا الحلم. لقد جاءها هذا النداء الغامض لينجو بها بكرامة من إحباط الحب. ستعاني، بلا شك ستعاني. لكنها ستجعل معاناتها للرب، تقدمةً إليه وقربانًا. وستستكين إلى قدرها بإنكار للذات، بل بابتهاج. وتخليها عن أوراثيو سيكون دافعها نحو الفرح، لأنها ستتعلم عما قريب كيف تجد الفرح بين براثن الألم. لقد أضحت تنظر إلى كل بسمة منها نحو الخطيبين أو غابرييل أو أمها، بل وكل عبارة ود وكياسة، وكل لفتة حب، كتضحية منها تأتيها جائزتها فورًا. ولم تُرَ في حياتها أقرب نفعًا وأكثر ودًّا كما كانت حينذاك، وهكذا ظهرت في صور الزفاف، تُعلي من فرحتها وسعادتها. وهذا ما تتذكره سونيا وأمها عنها، فقد حكت أمها:

- كان مزاجها طيبًا طوال الوقت، وكانت فرحة راضية، وكنا نسعد في قضاء الوقت معها. لقد تركت حتى سماع تلك الأغاني المجنونة

التي كانت تعشقها، تلك الأغاني التي ما رأيتها إلا محض ضجيج مزعج. وأصبحت نظيفة ومرتبة طوال الوقت، وكانت تفعل كل شيء وهي فرحة مسرورة، وبدا كل شيء كمعجزة، ودار في بالي أن رغبتها في الرهبنة لم تكن محض هراء في النهاية.
أما سونيا فقالت:
- كنت أظن أنها فرحة مسرورة من أجلي ومن أجل أوراثيو، بسبب التزامها الديني قبل كل شيء. نعم، صدَّقتها يوم حكت لي ما حكت. كانت تتوق بشدة إلى الرهبنة، حسبما رأيت، وما كانت تحب قَطُّ أن يكون لها أطفال أو أن تصبح ربة منزل أو أن تعمل في مكتب أو في التمريض.
أما أندريا فتقول إنها استمتعت بإرضاء الجميع، وأن تكون الخادمة المطيعة للجميع.
- علمت كيف أكشف الكذب بالنظر في الأعين، وعرفت أن الجحيم سيمتلئ بالحمقى لا محالة. لقد أسفت لحال الناس، فقد أصبحت أرى كل شيء بعين الرب، وكأن تلك الريح التي حملتني فحلَّقت بي في السماء كشفت لي أن العالم سخيف ومخادع ومدنس، يؤذي أهله ويبعث في نفسي الشفقة عليهم. لعلكِ تفهمينني يا أورورا إن قلت لكِ إن مشاعر الحب تجاه كل من كانوا حولي كانت تملأ كياني، وكنت قادرة على العفو عن كل إساءة، وأرد على كل بادرة سوء ببسمة تملأها الرحمة. أتسمعينني يا أورورا؟
تابعت أورورا الإنصات إلى حكايات هذه الأسرة وكأن حكاياتهم ليست لها نهاية، فما كلُّوا يومًا ولا ملُّوا من تكرارها، ليس ليجعلوها حقيقة بتكرارها، بل ليصبوا عليها أحداثًا وتفاصيل تزيد من دراميتها، لأنها كانت تغلي وتفور

في صدورهم، حتى إن التفاهات الصغيرة كانت تنتهي كجبال ضخمة عبر السنين، وأضحت جميعها كقطار ينطلق إلى مصير مشؤوم بلا هوادة أو بادرة رحمة. كان كلٌّ منهم يحكي الحكاية بتفخيم وإسهاب، وكأن ما يحكيه حقيقة ساطعة لا يستطيع أحد إنكارها، حتى لو كان ما يقصه غير حقيقي، بل وربما يكون مضحكًا في بعض الأحيان. وعلى الرغم من الكوميديا السوداء، فإن الضحك كان محظورًا.

وتحكي أندريا أن أوراثيو وسونيا انتقلا للعيش معًا، وإذ بها تشعر بالفراغ بعدهما، وأنها أضحت يتيمة الأماني، كما كانت قبل كل هذا، وهكذا فقدت إيمانها بالرب. كأن أشواقها الدينية اكتسبت قيمتها من نظر أوراثيو وسونيا إلى إخلاصها وتفانيها وتواضعها ورغبتها في التضحية، وعندما غاب من كانت ترائي أمامهما، انهدم صرحها الروحي الرقيق واختفى كالسراب! لكنها تنفي كل هذا، وتقول إن أمها وغابرييل هما من أفسدا عليها التزامها الروحي، مع أن غابرييل حينذاك كان في الحادية عشرة، وكان لا يزال يلعب بلعبة راعي البقر والعربة الحمراء، ولا يدري ما يدور حوله، ولم يدرِ شيئًا عن تدليل أندريا وتعاملها الطيب معه.

- لا أقول هذا للانتقاد يا أورورا، لكن الشيء بالشيء يُذكر، وتعلمين مقدار حبي الشديد لغابرييل.

أما عن الأم، فقد أخبرتها بعد زفاف أختها بوقت قليل أن عليها من الآن أن تساعدها في محل الخردوات، فضلًا عن رعاية شؤون المنزل، وأخبرتها أنها إن رسبت في تلك السنة فعليها أن تنسى أمر الدراسة، بل إنها حثتها على هجر كتبها وتكريس نفسها لمحل الخردوات، وأنه كما نجحت سونيا في النجاة بحياتها، يمكنها أيضًا النجاح في حياتها بالعمل في مهنة مريحة ورفيعة مثل التجارة.

وغضبت أندريا غضبًا شديدًا، فكيف تتجرأ أمها وترسم لها مستقبلًا ماديًّا مبتذلًا كهذا، وقالت لها:

- إن كنتِ تبحثين عن المشكلات، فقد وجدتِ الشخص المناسب.

ودب بينهما شجار قطع الشعرة التي كانت تربطهما، وأمسى أساس ومنشأ عداوة مريرة بينهما بدأت وما قُدِّر لها أن تنتهي. وأطلقت أندريا يومئذ العنان لما في صدرها، فذكرت يوم هجرتها أمها وتركتها وحيدة، وذكرت أمر القِط، وإتلاف صورة الفاتح العظيم، والبغضاء الدفينة التي تُكنها لها أمها، بل ولأبيها أيضًا، وأنها تزوجت أباها من غير أن تحبه، لأنها عاجزة عن حب أي شخص ما عدا غابرييل، وذكرت يوم انتحارها، والرهبنة، بل إنها أخرجت ما في قلبها عن أوراثيو.

- لماذا لم أكن أنا من تزوَّجت أوراثيو؟ لماذا سونيا ولستُ أنا؟ لماذا لا تختارين لي إلا الأسوأ من كل شيء؟ لماذا لا توبخين سونيا وغابرييل، وتسمحين لهما بكل شيء؟ لماذا ذهب غابرييل إلى لندن ولم أذهب أنا؟ لماذا تختارين له قراميش الخبز الطيبة؟ لماذا تبغضينني؟ لماذا تعارضينني في كل شيء؟ لماذا لا تتحدثين معي بحب أبدًا؟ فإن كنت فشلت في الدراسة، فهذا بسببكِ أنتِ! لماذا ملأتِني بالعقد والعيوب حتى ما عدت أثق بنفسي ولا أؤمن بها؟

وقفت أمها منتصبة جامدة من دون أن تشي ملامحها بأي شيء، ومن دون أن تفقد هدوءها، وانطلقت في توبيخها على ضعف إرادتها، وإهمالها، وأخلاقها السيئة، وجحودها، وجرأتها المخزية في وقوفها هذا الموقف أمام الأم التي أعطت أبناءها زهرة حياتها. وعندما جاء وقت إخبار أورورا بالقصة، قالت الأم لها:

- فشلت أندريا في الدراسة لأنها لم تحبها. ما نظرت إليها إلا ورأيتها غير نظيفة وغير مرتبة، وما كانت تحافظ على هندامها أو نظافتها، ولم تكن تجلس جلسة محترمة قَطُّ، فكانت تضع إحدى قدميها أسفل الأخرى، أو تجلس القرفصاء. وكانت تقضي جُل وقتها في حجرتها تدخن وتستمع إلى تلك الأغاني المزعجة، وتبدو مسترجلة. كيف كان لي أن أزوِّجها لأوراثيو بحالتها تلك؟ لا لأوراثيو ولا لغيره. وكيف كان لها أن تسافر إلى لندن أو إلى أي مكان آخر على هذه الحالة؟ وما فتئت تناديني بـ«عدوتها».

وقالت الأم لأندريا:

- خير لكِ أن تفكري في مستقبلك.

فردت عليها أندريا:

- لقد رأيت مستقبلي رأي العين ثم نسيته.

فلما قالت هذا عاد أمر محل الخردوات مرَّة أخرى:

- قبل محل الخردوات كنتُ فتاة سوء، لكن فتاة سوء بجناحين.

فردت عليها أمها بصوت تغلب عليه السخرية:

- ماذا جرى لكِ؟ ألم تعودي ترغبين في أن تكوني راهبة؟

فردت عليها:

- لقد أفسدتِ عليَّ التزامي يا سيدة الظلام، فالأحلام تموت إن لم نسقِها من النور. وهنا، في منزلنا هذا، لم تعد الشمس تزورنا قَطُّ. لا، لم أعد أؤمن ببستان الزيتون، ولا بالثلاثين قطعة الفضية ثمن خيانة يهوذا، ولا بالصلب. لم أعد أؤمن بشيء.

فردت عليها الأم:

- اذهبي عني، فما عدت أعرفكِ! لنرَ ما السخافة التي ستختلقينها حتى لا تعملي.

فردت عليها صارخة:

- أتعلمين؟ لقد وجدت تلك السخافة الآن، فأنتِ ترين كل حلم سخافة! لقد وجدتها الآن! سأهجر منزلكم!

وانطلقت إلى غرفتها لتجمع كل شيء. فما زادت أمها عن قول:

- الباب يتسع ليمر منه جمل.

فبدأت في حزم متاعها وملابسها، وصرخت وهي تضع شرائط الموسيقى وبعض ملابسها في حقيبتها:

- لن تروا وجهي مرَّة أخرى!

لكن أمها لم ترد.

تتذكر هذه الأمسية الخريفية الباردة، وتتذكر أنها ارتدت بلوفرًا وفوقه سترة جلدية سوداء، وخرجت مسرعة من غرفتها وقد صفعت الباب خلفها، لتعبِّر عن الغضب الهائج بداخلها، وأن قرارها لا رجعة فيه. ووجدت غابرييل يلعب بلعبة راعي البقر والعربة الحمراء على الطاولة، فطبعت قُبلة على وجنته وقالت:

- سأغادر بلا رجعة يا غابرييل.

وإذ به ينظر إليها ببراءة من دون أن يفهم، ثم فتحت باب الشقة وصرخت وهي تدلف إلى الشارع:

- الوداع يا قاتلة العمالقة! سأنطلق لأبحث عن نصفي الآخر. هل سمعتِ؟

ولم يجِبها سوى صوت ماكينة الخياطة من الداخل.

وهكذا سارت في الشوارع على غير هدى، وكلما أهلكها التعب جلست تستريح على مقاعد الشارع حتى وقت متأخر من الليل. لم يكن معها نقود، أو أي شيء، ولا حتى بضعة قروش، وبدأت تشعر بقرص الجوع والبرد،

والوحدة والخوف، والغضب والندم، وضاق بها صدرها حتى لم يعد فيه متسع لذرة هواء. وراحت تغني من آنٍ إلى آخر: «ابتعدنا عن الوطن، ابتعدنا عن العالم، وحيدون في براح هذا الكون، وما حياتي إلا مباراة خاسرة». وفجأة تذكرت أوراثيو وسونيا، فهما يحبانها ويفهمانها، وسيرحبان بها، ولا سيما أوراثيو، وقالت لنفسها: «أوراثيو، لن يدعني أئن من الجوع والبرد، وسيمنحني الدفء والغذاء بصدر حانٍ، وسيعطيني مفتاح كل شيء ويعبر بي عبر الظلام».

وحكت:

- شعرت كما لو أن قمر الخريف أهلَّ بنوره على الأرض كلها، فما عادت فيها ظُلمة، وأن الرياح تجري كما تشتهي سفينتي.

وعندما وصلت إلى منزل أوراثيو وسونيا، كان ضوء الصباح قد بدأ يمزق عتمة الليل، وكانت مفاجأة لهما عندما وجداها أمام عتبة منزلهما، وانطلقت كلماتهما من المفاجأة: ماذا تفعلين هنا؟ ماذا حدث؟ لماذا تبكين؟ أنتِ ترتجفين!

- كان أوراثيو يرتدي بيجامة من الفلانيل عليها رسومات كرتون فلينستون، وكان فاتنًا بها.

كانت هذه أجمل ذكرياتها عنه. وانطلقت تثرثر بما جرى وتبكي وتشهق. وجلبت لها سونيا طعامًا، وربت أوراثيو على شعرها وقال:

- لا عليكِ، لا بأس، لا بأس عليكِ.

وعندما أوصلاها إلى سريرها، ظل أوراثيو إلى جانبها يتحدث معها ويعتني بها حتى غشيها النعاس.

وفي اليوم التالي، رأت شقة أوراثيو لأول مرَّة، وأذهلتها أروقتها الطويلة وغرفها الكثيرة الفسيحة، وطار عقلها عندما رأت غرفة الألعاب وغرفة

العروسين المزينة بأشكال طفولية ملونة. وإذ بها تنتبه إلى أنها لا تزال تهيم بأوراثيو، والآن لا تعرفه هو فقط، بل تعرف منزله، وعالمه. وأدركت أن أمر التزامها الديني ما كان إلا حلمًا. راح أوراثيو وسونيا يقنعانها بالعودة إلى المنزل، بل إنهما رافقاها ليسترضيا أمها وليعقدا جلسة سلام بينهما، وهكذا انتهى هذا الشر، وانتهى هذا الهروب الملحمي الذي لا يُنسى.

ومن هذه النقطة أصبحت حكاية أندريا غامضة وغير واضحة، ولا يكاد أوراثيو يظهر بين سطورها. وتعجبت أورورا كثيرًا، إذ كيف بشخصية رئيسية في حياة أندريا تختفي من قصتها بلا أثر، ولا تحكي أندريا سوى أنها أضحت مجنونة يائسة أهلكها الحب والإحباط، وأن حياتها دخلت في دهاليز الجحيم حتى فقدت الرغبة في تذكر أيامها تلك. ولم تصدق أورورا أن أندريا، التي تعشق الغوص في الذكريات والنبش فيها بحثًا عن كنوزها الخفية، تقول هذا. ولا نعرف من خلال هذه الفترة في حياتها إلا أنها هجرت دراستها ورفضت العمل في محل الخردوات. وتحكي أنها وجدت في تلك الحقبة أصدقاءها الحقيقيين، بشرًا مثلها، يعشقون الخطر والمخاطرة، ملوك الأرضين السبع، يعشقون السفر إلى الجانب الآخر المجهول من القمر، ويقودون سياراتهم بلا مكابح، ويفاجئون من حولهم كما تفاجئ تلك العرائس الزنبركية من يفتح عُلبتها.

- كنت أشرب كل يوم حتى الثمالة، لكني كنت أشعر أن الخمر ليست كافية، فاحتجت إلى شيء أقوى، وسقطت في الهاوية، فلم أجد حينذاك أي معنى للحياة، وأدركت أني لن أعيش إلا والشيطان يتملكني ويجري في دمي.

هذا ما تحكيه أندريا عن نفسها. أما أمها فتؤكد أنها كانت تشرب بلا حدود، وتبيت الليالي خارج المنزل، وتأتي في ليالٍ أخرى ثملة وفي أوقات

متأخرة، وما كانت تعود إلى البيت إلا متأخرة، وتهب من غرفتها رائحة كريهة، مزيج من رائحة القذارة والتبغ ولفافات السجائر والخمر.

- كنت أسألها فلا تلقي بالًا لأسئلتي، وكنت أقدم إليها الطعام فلا تأكل، وكانت تحتقر طعامي وتبتلع أي طعام تجده، واقفة من دون أن تجلس، ثم تدخل إلى غرفتها فتطلق موسيقاها المزعجة بأعلى صوت، أو تلعب على غيتارها، ولا تخرج إلا بعد ثلاثة أيام أو أربعة.

وفي إحدى المرات، اختفى خاتم كانت أمها قد حفظته في علبة قطيفة حمراء مع غيره من متاع الأسرة الموروث في خزانة الملابس. كان خاتمًا ورثته الأسرة كابرًا عن كابر وجاءها بعد أجيال عديدة، وكان الشيء الثمين الوحيد الذي دخل بيتهم. كانت أمهم تطمئن بوجوده في المنزل اطمئنان المتبرِّك بأثر صالح، وقد سمعت أن صائغًا قال لجدتها إن هذا الخاتم فريد ولا مثيل له، وإنه يساوي ثروة. وكانت الأم ترى أن الدهر لو مال عليهم فسيستطيعون النجاة بفضل هذا الخاتم، وخيرًا لها إن بقي معها حتى بلغ وبلغت من العمر عتيًا. وذات يوم تفقدت الأم أشياءها، وإذ بها لا تجد الخاتم، وكان قد مر عليها أسبوع منذ رأته آخر مرَّة، لكنه لم يعد في مكانه الآن. غضبت غضبًا شديدًا وملأها الغيظ والحنق، وظلت ساهرة حتى عادت أندريا قبل الفجر، وفور أن فتحت الباب، قطبت الأم جبينها وراحت تضربها وهي تسألها عن الخاتم، وتسبها وتلعنها، وتنعتها باللصة المجرمة، وتمطرها بأسئلة: أين الخاتم؟ كم قبضتِ ثمنًا له؟ ماذا فعلتِ بالمال؟ وتوبخها، وتحذرها إن لم تأتِ بالخاتم أو المال غدًا فستقدِّم فيها شكوى وتحبسها في مؤسسة إصلاحية. كل هذا، وكلما زادت الأم في ضربها وسؤالها، لم تزِد أندريا على قول إنها لم تسرق الخاتم، بل إنها لا تعلم بوجوده أصلًا، وإنها

بريئة ولم تقترف إثمًا، وإن ما تفعله أمها معها دليل آخر على سوء نيتها ضدها. أما أمها، فلم تتبدل نبرة صوتها، وهي تؤكد أنها سرقت الخاتم وأنفقت المال مع أصدقائها على المخدرات أو الخمر.

ومنذ هذه اللحظة، باتت العلاقة بينهما جحيمًا لا يُطاق. وكان تدخل أوراثيو من حين إلى آخر هو ما يحفظ على المنزل بعض الوئام. لكن الخاتم أضحى علمًا على هذه الحقبة بينهما، وللتعويض عن خسارته، ولوضع حد لحياتها الفوضوية، أرغمتها الأم على العمل مساعِدةً في دار للمسنِّين. وأخبرتها:

- ستحتاجين إلى سنوات للتعويض عن الخاتم، لكنكِ ستدفعين الثمن لا محالة.

فردت عليها أندريا متوسلة:

- أرجوكِ يا أمي! دعيني أدخل أكاديمية الموسيقى، أنا موهوبة، صدقيني، أقسم لكِ بالله. سأكون ملحنة، ومغنية، وعازفة غيتار، وستكون لي فرقة خاصة بي، وسأعطيكِ مالًا كثيرًا، أكثر من ثمن الخاتم. سنكون أثرياء يا أمي، فلديَّ عالم كامل من الأغاني يدور في رأسي!

لكن كل هذا لم يحرك شيئًا في أمها، وردت عليها:

- كنت أعلم أنكِ ستختلقين عذرًا لكي لا تعملي.

ولم تزد أمها عن توبيخها على آمالها الغريبة:

- إن أردتِ تعلم الموسيقى، فتعلميها بنفسكِ، وفي وقت فراغكِ. من قال إن الموسيقى مهنة؟

وعند هذه النقطة، فاض بحر المظالم من صدر أندريا إلى لسانها:

- نعم، كنت تلميذة فاشلة، وما الضير في ذلك؟ كم من تلميذ فاشل صلحت حاله وانتهت به بين الأوائل. يجب التحلي بالصبر مع الأبناء.

ما من شاب إلا ويعيش في أزمة، وأنا لست بدعًا منهم. كنت أبحث عن نفسي، عن مكاني في هذا العالم الفسيح. لم أجد الحب صغيرةً، فلم أعرف كيف أحب نفسي كبيرةً. لقد فشلتْ معي في كل شيء. التعليم يبدأ بالحب. لكن أمي لم تحرِّك ساكنًا، هكذا كانت وما تغيرت ولا تبدلت يومًا، فأرغمتني على العمل للتعويض عن ثمن خاتم لم أسرقه!

وظلت أندريا تقول إن أمها دمرت مستقبلها، المستقبل المشرق لملحنة ومطربة وعازفة غيتار.

- تمتعت بصوت جميل.

فإن قالت هذا، جاءها رد سونيا أو غابرييل أو أمها:

- كيف ولم نسمعكِ تغنين قَطُّ؟

وكانت تجيبهم:

- لماذا؟ لتسخروا مني؟

وكان أحب شيء لها هو تأليف الأغاني، كلماتها وموسيقاها، فقد تمتعت بقدرة رفيعة على تصور العبارات والموضوعات والبوح بها بالطريقة المناسبة. كان أصدقاؤها يؤمنون بموهبتها، وكان بعضهم يفكر في تشكيل فرقة «روك ميتال» معها (حتى إنهم اختاروا اسم فرقتهم: «سهرتنا في القبو»)، ولما أرغمتها الأم على العمل في دار المسنِّين - فقد كانت تبحث لها عن وظيفة مُهلكة وحقيرة لتنتقم منها - أخرجت من قلبها كل البغضاء التي فيه.

لم تكن قَطُّ أبأس حالًا من حالها وقتها، كانت تكدُّ من طلوع النهار حتى المساء، وكان وقت راحتها قصيرًا ولا يكاد يكفيها لتناول ما وضعته لها أمها في علبة الغداء مجمدًا، فكانت تبتلعه ابتلاعًا، وتقضي يومها في تنظيف مؤخرات العجائز، وسماع صراخهم الرهيب، وعباراتهم السخيفة، فقد كانوا

جميعًا على درجة من الجنون، وكانت تحملهم ليقضوا حاجاتهم، وتمسح عنهم لعابهم، لعاب له رائحة الخراء، وتنظف موضعه، كان أصعب ما يكون. ولا ريب أن العجائز أهلكوها في نفسها وبدنها، لكن الهلكة الحقيقية جاءت من أسفها على حالها وهي الشابة التي خسرت حياتها قبل أن تبدأ، وقد ملكها اليأس من النجاة بها، وشعرت أن أغانيها المضطرمة في عقلها كالنار كُتب عليها أن تظل حبيسة عقلها ولا ترى النور أبد الدهر، كما أضحت هي كذلك، فقد حُكم عليهم بأن يظلوا في ظلامهم إلى الأبد: لقد أضحى هذا قدرها، أن تجري عليها السنون وهي في أوحال جنون العجائز وأوساخهم. وهنا ظهرت حبكة حياتها الكامنة، وقد رسمها القدر على أعتاب شبابها. «سهرتنا في القبو»: نعم، لقد كان اسمًا معبرًا.

- لم أستطع تحمُّل هذه العقوبة إلا بالخمر، فما كانت زجاجة الفودكا تغيب عن يدي، وما كان فمها يغيب عن فمي، فأرتشف منها ما يجعلني ثملة طوال مناوبتي.

تمكن اليأس منها حتى طلبت من أمها أن تدعها تعمل في المحل، لكن أمها رفضت، وقالت إنها تفتقر إلى الكياسة والأناقة اللتين تمكنانها من التعامل مع الناس، وإن غضبها سيفض عن المحل زبائنه. وكذلك ظنت أمها أن عمل أندريا في دار رعاية حديثة ومريحة يُعَد وظيفة جيدة، يمكن أن تفتح أمامها أبواب المستقبل، وإن أظهرت الجد والتفاني فيها فقد تصبح مديرة لها بعد حين. وما فتئت أمها تردد: «ما الضير في هذه الوظيفة؟»، حتى أضحت تلقي باللوم في وجهها كلما رأتها، وتتهمها بأنها أفسدت عليها مستقبلها الموسيقي اللامع.

وهكذا تغيَّر مجرى الأمور بين عشية وضحاها، هذا ما قالته الأم لأورورا، وما لم تقُله أندريا. وتقول الأم إن أندريا أضحت مرتَّبة، وتشتري الملابس من حين إلى آخر، وتتعامل بكياسة، وسعيدة طوال الوقت.

- كانت كما لو أنها خُلقت خلقًا جديدًا، فقد أصبحت تفعل ما يحلو لها، ولم تعد تحسد أحدًا على شيء، بل لقد أصبحت جميلة، وأظن أنها اتخذت صديقًا حميمًا في وقتها، ولم أجرؤ على سؤالها، فقد كانت تجيب عن أي سؤال بثورة عارمة.

لكن أندريا لم تقص على أورورا، أو أي أحد آخر، قصة هذا التغيير المفاجئ، وأضحت هذه القصة كمن تاه في شعاب متشابهة، يعرفها ولا يعرف كيف الخروج منها. ولا تزال أورورا تسمع هذه القصة من دون أن تدري أساسها، كمن يقرأ كتابًا مُزقت منه فصول أساسية، فلا يتبين القصة الكاملة.

12

كانت الأم، بغريزتها الدقيقة في الكشف عن الكوارث، هي أول من قالت إن هناك شيئًا غريبًا في هذه الطفلة، غرابة لم تكشف عن نفسها بعدُ، لكن علاماتها لا تخطئها عين الخبير.
- هذه الطفلة ليست طبيعية.

هكذا قالت، فأتاها صوت سونيا وأندريا، بل وغابرييل، يوبخونها على انهزاميتها وتعكيرها لصفو الأيام، وأمطروها بأسئلتهم: ما المريب الذي رأيتِه في الطفلة؟ كيف تقولين إن هذه المخلوقة الرقيقة، جيدة الصحة، التي لم تبلغ إلا بضعة أيام، مريضة؟ لماذا لا تكفِّين عن كآبتكِ وتشاؤمكِ؟ ما أدراكِ أنتِ بالطب والأمراض؟ فما زادت الأم عن قولها:
- لا أدري، لكن هذه الطفلة ليست طبيعية.

ولم تمر سوى بضعة أشهر حتى أظهرت الطفلة غرابتها، فما كانت تلتفت إلى متكلم، وما كان أحد يستطيع إضحاكها، وكأنها لا تعرف الضحك. وكانت تفزع وتجفل من أي ضجة، وتظل بعدها - لساعات - جافلة خائفة من تلك الضجة. وقد بدا أنها مهووسة بصوت خزان الحمَّام وصوت المصاعد، أو ربما ترتعب منهما. وقد مر الشهر تلو الشهر وما كانت تُميِّز اسمها، فينادون عليها «أليسيا» بجميع النبرات واللكنات فلا تستجيب لأحد منهم. وتأخرت في الكلام، فأتمت عامها الثالث ولم تنطق بكلمة، حتى إن أورورا وغابرييل لا يعرفان لها صوتًا، ولا يعرفان صوت ضحكتها. وما كانت تزيد على غمغمة ضعيفة، تخرج كما لو أنها تخرج من قعر سحيق. وكان الوقت الطويل يمر

عليها وهي مقيمة على شيء تمسه بيدها لا تتحول عنه، وأحيانًا تميل برأسها إلى الأمام والخلف، وعيناها تنظران إلى فراغ ليس له نهاية، وأحيانًا أخرى تدور في دوائر ولا تزيد على الغمغمة بنبرة واحدة، وكانت تنظر إلى الأشياء نفسها كل يوم فلا تتعرف عليها.

وفي مأدبة الكريسماس الأخيرة التي اجتمعت حولها الأسرة لآخر مرَّة منذ عشر سنوات، وقبل أن تثور أندريا وتطلق كلامها الثقيل، انطلق صوت مختلف، لم يسمعوه من قبل، كأنه خوار، خرج ثقيلًا عميقًا كما لو أن قوة داخلية تدفعه دفعًا، وإذ بها تبدأ في إطلاق بضع كلمات، استجابةً منها لهذه الثورة التي رأتها، ولتُميِّز اسمها لأول مرَّة. شخَّص الأطباء حالتها باضطراب مزمن في النمو، نتيجة إصابة فيروسية أو عيب وراثي. وأخبروهما أنها ستتحسن كثيرًا مع العلاج والرعاية، لكنها لن تُشفى من مرضها شفاءً تامًّا. سيظل في نفسها وفي سلوكها عطب لا يؤمل شفاؤه.

شعرت أورورا بالذنب والمسؤولية عن علة أليسيا، فقد كانت هي أيضًا هادئة منعزلة، ومرهفة الحس فوق ذلك، وتزعجها الإلهاءات، ومنغمسة في ذاتها وفي أحلامها، وكانت شخصيتها ضعيفة، مرتعدة ومنصاعة لما يلقيه القدر في حجرها، وربما كانت هذه بوادر مرض أليسيا. ملأتها الشكوك في نفسها، لكن بعد حين أبصرت بداخلها قوة وإرادة وشجاعة وتصميمًا لا يلين. وهكذا قررت الحصول على إجازة لتكريس وقتها ونفسها لابنتها، وقد فعلت. فما ضنت بشيء في جعبتها لتساعد ابنتها، وتحدثت بشأنها مع غابرييل. وشد كلاهما عضد الآخر لمواجهة الشدائد، فكانا يقسمان جهدهما ليجعلا من أليسيا فتاة طبيعية وسعيدة. وظنت أورورا أن غابرييل - الذي أصقلته الشدائد والفلسفات - سيأخذ زمام المبادرة ليعبر بثلاثتهم هذه المفازة المهلكة، كما فعل دومًا، فقد كان المتحكِّم في كل ما يفعلانه منذ التقيا، والدليل والحكيم

ودرع الحماية، وكانت تقبل مبادرته بسعادة، ولا تعارضه في شيء، وتترك نفسها ليأخذ بناصيتها حيثما شاء بلا نقاش منها، وكانت قد أحبت فيه - من بين ما أحبت - الرَّوية واللطف والكياسة، حيث بدت قراراته واقتراحاته جميعها صائبة وفي وقتها المناسب، لكنه منذ اكتشاف مرض أليسيا، أضحى مشوشًا، مرتبكًا، مذهولًا، تعوزه الأفكار والكلمات، منسحقًا تحت تلك المصيبة، عاجزًا عن التصرف، حتى أصبحت أورورا هي من تواجه الواقع بمرارته منفردة، وتأخذ غابرييل من يده كطفل لا حول له ولا قوة. وأخذت المفاجأة أورورا من موقف غابرييل، لكنها أرجعت موقفه لحبه الشديد لأليسيا، ولغضبه ونقمته على قسوة القدر على هذه المخلوقة البريئة. لا شك أن المصيبة ألجمته، وهزمته على الرغم من قوته النفسية، وقد يعود إلى سابق عهده عما قريب ليحتل مكانة الرجل الرشيد المتزن الذي كان. لكن هيهات، لقد ظل بلا حول ولا قوة، وتملَّك منه حزنه، وغرق في بحور صمته، فكان يذهب ويجيء منشغلًا بما في يده، أو يشاهد الأفلام ومباريات كرة القدم على التلفاز، أو يقرأ في كتبه. وكان يأكل بنهم شديد، وهو يشاهد أورورا مشغولة مع أليسيا، فلا يقدِّم لها يدًا ليساعدها في شيء، وما عاد يدرك شيئًا من حزنه وحيرته وصمته الذي لا تُسبر أغواره، حتى كأنه وجد ملاذه وراحته في أوجاعه.

وذات يوم، تفاجأت به يلعب على مكتبه بلعبة كرة قدم، كرتها خشبية، بها مضرب صغير يدفع الكرة، وكان قد أهداها إلى أليسيا لكنها لم تمسها، وما كان لها أن تمسها أو تفهمها نظرًا إلى حالتها. وقد راح يمارس اللعبة بأداة في يده كان يفتح بها خطاباته، وقد وضع علبة كرتونية لتكون المرمى، وجعل الممحاة حارس المرمى، ثم وزَّع اللاعبين بإتقان على المكتب، وكان لاعبوه هم: مبراة الأقلام، وبعض أغطية الأقلام، وزهر، ورابطة عنق، وفراشة ورقية.

لو كان لدى أورورا شخص تثق به لطرحت عليه كل الأسئلة التي ظهرت أمامها لأكثر من مرَّة حول شخصية غابرييل، وما كانت لتطرح أسئلتها رغبةً ولا طمعًا في الإجابة، لكن للفضول لا أكثر، مجرد بوح يريح النفس بلا انتظار لإجابة، بوح يأتي بعده صمت مريح.

في أول زواجهما، سرى الزواج في عتمة الرتابة الزوجية حلوًا ومتجددًا. فكان غابرييل يذهب كل يوم إلى المعهد، وتنطلق هي إلى المدرسة، ويعودان إلى المنزل فيتحدثان عن يومهما في العمل، ويسعدان بإلقاء بعض الطرائف، ويستمعان إلى الموسيقى، ويقرآن، ويشاهدان التلفاز، ويصححان بعض تمارين الطلاب، ويجهزان دروس اليوم التالي، ومن حين إلى آخر يسترقان نظرات حب يتبادلانها بين واجباتهما. كان روتينًا سهلًا ممتعًا، يبعث بداخلهما السكينة، وما كانا يلقيان بالًا للملل الثقيل المفاجئ أو للحنين إلى حياة مستقبلية كان لهما أن يعيشاها لكنهما لم يعيشاها، وكان هذا سر سعادتهما.

اعتادا الذهاب إلى السينما أو المسرح في عطلات نهاية الأسبوع، فضلًا عن زيارتهما لأمه. وكانا يناقشان ما شاهداه في السينما أو المسرح وهما عائدان إلى المنزل. كانت أورورا تُظهر حبها لجميع الأعمال التي رأتها، وإن كانت تفضِّل بعضها على بعض، ولديها دائمًا قول طيب عن كل ما تراه. وكان غابرييل يسألها: لكن لماذا أحببتِ هذا؟ لماذا أثَّر فيكِ هذا المشهد أو أزعجكِ؟ وكانت لا تعرف الإجابة. أما هو، فكان يُحلل كل شيء حتى قاعه: الحبكات، والسيكولوجية، وتطور الشخصيات، والأيديولوجية الكامنة، والرسائل الخفية. وكانت عيناه تلتقطان العيوب في كل عمل، ولم يفاجئه أي عمل بتخطي توقعاته، وكانت انتقاداته للأعمال لاذعة، بل وتصحيحية. وفي إحدى أمسياتهما، فتح غابرييل باب الجدال وقال بنبرة محبطة معاتبة:

- الفن بالنسبة إليكِ مجرد لعبة، أو شيء ترفيهي، كأي شيء آخر، ورأيكِ فيه سطحي على الدوام، بل طفولي في بعض الأحيان.

ثم دثر نفسه برداء الصمت الطويل، كما لو أنه تعرض إلى إهانة، ولم يتبادلا كلمة واحدة حتى وصلا إلى المنزل.

واعتادا تناول الطعام في مطاعم مُختارة بعناية، فقد كان غابرييل مولعًا بالطعام، ويحب المأكولات المجهزة بعناية، وكان طبعه الناقد يظهر جليًّا واضحًا عند الطعام، فقد يتعكر مزاجه لأنهم طهوا سمكة أكثر مما يجب، أو لأن الحساء ينقصه شيء من النكهة. وفي طريقهما إلى المنزل في عشية إحدى الليالي، قال غابرييل فجأة:

- أكره ما يصدره الناس من ضجيج على الطعام.

فردت أورورا متعجبة:

- أتقصدني بهذا؟

فرد عليها:

- لم أعنِ هذا، لكن إن أردتِ الصراحة، فأنا أكره ضجيج الناس على الطعام.

وكانت هذه أولى صفاته التي فاجأت أورورا: انتقاداته المُرَّة، الخالية من الرحمة في كثير من الأحيان، لكل من حوله وكل ما حوله. كان ينتقد زملاءه في المعهد، وتلاميذه، والسياسيين، والكهنة، والجيران، ولاعبي الكرة، انتقادًا لاذعًا. ولم ينجُ أحد من عينيه الحادتين. وتكون انتقاداته أسوأ ما تكون إن رأى المثقفين المعاصرين، ولا سيما الفلاسفة، أو من يكتبون في الصحف، أو من يعلنون آراءهم في التلفاز. إن رآهم - وهو الرجل الصامد الثابت في وجه انتكاسات الحياة كما كانت تظن أورورا - فإنه يطلق عليهم السباب بلسان ذلق، فينعتهم بالأنجاس، والخونة، والفريسيين، والمبتذلين للمعرفة،

وأننا عدنا - ويا للدهشة - لنعيش في أزمنة الهمجية. وبعدما تنتهي ثورته، يعود إلى سمت الرجل الهادئ المتزن، ويواصل شرح المبادئ المقدسة لفلسفته ببلاغة منقطعة النظير.

قالت عنه سونيا مرَّة:

- عندما يتكلم، يصك عباراته صكًّا، ويختمها بخاتم لا يُفض من الداخل، فلا يستطيع أحد فكه.

وفي قولها شيء من الحقيقة، فقد كان يتكلم بعبارات لا طاقة لأحد في معارضتها: الحياة قصيرة، ولا تستحق اللهاث خلف المشروعات الكبيرة المجهدة. إن مهامنا اليومية كافية لتكشف لنا سخف وجودنا. خير للمرء أن يكون متفرجًا على كوميديا الحياة الملهية عن أن يكون مشاركًا فيها، فالدور الثانوي فيها أكثر من كافٍ! خير للمرء أن يكون حرًّا كطير عن أن يكون عبدًا لمساعٍ عظيمة، فتلك المساعي العظيمة ستكشف بعد حين عن وجهها الخادع العقيم! جميع من أهلكهم إحساسهم بالفشل في تحقيق أحلامهم، لم يهلكهم الفشل، بل أهلكتهم أحلامهم الخادعة. وكان لا يتوقف عن الحديث، وأورورا منصتة إليه محبة، بل ومستمتعة، فقد جعله الشك ينظر إلى العالم وهو منفصل عنه، ينظر إليه بلا دراما، بل ينظر إليه أحيانًا كما لو كان عرضًا كوميديًّا.

لو استطاعت أورورا أن تحكي قصتها، فلن تبدأها من تلك الأيام، بل ستبدأها من اليوم، من يوم الكرنفال، فقد ألقى الغسق بشباكه ليأسر آخر أنوار النهار، وهي لا تزال في فصلها، مستغرقة ضائعة في مفازة حياتها. ولو استطاعت لقالت كيف أن قلبها كان كبيرًا يوم ألقى غابرييل بانتقاداته لذوقها في الكتب أو الأفلام، بل كيف أن قلبها كان كبيرًا معه هو نفسه، وكيف تجاهلت جميع الإشارات الملتبسة التي ظهرت في شخصيته، وكيف رددت

أن العيوب جزء أصيل منا جميعًا، وأن حيواتنا لا تخلو من تناقضات، وأن كلًّا منا مهووس بأمر، وماذا لو تسامح مع ضجيجها على الطعام، أو مع آرائها في الفن التي يراها طفولية. فقد قبلت غابرييل بصفاته، ولم تواجهه بعيوبه، ولم تستقبحها، بل لم تحاول تصحيحها. وكيف أن معرفة عيوب الآخر وقبولها يعمق أسس العلاقة معه، مثل مشاركة سر فتاك معه، حيث إن العلاقة تظل قوية نضرة ما بقي السر محفوظًا مصونًا.

لكن عيوب غابرييل كانت ضئيلة، حتى إن أورورا لم تُلقِ بالًا لأهميتها في وقتها، لكنها تصدِم الآن ذاكرتها بقوة، محملة بتفاصيل وكاشفةً عن معانٍ جسيمة، وقد تحولت إلى قوانين حتمية لا مفر من تنبؤاتها. وهكذا تذكرت أنه بعد بضعة أشهر من زواجهما، بدأ الملل يتسرب إلى غابرييل من خروجهما إلى السينما أو المسرح، أو حتى مجرد تنزههما مشيًا، لكنه لم يمل قَطُّ من الذهاب إلى المطاعم، فهذا كان الأمر الوحيد الذي يُقبل عليه بفرح وسرور، وما فتئ يقول لها:

- إنني مشغول بالقراءة، وليس لديَّ وقت كثير لتلك التفاهات الثقافية.

وهكذا أضحى المنزل مكان سكنهما ونزهتهما، وبدآ في الاعتياد على الرتابة الزوجية الحلوة والمُرَّة. ولم تعترض أورورا على هذا، فقد كانت تستمتع بساعات بقائها الهادئة في المنزل، وقضاء أمسياتها في تبادل الحديث والقراءة.

كانت تعشق الروايات، ولم تمل يومًا من قراءتها، فتستلقي على الأريكة والرواية في يدها، ويجلس غابرييل في مقابلها على مقعده، والتلفاز أمامه في وضع التشغيل، ممسكًا بكتاب في يد وقلم في الأخرى، فلا يقرأ إلا ويخطط على بعض السطور، أو يكتب بعض الملاحظات، أو يرسم على الهوامش، فقد كان هذا يساعده على الانسحاب من العالم والدخول في عالمه. سألته أورورا ذات مرَّة:

- كيف تستطيع القراءة ومشاهدة التلفاز في آنٍ واحد؟

فقد كان لا يترك على التلفاز إلا أفلام الحركة أو أفلام الغرب الأمريكي أو مباريات كرة القدم أو البرامج الحوارية والترفيهية، وكلها تدور بصوت مرتفع مزعج. أما هو فقال لها:

- على العكس، الضوضاء تساعدني على التركيز، لأنها تعزلني عن كل الملهيات غير المتوقعة.

وفي يوم من الأيام ذاتها المملة الجامدة، فتحت أورورا كتابًا كان غابرييل عاكفًا على قراءته لنحو أسبوعين، وسألته المرَّة تلو المرَّة عن فحوى هذا الكتاب، فما زاد على النظر إليها نظرة الحائر، كما لو أن تلخيص فحوى الكتاب كان عسيرًا، ثم قال:

- أطروحة في الفلسفة الرومانسية.

ولم يتبع مقالته بكلمة. لكن حقيقة أخرى صدمت أورورا، فقد وجدت فاصل القراءة لم يتخطَّ الصفحات الأولى من الكتاب بعد أسبوعين من بدء القراءة، ولم يضع غابرييل ملاحظاته ورسوماته إلا على تلك الصفحات، فضلًا عن بعض الملاحظات غير المفهومة. وانقضى أسبوع آخر، فدفع الكيد - وليس الفضول - أورورا إلى النظر في الكتاب، لتجد أن غابرييل لم يزِد على بضع صفحات قليلة في كل جلسة يجلسها للقراءة، ولم تظهر إلا بضع كلمات عليها دوائر بخطه وبضع عبارات أخرى عليها علامات استفهام غاضبة. ووقفت أورورا حائرة لا تدري ماذا تقول لنفسها.

ولذلك عندما وقف غابرييل خاملًا عاجزًا أمام مرض أليسيا، لم تتفاجأ أورورا في قرارة نفسها بهذا، فقد اعتادت على غرائبه، وعلى تغير مزاجه المفاجئ، حتى إنه كان ينتقل في الحوار نفسه، بل وفي الجملة نفسها، من الفرح إلى الإحباط بلا سبب جلي. وكان في بعض أيامه يستيقظ ممتلئًا بالحياة

ويجري الكلام على لسانه جري الريح العاتية، وفي أيام أخرى يستيقظ قانطًا صامتًا لا يكاد ينطق بكلمة، ثم يتحول من دون سبب أو دافع إلى ذلك الرجل المحب اليقظ الهادئ الذي تعرفه، والذي أوقعها في شباك حبه بكينونته هذه. وتساءلت: متى بدأت في الانتباه لهذا الأمر الغريب، أو كما قالت لها أختاه إن غابرييل ينطوي على علامات عجيبة، تشير إلى زيف أو حتى دجل فيه؟

ثم تذكرت تلك الليلة، في أثناء شهر عسلهما في روما، عندما دلفا إلى سريرهما وبدآ في المداعبة يرجوان إخماد نار شوقهما، وإذ بقوته تخور فجأة، ويفقد تركيزه، ويبدأ في الخمول بل والتثاؤب والرغبة في النوم.

- إني متعب.

هكذا قال لها، وطبع على وجنتها قُبلة وداع واعتذار. فردت عليه:

- لا بأس، اخلد إلى النوم.

وبعد قليل نامت على صوت شهيقه وزفيره وهو يغط في نوم عميق، لكنها انتبهت لصوت همهمة متزايدة. من هذا الذي يستيقظ في هذا الوقت المتأخر من الليل؟ وما مصدر هذه الهمهمة؟ وظلت منتبهة تبحث عنه، حتى أدركت حركة إيقاعية خفية تكاد لا تُحس، لكنها كانت موجودة بلا شك. لاحظت أن غابرييل يتنفس بطريقة غير منتظمة بل وباضطراب، فظنت - ولم تتيقن - أنه يمارس العادة السرية وهو مستلقٍ على الجانب الآخر من السرير. وانتهى الأمر بارتعاشة وهزة قوية وتنهُّد وتأوُّه من النشوة. وفي الصباح، ظنت أورورا أن ما أحست به كان محض حلم زارها، أو افتراض باطل أطلقه عقلها. وحملها حسن سريرتها على الشعور بالذنب، على الرغم من أنها تبيَّنت مع الوقت أن غابرييل يفضِّل ممارسة العادة السرية في بعض الأحيان عن ممارسة الحب معها.

وهنا تذكرت - في ليلة الكرنفال هذه - هواياته المفاجئة، المتهورة الاعتباطية في تهورها، سريعة الزوال في اعتباطيتها. جاءها ذات ليلة، من دون

أن يخبرها قبلًا، ومعه رقعة شطرنج إلكترونية وكومة هائلة من الكتب النظرية حول اللعبة. كان دافعه في كل هذا أنه وجد زميلًا له في المعهد محترفًا في لعبة الشطرنج، فقرر أن ينافسه حتى يغلبه. وقال:

- الهوايات الصغيرة باب السعادة.

ثم انكب على هذه الهواية الصغيرة لثلاثة أو أربعة أشهر، ونسي حتى فلسفاته. وكان يقضي أمسياته منكبًّا على اللعبة بتركيز تام حتى إنه ينسى طعامه، وكان يلعب حتى الفجر مائلًا بجذعه ورأسه على رقعة الشطرنج. وكان بين الحين والآخر يلتقي بعضًا من أصدقائه في صباح أيام السبت أو في المساء، ويعود إلى المنزل أحيانًا وعليه مسحة سُكْر، متباهيًا ثرثارًا، ويعود أحيانًا أخرى وهو ثمل تمامًا. وكان هذا هو الوقت الذي أضحى فيه مغرمًا لأول مرَّة بالويسكي وشراب الجن - وهو الذي لم يسكر يومًا، ولم يشرب الخمر خارج المطاعم الراقية. لكن كالعادة، كانت تلك هوايات، أو بالأحرى نزوات قصيرة، يستوي في ذلك الشطرنج مع الخمر. وفي لحظة فقد شغفه بالشطرنج ومبارياته وعاد إلى كتب الفلسفة، قائلًا إن الشطرنج استهلكه، واستهلك وقته، وأدخله في متاهة لا نهاية لها، وإنه لا يرغب في السقوط في بئر وهم لا قرار له.

وبعد وقت، عاد إلى عاداته الهادئة في مشاهدة التلفاز والقراءة، ولم يكن ثمة جديد في حياته إلا تلك المغامرات الاستكشافية لتذوق الطعام الجيد في عطلات نهاية الأسبوع، وكان يعود في بعض أيامه حاملًا أخبارًا سعيدة بأنه وجد أمرًا يضع فيه شغفه. فمرت عليه أوقات كان فيها شغوفًا باليوجا أو موسيقى باخ أو جمع فطر عش الغراب أو الروحانيات أو الأعمال اليدوية. كانت هواياته كمَشاهد تظهر من داخل قطار؛ صور شاعرية جميلة تتبعها رتابة السهول اللامتناهية بعدها. وشاركته أورورا في بعض هواياته، وتعلمت منها

بعض الموسيقى وفلسفة الكيمياء القديمة والبستنة، لكن شغفها الأكبر كان مشاركته في أيٍّ من حماساته، وكانت تدعو ألا تنتهي، فقد كان أكثر ما تخشاه أن ينفض عنهما الشغف وأن يسقطا في بحر الرتابة والملل.

ففي لحظة من لحظات الاستبصار، ظنت أورورا - ظنًّا علمت يقينه بعد قليل - أن عيب غابرييل يكمن في شعوره بالملل، وكان هذا إحدى صفاته الغالبة، وموضوعًا لا يمل من الكلام فيه بأن خطرَين يطاردان البشر مطاردة الجارح لفريسته: القتال من أجل البقاء، وهو الأول والأهم، فإن نجح المرء فيه ونجا بنفسه، تبعه الخطر الثاني، وهو الهروب من ربقة الملل في هذه الحياة. وما كف يومًا عن تكرار هذه التيمة! وهنا لم تنفعه مواهبه الفلسفية عند مواجهة هذين الخصمين العنيدين، لكن نفعته حماساته المؤقتة من شطرنج أو أعمال يدوية، وإن كانت للحظات. بعد قليل، رأت أورورا أن تبرُّم غابرييل ربما سببه طموحات كامنة في نفسه، لم تكن لديه شجاعة الكشف عنها، فما بالك بمواجهتها: أمنيات مكبوتة، أو حلم كان يرغب في تحقيقه وتبدَّد سعيه وانتهى إلى العدم. وهذا من دون ذكر الخوف الخفي من الفشل، كأنها ترى السنين وهي تمر أمام ناظرَيها وتتكشف لها حكايته لتكشف عن حبكة قديمة تشي بحياة بلا نفع، وشباب موحل في التدليل.

تحدثت معه، وكأن الأمر خطر على بالها فجأة، وأضفت على صوتها نبرة الانبهار، وقالت له لماذا لا تُنهي أطروحتك، كما اقترح هو الأمر ذاته منذ زمن طويل، فإنك إن أنهيتها يمكنك المحاضرة في الجامعة حيث تجد جوًّا أفضل، ومناوبات أفضل، وطلابًا أفضل، أو لعلك تكتب كتابًا أو مجموعة مقالات عن تاريخ السعادة، وتلك الحيل التي اكتشفها البشر على امتداد القرون للنجاة بأنفسهم من براثن البؤس. وزادت في تحفيزه حتى قالت إن

الكتاب سيصيب نجاحًا لا محالة، فما من أمر يقض مضاجع البشر ويشغل بالهم ليل نهار أكثر من السعادة. وقالت له:
- كيف لا تشارك هذه النوادر والعلم الغزير مع غيرك؟

كانا في غرفة معيشتهما، حيث استلقت أورورا على الأريكة وكان غابرييل جالسًا على كرسيه، وبينما تتحدث هي، أخفض صوت التلفاز حتى صارت لعبارتها الأخيرة رنة وصدى في المحيط الصامت، وإذ به ينهض، كما لو أن كلامها مس زرًّا في عقله، وألقى بضع نظرات إلى الفراغ ثم إليها، وفمه مفتوح وقد أدهشه شيء في باله لم يستطع التعبير عنه، ثم اقترب من الأريكة خطوة فخطوة، وركع ليعانق أورورا، وليخفي وجهه بين ذراعيها، وقد رق صوته وهو يعبر لها عن تقديره، وحبه، وحظه الكبير الذي قاده إلى التعرف عليها، هذا الدين الذي سيقضي العمر في سداده ولن يستطيع إلى ذلك سبيلًا، وأخرج كل ما في قلبه، وكل ما كان يتوق إلى البوح به للعالم، وطلب المغفرة منها. فربتت على شعره وقالت:
- يا لك من سخيف! ما هذه الأشياء التي تتفوه بها؟

ثم انخرط في البكاء، وظهرت ابتسامته وسط دموعه، ربما كانت هذه اللحظات أسعد لحظات يمكن أن يعيشها المرء، وتعيشها أورورا، وكلما تذكرتها استعبرت وفاضت دموعها.

وكذلك كانت هذه اللحظات من بين لحظات العمر المعدودة، أو هكذا بدت على الأقل، وكأن قناع الزيف سقط من فوق وجهه، فأضحى وجهه جليًّا جميلًا، أو كأنه كان ينتظر أمرًا أو إذنًا لينطلق، حتى إنه خلال بضعة أيام نفض الغبار عن أوراق دراسته القديمة، وانهمك في العمل كالمجنون. وتعجبت أورورا من قوله لها إن محاولته الكتابة عن أمر يخصه ويحبه ليست رغبة قذرة، بل طموح نبيل، وأكثر من ذلك أنه فكر مرات ومرات في الانكباب

على هذا المشروع، لكن في كل مرَّة كان يجد سببًا للتأجيل، ربما منعه هذا الشك المتأصل فيه، وكأنه كان غارقًا في وحل اندفاعات الشباب الرومانسية وما احتاج إلا إلى بعض الوقت لينضج، وليخرج النور من بين غياهب الظلام. لكنه الآن، أنصت إلى أورورا، وكأن كلامها كان إشارة قدرية بأن وقت انطلاقه قد حان. وانكب على أمره من دون عجلة، بالطبع، بل على العكس من ذلك، انكب عليه هادئًا، بلا قلق، ومن دون أن يترك شيئًا يشغل باله عن هذه المهمة الماتعة التي يرغب في قضاء كل ثانية من وقته في العمل عليها. وأدرك من فوره أن كل تلك الهوايات اللحظية التي أنفق عمره عليها في سنواته السابقة ما كانت سوى باب للتملص والمراوغة، أو نزهات قصيرة خادعة ما كفَّت عن منعه من إتمام مشروع حياته.

«لم تعجزه الكلمات يومًا»، هكذا قالت أورورا لنفسها، فقد كان يجادل باحتراف كما لو أنه خزَّاف ماهر يمسك بالطين فيُحيله إلى قطعة فنية رائعة تنطق بجمال تفاصيل فن الروكوكو الدقيقة. وهكذا رأته أورورا وكأنه وجد شغفه الأخير. بعدها نعما بفترة طويلة من الوئام والانسجام، حيث استهلكه العمل، وغاصت شخصيته القلقة في أعماق مثابرته وبحثه عن ذاته، واندفع إلى العمل على أطروحته مجتهدًا وموسعًا من نطاقها، ليجعلها طيعة لرؤيته الرفيعة الزاهدة للفلسفة وللفيلسوف نفسه.

وفي أعماق منعزلة، انطلق الفيلسوف ليجمع مادته، ويعزز مراجعه، ويبحث، ويؤسس، ويستفهم، ويستعلم، ويفكر، ويتأمل، وكان كل حين يزور المشرف على أطروحته ليبلغه بالجديد، وليستعلم عن إمكانية انتقاله إلى الجامعة في يوم ما. ومنحه المشرف على الأطروحة بعض الأفكار التي عززت رؤيته، مما زاد من حماسته في مطاردة مسعاه. وأفصح لمن في المعهد عن أنه عما قريب سيقفز نحو الجامعة. وكان قليل الاتصال بأختَيه، لكنه

اتصل بهما وأخبرهما عن مشروعاته، وعن كتابه الذي سيحمل عنوان «تاريخ السعادة»، والذي قد يصيب بعض الشهرة. وانكب على الكتب يلخصها، ويدوِّن ملاحظاته عنها، ويتتبع الحجج، ويفصل بينها، ويميز بين مواضيعها، ويربط بين أجزائها، ويُعمل عقله للاستنتاج منها. وما كان ينهض عن كتبه إلا ليُصفِّي ما تراكم من أفكار في رأسه، أو ليريح قدميه، أو لينظر من النافذة. وكان كل حين يقول: «ما أجمل الواقع، إني أعيش الواقع»، يقولها بنبرة مرحة فرحة. وما كفَّ عن قول: «أنا سعيد، أظن أني لم أعرف السعادة سوى الآن». ثم يدع عقله لخيالاته فيخطر في باله أن يصطحب أورورا إلى الحقول في موسم جمع عيش الغراب، ليستحضر ذلك الوقت الذي كان يستمتع فيه بمداعبة النسيم لبشرته، ويحملان معهما يخنة الراتاتوي وفطائر سمك القد، ثم ينطلقان متقافزَين فوق جداول الماء، يتباريان في إلقاء الحجارة أيهما يصل بها إلى أبعد نقطة، وفي الليل يوقدان النار، ويشويان شرائح التوريثنو الشهية. وتخيل شكل الصقيع على شارب متشرد عاش عمره في الشارع، وأشعة الأصيل تحت شجرة التين. وكان يتأمل بعنف كمن يصارع سيلًا. وحين تهدأ أفكاره، يعود الفيلسوف إلى مكتبه، وينكب على عمله، ويستأنف ما انقطع منه. كل هذا والوقت يمر، وخلال هذا الوقت سافر غابرييل وأورورا إلى كوبا، وبراغ، وباريس، ووقف غابرييل أمام قبر كافكا، وأمام الباستيل، وأمام قوس النصر.

في خضم أيامهما هذه جاءت أليسيا إلى الدنيا، ولم يتغير شيء من عادات غابرييل أو تفكيره، إذ كانا يظنان أنها طفلة طبيعية. ثم ظهر ما كان لا بد من ظهوره، واكتشفا مرضها، وظنت أورورا أنها ستجد في غابرييل القوة والسند أمام قدر ثلاثتهم، خصوصًا في هذا الوقت العصيب الذي تحتاج إليه فيه كما لم تحتَج إليه من قبل، فالأمر جلل ويمس أقرب الناس إليهما،

ابنتهما، لكنها لم تجد منه إلا انفصالًا ولامبالاة. ومضت أيامها يومًا تلو يوم، وتخطت دهشتها منه، لكنها لم تستطع تجنب طرح هذه الأسئلة على نفسها: من هذا الشخص؟ ما حقيقته في أعماقه؟ أي نوع من الرجال هذا الذي أحببته وتزوجته؟ لكنها طرحتها هذه المرَّة عن قصد ورغبة في الإجابة، وقد أعجزها سبر أغوار هذا الشخص الذي تعيش معه.

13

قالت أندريا:

- لم أستطع أن أتمالك نفسي يا أورورا. عندما علمت أن غابرييل تخلى عن فكرة الحفل بسبب سونيا، ملأ الغضب صدري، وبذلت جهدي لأكظم غيظي، لكن في النهاية ضاق به صدري فاتصلت بها ووبَّختها، كيف تجرأت على الإساءة إلى أوراثيو بهذه الطريقة، وأخبرتها أن منع أوراثيو من حضور الحفل سُبة لابنتَيه وللأسرة كلها.
- لم يفاجئني غضب أمي وقولها إن أوراثيو هو الحفل ومن دونه لا يوجد شيء نحتفل به. إن لم يحضر أوراثيو فلن أحضر أنا كذلك، لقد أصابتني إساءة عظيمة منكِ. ما أقساكِ يا سونيا! لماذا تكرهينه كل هذه الكراهية؟ ألم يكفِكِ أنكِ دمرتِ حياته، فتستمري في تقييده بمعاناة لا فكاك منها؟ لم أظن يومًا أن يوصلك غلُّكِ إلى هذا الحد. اللعنة على سندريلا الصغيرة! ما أنتِ إلا زيف وألم وأذى يمشي على الأرض.
- قلتِ لها هذا؟
- لم أستطع أن أتمالك نفسي، ولم أندم على ما قلت.
- وماذا قالت سونيا؟

صاحت سونيا:

- أنا؟ أنا دمرت حياته؟ ماذا تعرفين أنتِ عني وعن أوراثيو! لا علم لكِ بالأمر أصلًا.

- كيف تقولين إنه لا علم لي؟ بل أعلم كثيرًا، وربما أكثر منكِ، بل أعلم كل شيء.

هكذا ردت أندريا. فقالت سونيا:
- آه، فهمت. لا شك أنكِ تحدثتِ مع حبيبكِ أوراثيو وأخبركِ شيئًا.
- الحقيقة، هذا ما أخبرني به، الحقيقة فقط.
- الحقيقة؟ أنتِ لا تعلمين شيئًا عنه، لا تعرفين مجرد دقيقة من دقائق أوراثيو.
- وهنا أحسست بقرع طبول الحرب، وفاض بي غيظي.
- أعرف أوراثيو أكثر منكِ، أتسمعين؟ وأعرف باطنكِ وظاهركِ، أعرف كل شيء. أما الجاهلة فأنتِ، أنتِ من لا تعرفين ما نعرفه جميعًا. ما كنتِ تجهلينه أن أوراثيو كان مغرمًا بي أنا وليس بكِ، واختارتكِ له أمنا المأفونة، وكل هذا لأن عمري لم يزد يومها على ثلاثة عشر عامًا.
- ماذا تقولين؟! بأي تفاهات تتحدثين؟! اسمعي، إني أعرف قصتكِ هذه قبل أن تعرفيها أنتِ، وهكذا سأغلق الخط، لقد خضنا بعيدًا.
- انتظري لحظة قبل أن تغلقي الخط، أريدكِ أن تعرفي أني سأضع إصبعَي في عينيكِ الكاذبتين، لقد تزوجكِ أنتِ لا أنا، وطار بكِ ليفتح لكِ باب السماء، فماذا فعلتِ؟ ألقيت جنتكِ إلى أعماق الجحيم، لكن أوراثيو عاد وحملها من القاع وأهداها إليَّ، أتفهمين؟
- ما الذي تريدين أن أفهمه من هذه السخافات؟
- سخافات؟ حسنًا، سأخبركِ بشيء ولن أكرر قولي: أنا وأوراثيو ربط بيننا رابط الحب الأبدي. لكني سأقولها بلغتكِ البذيئة التي لا تفهمين غيرها: علاقتي بأوراثيو حميمية. الآن تعلمين. لقد خُلقنا لبعضنا، وأحببنا بعضنا منذ لحظتنا الأولى.

- ثم أخبرتها بكل شيء يا أورورا، لم أستطع أن أتمالك نفسي، ولم أندم على ما قلت. لقد كان عليَّ أن أخبرها بكل شيء منذ زمن طويل، وأن أكشف قناعها لنفسها وللناس، لتذوق من الكأس نفسها التي شربت منها أنا وأوراثيو طويلًا بسببها.

قالت أورورا:

- بماذا أجابتكِ؟ وهل حقًّا كانت علاقتكما حميمية؟

- نعم. لم أجرؤ على البوح بهذا قَطُّ. ولم يطَّلع أحد على سرنا أو قصة حبنا الملتهبة.

- يا الله! وماذا قالت سونيا؟

- غرقت في بحر الصمت الطويل، وفي أثناء صمتها شعرت بها تفيق من صدمتها وتجهز حججها، أو كذباتها الرمادية، لتخرج منها خروج الشعرة من العجين. ثم انطلقت في نوبة ضحك ساخرة هستيرية.

- علامَ تضحكين أيتها الفريسية المنافقة؟

صاحت سونيا:

- وأنتِ أيضًا؟

وشهقت بآخر ضحكاتها:

- يا لي من حمقاء!، كيف لم أنتبه لهذا؟

- ألجمتني المفاجأة لأني لم أفهم مكيدتها التي انتهت إليها.

سألتها سونيا ساخرة:

- وحملكِ أيضًا إلى تلك الغرفة الخلفية في محل الألعاب؟

- نعم. وما الضير؟

- وهناك أمطركِ بكل الكلمات الفاحشة التي لا تخطر على بال أحد؟

ردت أندريا:

- كلمات فاحشة! اسمعي، لقد انتهيت منكِ. لقد خدعتِ نفسكِ من دون أن تدري، لأنكِ ممتلئة بالعيوب، وأولها أنكِ ما خُلقتِ للحب أساسًا. أما نحن فكانت البراءة تملأ قلبَينا وأحببنا بعضنا بلا خجل.
- نعم، فليكن كما تقولين، ولعله قصَّ عليكِ أنتِ أيضًا أحاديث البراءة والفردوس الأرضي.

ردت أندريا:

- ليس هذا فقط، بل أخبرني أنكِ تشمئزين من الرجال، وتستقذرين الحب، وتحسبين كلمات الغزل كلمات فاحشة. ولا أفهم إن علمتِ كل هذا عن نفسكِ، فلماذا تزوجتِه؟
- قلتِ لها هذا؟

هكذا ردت أورورا عليها من دون أن تُعير انتباهًا لما تسمع.

- ما قلت إلا الحقيقة، وما زدت عليها.
- وسونيا؟
- أرى أن الحقيقة آلمتها، فقد انطلقت في الصراخ، وفي سبِّي بغضب لم أرَ مثله منها قَطُّ، نعتتني بأني أفعى، عاهرة، نذلة، بلا شرف، ابنة كلبة، وكل الشتائم الأخرى. ثم راح صوتها يتهدج وقد خف عنها هياجها وغضبها، حتى سقطت في بحر الصمت، ثم أجهشت بالبكاء بصوت ضعيف كأنه يأتي من بعيد.
- مسكينة سونيا!
- لا تصدقيها ولا تثقي بها يا أورورا. فكما ترينها جميلة فاتنة، ولا تتدخل في شأن أحد، فإنها قد ظهر منها نفاق يفوق نفاق يهوذا الإسخريوطي.
- قسوتِ عليها يا أندريا!

- إن تعلَّق الأمر بالحب، فإني لا أُبقي على أسرى.
- وماذا حدث بعد ذلك؟
- ردت عليَّ بصوت متهدج ودموعها تنهمر: «آمل أن يكون ما تخبريني به الآن إحدى سوءاتكِ وخيالاتك، مثل أمر القِط، أو هجر أمي لكِ، أو انتحاركِ، أو كل الخيالات الأخرى التي ما فتئتِ تلقينها على أسماعنا».

ردت أندريا:

- تقولين عن هذه الأمور خيالات؟
- لم تبرحي يومًا في حياتكِ عالم خيالاتك، حتى أصبحنا لا ندري الصدق من الكذب.
- إن أردتِ أن أقص عليكِ كل شيء لتري إن كان ما أقول حقًّا أو كذبًا، فسأقص عليكِ.
- ولم تنطق سونيا، وكان صمتها علامة قبولها، فقصصت عليها قصتي مع أوراثيو. وبدأت القصة من السلام حتى الوداع، ولم تقاطعني بكلمة، أو تعليق، أو سؤال، أو شكوى، أو تنهيدة، أو حتى شتيمة. لا شيء. وكما حكيت لها سأحكي لكِ، لكني سأحكي بقلب مفتوح، وسأصف كل شيء بكلماتي لأني أعلم أنكِ لن تسخري مني كما فعلت سونيا. عندما أرغمتني أمي على العمل في دار المسنِّين، استشعر أوراثيو مصابي وألمي، ولاحظت هذا في نظراته إليَّ حين يجيء لزيارة أمي مع سونيا. ولم يزد على نظراته المتعاطفة المتألمة حينذاك، إذ لم يجرؤ على قول أي شيء لإنصافي خوفًا من أمي، وعلى الرغم من هذا أحس من أعماق قلبه بمعاناتي. وما ساورني الشك يومًا في هذا، فقد كان بيننا رابط سري. وعلمت أيضًا أنه

تعيش مع سونيا. لم نتكلم، لكن نظراتنا وشت بكل شيء، أو لعلنا تواصلنا بالتخاطر، فالتخاطر حق إن صدق الحب. وإن جمعنا الصمت، سمعت نشيج أحزاننا وآمالنا ذهابًا وإيابًا بيننا، وهذا لأن حبنا كان صادقًا، والحب الصادق أندر من العنقاء، ولا يتنزل إلا على قلب من اختارهم القدر وهم قليل من قليل، أما من يعشقون بعضهم بعضًا بقبلات كاذبة فكلهم أدعياء، يظنون مشاعرهم مجرد عناق وقبلات يجدون فيها ملاذهم الآمن، وهذا ظنهم بالحب وهو ظن كاذب، فما عرفوا الحب، وما علاقتهم سوى لجوء قرين إلى قرينه، ويجتمعون لأن ليالي الشتاء الباردة والوحدة وحوش تهتك وتفترس، لا يجتمعون إلا لهذا. إذا ذُكر الحب يا أورورا فإن في صدري تلالًا من الكلمات وجبالًا من الحكايات إن ألقيتها في البحر صار كتلة جامدة، وإن تكلمت بها لأسهبت بلا توقف، لأني وُلدت والحكمة تملأ قلبي، على الرغم من تعاستي. هل تفهمينني؟ هل تفهمين ما أريد قوله؟

- بالطبع يا أندريا.
- عافاكِ. ذات يوم خرجت من دار المسنِّين لأجده قد جاء باحثًا عني، وأنا في الخارج إذ بي أسمع أبواق السيارات عالية كما لم أسمعها قَطُّ، ووجدته واقفًا شاحبًا صامتًا كأنه طيف زادته وقفته شاعرية إذ مالت عليه أشعة شمس الأصيل، وكان يُمسك بشيء في يده من أجلي. لا أدري كيف لم أفقد وعيي عندما رأيته. ذهبنا إلى مقهى ومشينا لوقت طويل. وعبَّرت له طوال الطريق عن لواعج ألمي، وبث لي ألمه من قسوة القدر معي، وغضبه من أمي، فهي قدري القاسي. ومد لي تلك العلبة التي حملها لي، ووجدت فيها جميع

شرائط موسيقى الفِرق التي أحبها، وقلت له إن حلمي أن أصبح مطربة وملحنة، فقال لي: «أتوق إلى سماع أغانيكِ»، فأخبرته بأني مستعدة ومتى شاء أسمعته، لأني علمت أنه ما كان ليسخر مني قَطُّ، وأني لن أخجل أبدًا من الغناء له. وكان في العلبة بعض الشوكولاتة كذلك، وقال لي: «جربيها»، فقلت له: «نتقاسمها؟». وهكذا تشاركنا فيها، وهكذا تلبسنا الضحك من دون سبب بعد الحزن. هذا هو الحب الحقيقي. كان الغضب يملأني فبُحت له بكل ما كنت أشعر به. أما هو فكان خجِلًا، رقيقًا، لا حول له ولا قوة في مواجهة قسوة العالم وشروره... كنت الوحيدة التي تفهمه وتقدِّر جماله المكنون. قال فجأة: «سونيا لا تعلم بمجيئي لرؤيتكِ»، ومعها احمر وجهه كالشفق. فرددت عليه: «ليس لها أن تعلم بشيء». وحان وقت وداعنا، وإذا بلحظة كأنها الحلم، كنا فيها واقفَين على أقدامنا، وقد أرخى الليل سدوله، وأحاطت بنا أنوار المدينة من كل جانب بلا ناظم لها، وأطبق علينا الصمت، وتملكنا إحساس بأننا نطفو فلا تمس أقدامنا الأرض، وكنا على وشك العناق وترك شفاهنا تتذوق بعضها بعضًا وتعبِّر عن الحب المكنون، وشيئًا فشيئًا افترقنا وسط أمواج الناس المتلاطمة. أليست قصتي رائعة يا أورورا العزيزة؟

- إنها رائعة، لكنها حزينة أيضًا.
- صدقتِ. إنها حزينة. الحب الحقيقي إبحار بلا مرسى ولا أمل، فحقيقته ليست من هذا العالم. وسترين هذا عندما أقص عليكِ قصص ما حدث بعد ذلك. انتظرني بعدها عدة مرات في المكان نفسه، وذات مرَّة أخبرني أنه يرغب في اصطحابي إلى منزله، لأغني له أغنياتي، وليُريني كنزه الطفولي المكنون. وبدا الأمر عاديًّا

لا شيء فيه، فبدأت أزوره وسونيا في المنزل، فأشاركهما الطعام – كأنه أمر لا مشكلة فيه – ثم أراني أوراثيو ألعابه، في الوقت نفسه الذي كانت فيه سونيا تجلس لمشاهدة أفلام باللغة الإنجليزية، وكنا نفترش الأرض كطفلين صغيرين. أتفهمين ما أرغب في قوله؟

- نعم، بالطبع. قصتكِ رائعة، لكنها تعبِّر عن ألم شديد.

قالت أندريا:

- هذا حكم القدر على كل قصص الحب. ذات مرَّة كنا في منزله بمفردنا، لأن سونيا ذهبت لمشاهدة فيلم بالإنجليزية في السينما. وكان منزله ضخمًا فسيحًا، تجدين أشياء غريبة في كل ركن فيه، وجدت ذات مرَّة غيتارًا، فأمسكته وغنيت به أغنياتي. كنت أغني وأوراثيو ينصت إليَّ، وكأنما وضعنا أرواحنا في كل أغنية، وكان إن أطربه شيء أو مس شغاف قلبه، أطلق تنهيدة من أعماقه، وأغلق عينيه، وجمع بين يديه كمن يقف للصلاة، ووضع سبابته على شفتيه فلا تجاوزهما التنهيدة. تخيلي مشهدنا يا أورورا كما لو كنتِ معنا لتفهميني. صدقيني يا أورورا العزيزة، لولا أمي لكنت نجمة موسيقى الميتال، بل أيقونة من أيقوناتها. ويحزنني أنكِ لم تسمعيني أغني. أما أمي وسونيا وغابرييل فلا أغني أمامهم أبدًا، لأنهم سيضحكون مني إن فعلت، بل لقد فعل ثلاثتهم من دون حتى أن يسمعوا غنائي. أما أوراثيو، فقد أنصت إليَّ من دون أن يحرِّك ساكنًا، أو يطرف له جفن، باستثناء أن يحد ببصره، ويرفع رأسه كأنه يرغب في التقاط الموسيقى وهي تسبح في الهواء. ثم انتهيت من أغنياتي، فخيم علينا صمت طويل، وتجمدت عيناي باتجاه عينيه، حتى إننا كنا نغض البصر للحظات لكي لا نحترق من لهيب نظراتنا. ولم يحدث

شيء، ولم نقل شيئًا، لكن تمردنا الصامت كان مسموعًا صارخًا في الأجواء. ومرت أيام تبعتها أيام، واشتد عود حبنا الأفلاطوني، فلم يؤذِنا وجود سونيا لطُهر ما بيننا، ولا آذاه وجود الجميع حول مأدبة الطعام في منزل أمي، فلم يُظهر لهم ما يسوؤهم. وبينما كان الجميع منهمكين في الحديث أو الطعام، كانت روحانا تتبادلان كأس حبنا السري، وكانت نظراتنا كأشعة ليزر تنير أركاننا، وكم من مرَّة اختطفنا مزمار هاملين الساحر - الذي يسحر الناس عن ذواتهم ويهيم بهم بعيدًا - وألقى بنا في جوف الغابات. أتتخيلين يا أورورا العزيزة؟ إني أريد منكِ أن تطلقي العنان لخيالكِ لتفهمي ما كان بيننا، فمن ذاق عرف، ومع كل هذا لم يلاحظ أحد ما بيننا. ألاحظتِ أنتِ شيئًا؟

- في الحقيقة لا. لم ألاحظ أي شيء.

فقالت أندريا بلهجة من يُقرر شيئًا معروفًا:

- كنا بارعَين. مر كل شيء بسلام. لكني كنت أعلم أن السيل قد بلغ الزبى، وأن سدود الأسرار توشك أن تنهار. ذات مساء، جمعنا منزله، ولم يكن ثمة ثالث لنا، فجلس إلى منضدة ودعاني لأجلس إلى جانبه ليشرح لي آلية عمل سرية للعبة قديمة. كانت لعبة معقدة، حتى إن بعض أجزائها كانت صغيرة صغر أجزاء الساعات السويسرية، إلى درجة أنه وضع عدسة مكبرة على عينه واستخدم كماشة صغيرة ليتعامل معها، ثم قال: «لا أستطيع أن أراها جيدًا»، فقلت له: «أريد أن أراها عن قرب»، وتبادلنا بعدها نظرة الموافقة، وإذ به يتزحزح قليلًا في مجلسه، بما يكفي لأجلس على حِجره. لقد علمني أوراثيو أن أحب نفسي، وكنت أشعر وأنا معه بأني

جميلة وفاتنة، وجريئة وخطيرة. شعرت بأني خطيرة يا أورورا، لا أدري إن كان هذا الشعور قد مر بكِ أم لا. شعرت بأني خطيرة، لا أدري لكَم من الوقت، وجرفتني رغبة عارمة في أن أصرخ في العالم وفي الجموع: «أيها الرفاق، أيها الأصدقاء، مرحبًا بكم في زمني، حيث يقف الزمن بلا حراك». أما هو فقد راح يشرح كيف تتجمع اللعبة، وعندما انتهى من تجميعها، كان شعوري بأني خطيرة لا يزال يتملكني، وقلت له: «علمني شيئًا لا أعرفه». فلمس زنبركًا في اللعبة، وإذا بالموسيقى تنطلق من أرجائها، فقد كانت اللعبة تحاكي طيورًا تغرد بانسجام على أغصانها. وإذا بحديثنا يتحول إلى همس، واندفعت أحكي له بعض مغامرات الفاتح العظيم، وحكيت له قصة القِط، والخاتم، ويوم هجرتني أمي وأنا في الثانية من عمري، فأشفق لحالي، وعانقني ليشد من أزري، وأخبرني أن طفولته لم تكن سعيدة كذلك. وحكيت له كيف أقدمت على الانتحار من أجله، وكيف تركتني أمي وحيدة على شفا الهاوية. وما إن سمع بأمر إقدامي على الانتحار، حتى خِلت أن الحياة تفارق قسمات وجهه، إذ أضحى وجهه أبيض وأسود، فألقيت ذراعَي حول عنقه، وداعبت أذنه بأنفاسي، وهمست له: «اخترني لأكون ملاكك المحبوب». وإذ به يستجمع حكمته وجديته فجأة، ويقول لي بصوت ضعيف: «ما أنتِ إلا طفلة صغيرة»، فرددت: «بعض الصغار يعرفون كيف يحملون الخناجر والمسدسات»، وعضضت أذنه بقوة. «ماذا تفعلين؟»، فأجبته: «ألا تعلم أن لعنة أكل لحوم البشر تصيب من ينبذهم الحب؟». يا للمسكين أوراثيو! كان خجولًا ساذجًا! سألني: «فماذا نفعل؟»، فأجبته: «نهرب إلى السهول

الفسيحة»، وكنت لا أزال أضع شفتَي على أذنه، ثم تركنا شفاهنا تتلاقى وترتوي حتى ازرقت. «لا يمكن لهذا أن يكون، لا يمكن له أن يكون، أنتِ شقيقة سونيا الصغرى»، «لكني أعلم أنك تعيس مع سونيا، فلمَ لا؟»، «هذا لا يغيِّر من الأمر شيئًا، هذه مشكلة لو...»، فوضعت شفتَي على شفتيه فأسكته، ثم قلت له: «أحب شيء إلى قلبي أن أكون في مشكلة أنت فيها»، وقد تجمدت عيناي باتجاهه، وإذ بي أتلاشى في إحساس الحب، وكلما طال نظري نحوه زاد توقي إليه، كل هذا وأطراف أناملي تلامس قسمات وجهه فلا تشبع منها، وقد تحجرت مقلتاه صوب عينَي. ثم قلت له: «أتعلم؟»، «ماذا؟»، «أحب فيك عينيك الغجريتين»، ثم وضعت طرف أنفي أمام طرف أنفه. أليست قصة حبنا رائعة ونادرة من نوادر القصص يا أورورا؟

- لا أدري ماذا أقول لكِ يا أندريا، لكني فزعت مما قصصتِه عليَّ.
- كنت فزِعة حينذاك، وكذلك أوراثيو. وما كان يخفى علينا يومها أن حبنا محرَّم، ومحكوم عليه بأن يظل حبًّا أفلاطونيًّا. ما فتئت الحياة تميل عليَّ ببؤسها طوال عمري، فكنت دائمًا ثائرة على ما مضى، حمقاء فيما سيأتي، وكذلك كان أوراثيو. مضى الحديث بيني وبين أوراثيو، فحكى لي عن تعاسته مع سونيا، كما كنت أتوقع. وحكى لي أنه ما تزوجها إلا بسبب أمي، لأني كنت أصغر منها، لكن لو كان الأمر بيده حينها لاختارني أنا بلا شك. وحكى لي كيف أن سونيا عاجزة عن الحب، وأنها لا تدري ما الرومانسية وما الشغف، وأنها لا تعرف أن بذور الحب تُزرع في البراءة، وتنمو قوية كبيرة باسقة فيها، وأن البراءة تُحِلنا من كل محرم، فأرض البراءة أرض القداسة والحرية، وأن الحب هو العيش في فردوس

أرضي لم يتدنس بخطيئة أو ذنب. قال لي: «وفوق كل هذا، فسونيا لا تحبني»، وليس هذا فحسب، بل إنه أخبرني أن سونيا تشمئز منه. نعم، ما سمعتِه هو الحق يا أورورا، فقد لاحظ أوراثيو أنها تشمئز منه إن داعبها أو قبّلها، فما بالكِ وهو يجامعها! وما إن ينتهي معها حتى تنطلق للاغتسال، وتفرك جلدها فركًا كأنها تنظفه من قذارة. وأدرك أوراثيو أن سونيا لا تميل إلى الرجال، ولا ترى فيهم إلا القذارة، وأنها لا تسعد إلا إن اجتنبتهم جميعًا، لأنها تشمئز منهم، كأن هذا مرض بها. وما قصّه أوراثيو عليَّ لم يفاجئني، فقد كنت أعلم أن أختي العزيزة منعزلة وطفولية وتُدقق في كل شيء، وما كانت تسعد أو تحب إلا الدُّمى الخاصة بها. سونيا تفتقر إلى الخيال، وإن فقد المرء الخيال عجز عن الحب، فما الحب إلا السباحة في بحر الخيال. مسكين أوراثيو! كان مثلي، عابر سبيل لم يجد له مكانًا في هذا العالم. وكان سيئ الحظ، وما ساءه الحظ في شيء مثلما ساءه في زواجه من سونيا. ما أظلم الأيام! وهكذا غرقنا في جحيم لا ندري كيف ننجو بحبنا منه. وهكذا كنا نتقابل سرًّا، في أي مكان، وأحيانًا في الغرفة الخلفية في محل الألعاب - كما سألتني سونيا ساخرة. وكانت طرق حبي له تتشعب وتتغير حسب كل ساعة وحسب كل يوم وحسب كل فصل من فصول السنة. عندما بدأ يستكشفني بيديه الشاحبتين الجائعتين، أحسست كما لو أن قنبلة انفجرت في شارع رئيسي، أو كأن الفايكينغ ظهروا فجأة على شاطئ فاجتاحوا كل شيء أمامهم. لا أعرف كيف أحكي لكِ عن شعوري حينذاك، لعل هذا الإحساس زاركِ يومًا فتعرفين ما أحكي لكِ...

- لا أدري ماذا أقول لكِ يا أندريا، لكني أفهمكِ.
- لهذا أبوح لكِ بما في صدري يا أورورا، لأني أعلم أنكِ ستفهمينني. كانت البراءة تغشاني أنا وأوراثيو حينذاك. أتذكره رقيقًا كالحرير، وأحيانًا قويًّا كالصخر! وكنت أنا قوية كذلك، كأني خرجت توًّا من فوهة بركان. وما كان التعب يحل علينا قَطُّ، لكن في النهاية كنت أنا من رفعت راية الاستسلام. «أستسلم، أستسلم بلا شرط»، هكذا أخبرته، وعلى الرغم من هذا استمر هزيم الرعد في الأجواء بيننا لوقت طويل. تحدثنا في سخافات كثيرة، وبنينا قلاعًا من رمال للمستقبل. فهجرنا الناس إلى الجبل، وعشنا بين النسور والثلوج، وأبحرنا في المحيطات بشراع، وزرنا مقابر الآلهة القدماء، وكنا في جميع أوقاتنا منعزلَين نائيَين عن كل عين. كأنها حكايات طفلين جمعتهما أمسية صيفية. ودعيني أسألكِ يا أورورا وأنا أتحسس قلبي: من ذا الذي يقدر على دحض أحلامنا التي لا حد لها ولا حاجز ولا نهاية؟ لكن لا تُجيبي! فإني أعلم أن هذا الحاجز لا يزال يقف سدًّا منيعًا أمام أعيننا منذ الأزل، ألا توافقينني؟
- هذا ممكن. يستطيع غابرييل الإجابة عن أي سؤال، لكني لا أسأله عن شيء أبدًا.

ردت عليها أندريا بلهجة مؤكدة:

- هذا هو النقاء في أبهى صوره، أو على الأقل هذا ما أدعوه أنا. ولهذا اختار أوراثيو اسمَي إيفا وأثوثينا لابنتيه، فمن أنقى من حواء ومن الزئبق؟ وما اختارهما إلا لنقائه. عندما جاءت ابنته إيفا إلى الدنيا وقر في قلبينا أن حبنا مستحيل وبلا أمل. أتذكر ذات مرَّة (وسأحكي لكِ هذا لتعلمي كيف كنا)، كانت سونيا قد أثقلها

حملها بإيفا، وكنا في منزل أوراثيو، وكانت أمي معنا لتعتني بسونيا وبحبيبها أوراثيو، وكنا قد أنهينا عشاءنا، وتأخر الوقت، فجلسنا على الأريكة، والتحفنا نحن الأربعة بغطاء، وجلسنا نشاهد فيلمًا، كان المكان غارقًا في الظلام، باستثناء ما يبعثه ضوء التلفاز. تستطيعين تخيل الوضع؟ شبكنا أيادينا تحت الغطاء، وسط الجميع، وفعلنا كل شيء تقريبًا، فقد كانت البراءة تغشانا في كل حين. ولم تدرِ سونيا شيئًا، لكني أظن أن أمي أحست بشيء، فقد غلبها النعاس وإذ بها تستيقظ فجأة، وتقول بصوت كأنه الصراخ: «ماذا يحدث هنا؟ ماذا تفعلان؟»، فأجابها أوراثيو بهدوء شديد: «نامي يا أمي»، فأغلقت عينيها، وتنهدت، وعادت من حيث أتت. لن أسألكِ إن كنتِ أنت وغابرييل تحبان بعضكما بعضًا، فلا أريد أن أعرف، ولم أعد أرغب في معرفة أي شيء عن الحب. لكن سؤال أمي جعلنا ندرك أن القدر حكم على حبنا بالمؤبد. «يجب أن نتوقف، ونحفظ حبنا خلف ضلوعنا»، هكذا قال لي أوراثيو. وقال لي إن سونيا وأمها ستكتشفان أمرنا عاجلًا أو آجلًا، فماذا سيحدث وقتها؟ وماذا ستفعل البنتان؟ وكانت أثوثينا قد بلغت سن المشي حينذاك. وهكذا عاد حبنا حبًّا أفلاطونيًّا كما بدأ، واستمر كذلك حتى بعد طلاقهما، فلم نشأ أن نؤذي أمي والبنتين، فأوراثيو رجل أسيف رقيق، يقدِّم معاناته على معاناة غيره، وكذلك أنا. ولم نعد نرى بعضنا إلا قليلًا، وكل يوم أقل مما سبقه. وأصبح عسيرًا علينا أن نتبادل النظرات، فقد قال أوراثيو إن أمي باتت ترتاب في أمرنا منذ ليلة التلفاز والغطاء، وقد بالغنا في الأمر فلم نتوقف عند حد. وما أعلمه عن أمي أنها كالساحرة وكأنها تعلم الغيب. لكن حبنا استمر منهمرًا

على الرغم من البُعد، حبًا شائكًا، يائسًا، أبديًا لا تقدر عليه الأيام ولا حتى الموت.

- رويتِ كل هذا على مسامع سونيا؟
- كل شيء. كل ما قصصته عليكِ الآن.
- وماذا قالت؟
- لم تنطق إلا بعد أن انتهيت، لتقول لي إن هذه محض أكاذيب. وقالت أشياء أخرى منها أن أوراثيو منحل.
- منحل؟
- بالطبع، ألا تفهمين؟ لا تخلط بين البراءة والانحلال إلا من تشمئز من الرجال. هذا ما قلته لها، وقلت لها كذلك إنها لا تعرف الحب، وإن ما حدث لها مع أوراثيو سيتكرر مع روبرتو.

صاحت سونيا في وجهها:

- الحب؟ أي حب يا غبية؟! لقد استغلكِ أوراثيو يا حمقاء، كما استغل كل من وصلت إليهن يده، ولما مل من الفحشاء معكِ، أسمعكِ موال الحب الأفلاطوني، وأخبركِ بشك أمكِ في الأمر، وأنه يُجنب ابنتيه المعاناة. وكأنه يهتم بأمر البنتين! لكن أتعلمين؟ من آذاني حقًّا هو أنتِ وليس أوراثيو.
- أي أذى؟ أنا آذيتكِ؟ اسمعي، لقد أوصلتِني إلى حد الانفجار. وما كنت لأستبدل بحياتي حياتكِ ولو معها كنوز الدنيا. أتريدين أن تعلمي من أنتِ؟ أنتِ لستِ سوى تابعة إمعة فاشلة، وما كنتِ قَطُّ قادرة على الحب الذي يتلبسه الخطر، وما كان لكِ يومًا مبدأ، وليس في قلبكِ مقدار ذرة من الرومانسية، ولم تسمعي قَطُّ دموع المحاربين تتساقط على الأرض، لكني سمعتها، ويكفيني شرفًا أني

مت من جراح الحرب، أما أنتِ فلستِ إلا روبوت، لا تزيدين شيئًا على دُماكِ. أما الأذى فأنتِ من آذيتِني.

قالت سونيا بنبرة حازمة:

- أنصتي لما أقول، لا أريد أن أسمع عنكِ بعد الآن خيرًا أو شرًّا، ولا تعاودي الاتصال بي أبد الدهر.
- بل ستسمعين عني بلا ريب. أتعلمين لمَ؟ لأن طريقينا ينتهيان بنا إلى الجحيم.
- فلنتقابل هناك. لكن قبل أن نصل إلى هناك، أريدكِ أن تعلمي شيئًا عن أوراثيو. لقد قلتِ إنكِ كشفتِ القناع عن وجهي الحقيقي. ألم تفعلي؟ فدعيني أكشف لكِ القناع عن وجه أوراثيو. سأخبركِ بأمر ما أخبرت به أحدًا قَطُّ، من فرط إحساسي بعاره، ومن أجل ابنتَي قبل كل شيء. لكن بعد سماعي مقالتكِ فلن يمنعني أحد من البوح به، بل إن البوح به أضحى ضرورة لازمة، ليس من أجلكِ فقط، لكن من أجل أورورا وغابرييل، وأمي من قبلهما، لتعلموا من الرجل الذي زوجتموني إياه، ولتعلموا حقيقة أوراثيو العزيز المحبوب. واعلمي أني سأخبرهم عن جانبكِ من القصة، لنختمها جميعًا.
- وبمَ أخبرتكِ؟
- أكاذيب وافتراءات لن تصدقيها يا أورورا، وكل ما تقوله إنما هو محض افتراء منها لتبرر موقفها. ولهذا اتصلت بكِ بمجرد أن غُلق الخط معها، لأنها ستتصل بكِ في أقرب وقت لتحكي لكِ حكايتها البذيئة السخيفة.

وقد صدقت، فلم يمر وقت طويل حتى تلقت أورورا إشارة بمكالمة واردة، فأيقنت أنها سونيا لا محالة. وشعرت بأن التعب قد تملَّك منها بصورة ما أحست بها في حياتها قَطُّ، ولم تعد تطيق النطق بكلمة.

- ألا زلتِ هنا يا أورورا العزيزة؟

- بلى...

- أتعلمين؟ كان أوراثيو السُّلم الذي ينقصني لأعلو فوق ألمي.

قالتها، وشعرت أورورا بأن شيئًا يتكسَّر بداخلها، ولم تكن في تلك اللحظة ترغب في شيء كرغبتها في الاستسلام إلى النوم لعلها تسبح في حلم عميق ينسيها كابوس الواقع.

- أليسيا معكِ؟

- نعم...

- سأتركك لها...

- نعم.

- حسنًا، نُكمل حديثنا غدًا. أيناسبكِ هذا؟

ولم تُبدِ أورورا اعتراضًا، ثم أغلقت عينيها، والهاتف لا يزال في يدها، وتركت الأحلام تغشاها، بهمسها وصورها التي تظهر واحدة تلو الأخرى كشريط سينمائي. وفي تلك اللحظة نفسها أحست أورورا بأنها خطرة.

14

تتذكر أورورا أن الملل بدء يتسرب إلى غابرييل من أطروحته، حتى قبل ولادة أليسيا، وبدأت جذوة حماسه تنطفئ، وراح يشك في جدوى هذا المشروع، الذي رآه قبل بضعة أشهر نبيلًا ورفيعًا. وبدأت أورورا، من دون أن تدري، في التقاط إشارات انطفاء جذوة الأوهام. وتتذكر أن غابرييل أتاها ذات يوم وأخبرها أن مشرف رسالته دعاه إلى كتابة افتتاحية حول السعادة كموضوع مهم في المسار التاريخي الواسع للجنس البشري، لتكون مقدمة لمقالات في مجلة ذات حضور ثقافي قوي. كان سعيدًا مسرورًا بهذا الخبر، وللاحتفال خرجا للعشاء في مطعم راقٍ، وفي أثناء العشاء وبعده لم يتوقف عن شرب النبيذ والحديث عن المقالات، وكيف أنه سيضعها دقيقة مدروسة، وكيف سيضعها بأسلوب محبب للقارئ من دون أن يقلل من قيمة المحتوى، وما زال يتحدث عنها كأنه كتبها بالفعل، بل ونشرها وحازت الثناء من النقاد الأكاديميين بل والصحفيين المهتمين. وقال:

- يُستحسن بي أن أنخرط في الأمر. من الخير أن يقدم المرء ما يعرفه للآخرين، حتى إن كان ما يقدمه متواضعًا، فهذا هو السبيل الوحيد لنتقدم جميعًا.

وظل يتكلم ويتكلم لأيام، حتى بدأ العمل عليها في صباح أحد أيام السبت.

واعتكف في غرفته لساعات طوال، ولم يُسمع له صوت خلال تلك الساعات الطوال؛ لا خطوة، ولا حركة مقعد، ولا سقوط شيء بلا قصد،

ولا حتى نحنحة. وعندما نادته أورورا للطعام، خرج إليها تعلوه الجدية، مكفهرًّا، كما لو أن الدوار استولى على رأسه. فسألته:

- ما الأخبار؟

فرد عليها:

- بخير، بخير.

ولم يزد كلمة بعدها. وبعد القيلولة عاد إلى اعتكافه، بصمت مطبق، حتى أسدل الليل أستاره، فخرج من غرفته وقد أذهلته نفسه عما حوله، ولم تسأله أورورا عن شيء. ومع أول شعاع نور من شمس يوم الأحد، انطلق إلى معتكفه، ومر الصباح هادئًا. وبعدما انتهت أورورا من أداء بعض أعمال المنزل، استلقت على الأريكة ممسكة بالصحيفة. كانت بشائر الربيع قد نزلت على الأرض، وأصبحت الشمس تملأ صفحة السماء منذ الصباح الباكر، ولم يكن في الجو سوى صوت السيارات البعيدة، أو تغريدة طائر يبحث عن قرينه. ومع حلول الظهيرة، سمعت أورورا صوتًا قادمًا من غرفة غابرييل، صوتًا تعرفه جيدًا. كان صوت الكرة الخشبية التي يلعب بها غابرييل كرة القدم بأدواته على المكتب بعد زحزحة الكتب والأوراق عنه. كانت الكرة تسقط على الأرض، أو تقفز بعيدًا، يليها صوت خطوات غابرييل تتبعها فورًا ليعيدها إلى المكتب.

لم تُعِر أورورا تلك اللعبة الطفولية أي اهتمام، وما فتئت تسمعه يلعبها مرات ومرات. هوس غير منطوق، أو طريقة يلجأ إليها ليزيح عن عقله الأعباء والتوتر. وتذكرت أورورا أن هذا الصوت غاب عنها لشهور طوال وهو يعمل على أطروحته، لكنه عاد ليدوي بعد ذلك، على فترات طويلة، ثم من وقت إلى آخر، وراح يزداد مع الوقت. ومن دون أن تفكر أورورا كثيرًا في الأمر، بدأت تربط بين هذا اللهو الخفي وحالة مزاج غابرييل ومدى حماسته لما

في يده. لذا عندما تناهى إلى أذنيها صوت ذهاب الكرة وإيابها وخطوات غابرييل وراءها، أدركت أن حدثًا كريهًا يتشكل، لا سيما وهي تسمع ضجيج اللعبة لا يتوقف لساعات طوال. وحدثت نفسها: «لعل سوءًا وقع، ولعل نفسه شطحت منه فلا يستطيع كتابة المقالات، لكني لن أسأل، وسأتصرف كما لو أن شيئًا لم يحدث».

ومر مساء ذلك اليوم هادئًا ساكنًا، وقد خيم عليهما الصمت أمام التلفاز، واستلقت هي على الأريكة وجلس هو على كرسيه. لكن في اليوم التالي، استغلت غيابه عن المنزل، ودخلت إلى غرفته لتنظفها، وكانت في الحقيقة مدفوعة برغبة خفية في البحث عن إجابة لأسئلتها. هناك تنتصب خزانة مكنونة خلف الملابس الشتوية، وإذ بها تعثر على كيس بلاستيكي ممتلئ بالمسودات الممزقة، والمكوَّرة، كأنها أسطورة قديمة جديدة أو لوحة فنية تتوق إلى التعبير عن جهد الإنسان غير المجدي في مواجهته للمستحيل وذلك العنف المدمر الذي يأتي بعد هذا الجهد. فحصت أورورا الأوراق والخشية تعتريها، وما كان غرضها فهم سطورها، بل فهم ما في قرارها السحيق. كانت جميع سطور الأوراق مشطوبة، وانتشرت عليها رسومات هندسية غير دقيقة، وبعض الرسومات المثيرة، وتشكيلات لاعبين من لاعبين وهميين، وكأنها أشياء تأتي من الطفولة.

ولأيام طوال لم يتحدثا عن المقالات، حتى جاءت لحظة بادرته أورورا بسؤالها عنها، فرد غابرييل على سؤالها:

- آه، المقالات! لم أعد حتى أتذكرها.

ثم قال إنها لا تستحق كتابته لها، وإنهم كمن يضطرونه إلى بيع أفكاره التي وصل إليها بجهد جهيد على مدى السنوات، بثمن بخس.

- لن أسقط في إغراء النجاح السريع، وإن قُدِّر لي أن أفعل شيئًا، حتى لو كنت سأقدم فلسفتي الرفيعة إلى عالم همجي، فسأقدمها

غراءً، بطريقتي وأسلوبي، حتى لو لم يقرأها أحد. سوف أستأنف أطروحتي.

وهكذا استغل السؤال ليلقي على مسامعها محاضرة حول مبادئه القديمة المحبوبة التي لا يزال يبشر بها في حياته. وهكذا، اعتكف على أطروحته، لكن أورورا ساورها الشك بأن أمر الأطروحة غدا سبيلًا للهروب حتى لا يفعل أي شيء، وفي كل مرَّة يتأخر عن المرَّة التي سبقتها في لقاء مشرفه، ولم يعد يتحدث معها قَطُّ عن الإنجازات أو الآمال أو المصاعب التي يكابدها في الأطروحة. وتعجبت ذات يوم لأنها لم تعد تسمع صوت الكرة ولا وقع خطواته جيئة وذهابًا في معتكفه، فهو يكرس نفسه لهذا الهوس الغريب تكريسًا لم ترَه منه الفلسفة قَطُّ. وعادت تشعر من جديد بأنها مُستهلَكة، وتتساءل عن هذا «الغابرييل» الذي تزوجته، وعن حقيقته، وعن ظاهره وباطنه.

وذات مساء، وكانت قد وعدت زميلًا لها في المدرسة بإعارته كتاب «إميل» لجان جاك روسو، دخلت أورورا إلى غرفة غابرييل تبحث بين كتبه المتخصصة على أرفف غرفته، واستغلت الفرصة لترتيب هذه المكتبة الصغيرة، حيث تناثرت مجلداتها، فمنها ما تتداخل مع غيرها، أو توشك أن تقع من فوق الأرفف، أو موجودة على الأرض أو المقعد، تنتظر من يحملها إلى مكانها المخصوص. وإذ بمجلد ضخم حول الفلسفة المدرسية يقع بين يديها، فرأت أن ترتب أوراقه المنزوعة من مكانها، وفي أثناء مهمتها وجدت على الأرض بعض المجلات، وإذ بها مجلات إباحية، ووجدت بين أوراقها أشعارًا مكتوبة بخط غابرييل؛ مقطوعات غنائية عن الحب، بعضها متهتك، وبعضها فاحش، وقد وجَّهها إلى ثلاث نسوة، أسماؤهن هي مارتا ونوريًا وبيترث. وحارت في أمر هذه الكلمات، هل هي من الخير أم من الشر؟ هل هي بوح بحب حقيقي أم خيالي؟ ولماذا يضعها في طيات تلك المجلات

البذيئة الرخيصة؟ ووجدت بين طيات كتب أخرى قصصًا مصورة وروايات خيال علمي وروايات بوليسية وروايات عن الغرب الأمريكي. شعرت أورورا بالاشمئزاز حتى من نفسها، فأعادت كل شيء إلى الفوضى التي كان عليها، وخرجت بخطى مسرعة، كما لو كانت تهرب من ساحة جريمة.

بدا لها أن كتابة غابرييل للأشعار ما كانت إلا شذوذًا عن شخصيته وليست شيئًا منها. ومنذ ذلك الحين، قررت تجاهل الريبة والشك، وقبول الأمور على عواهنها، كما يرسلها القدر. وعلى الرغم منها، بدأت قطع الماضي السابحة في ذاكرتها تتجمع بعضها إلى بعض. وربما لهذا، لم يفاجئها كثيرًا هجره لأطروحته بعد علمه بمرض أليسيا، ليكرس كل وقته ونفسه لأوجاعه، بل إنه تجاهل أليسيا نفسها، فهو يرى أن الأمر ليس مصيبة لأليسيا بقدر ما هو مصيبة له، وهذا أعجزه عن التصرف أو فعل أي شيء. فقد أضحت مصيبته شاغلًا له عن مصيبتها، ففر من مصيبة إلى مصيبة، وبشكل ما أضحت تلك المصيبة وقاية له من التزاماته التي ألزم بها نفسه من أجل أطروحته. ولم يعد وقته يتحمل زيارة مشرفه، وقد حكى له أدق تفاصيل المصيبة التي حلت به، وكيف أنها تستغرقه الآن، وربما إلى الأبد، وأنه قد يتخلى عن أمر الأطروحة (فلم تعد الحياة تستحق العيش).

كانت أورورا في إجازة من العمل للتفرغ لرعاية أليسيا، وهكذا شعرت بأن إجازتها تسري على كثير من التزاماتها الأخرى البعيدة عن أليسيا. كانت أورورا تحمل أليسيا إلى المدرسة وتعود بها، وتراجع معلمتها، وطبيبها النفسي، ثم تحملها إلى الاستشاري، وتنتظر خروجها، وفي المنزل تتحدث معها وتلعب، وتساعدها في واجباتها، وفي التمرينات العلاجية، وتغني لها الأغاني، وتحكي لها الحكايات، وتظل معها في فراشها ليلًا حتى تنام. وكان غابرييل يعمل على تجهيز الطعام لثلاثتهم، وغسل الأواني، ويصطحبهما في

بعض الأحيان من المدرسة أو من الحديقة. أما باقي وقته فكان فيه مشغولًا بمصابه، منعزلًا، في صحبة واحد من فلاسفته، أو في صحبة الموسيقى. وفي هذه الحقبة من حياته، أصبح مولعًا بموسيقى شوبان الهادئة، يطلقها في سكون الليل ويهيم معها.

- هذه الموسيقى عزاء عن كل حزن، ومُر، ومصيبة، وخيبة أمل، تكتبها الأيام على جبيننا.

قالها ذات يوم وهو يدعوها ليستمعا إلى هذه الموسيقى معًا، لعلهما يجدان فيها عزاء أو سلوى لألمهما. وإن لم يركن إلى موسيقاه، فإنه يركن إلى فلاسفته القدماء، إذ لم تقع أقوالهم يومًا موقعًا من قلبه كما حدث في تلك الحقبة، ولم يجد في أقوالهم عزاء كالذي وجده حينذاك. وشعرت أورورا للحظات بأنه يقف على مسرح يؤدي مشهدًا عن ألمه. تمر الأيام الطوال وهو غارق في بحر صمته، مستغرق في نفسه، أو في غرفته، يلعب بهذه الكرة السخيفة، أو ربما يكتب تلك المقطوعات الشهوانية لمارتا ونوريًا وبيترث، حبيباته اللاتي قد لا يكنَّ محض خيال، أو يشاهد برنامجًا على التلفاز وهو مختبئ خلف كتاب، وربما ما في يده قصة رخيصة تختبئ خلف الكتاب ونظارات القراءة والقلم.

في إحدى الأمسيات، كان التلفاز يذيع فيلم حركة، فقال كلامًا لمرَّة واحدة مفاده أن المرء عليه أن يستكين لما تقره الطبيعة، وأن الوقوف في وجه الهلاك لا طائل منه، فقالت أورورا:

- الهلاك؟!

ثم قالتها بنبرة قوية متحدية:

- الهلاك؟! ما لك تذكُر الهلاك؟! أليسيا مصابة بمشكلة، هذا كل شيء، ويمكن أن تتحسن، وستتحسن، وسأحرص على هذا بنفسي.

أما هو فقد غرق في صمته لمدة طويلة، ثم شرع في الكلام فكأن صوته يأتي من قعر سحيق، صوت ضعيف متعب، يملأه الغضب المكبوت. لم يقل إن مرض أليسيا عضال لا شفاء منه، بل كان يتحدث عن مفاهيم تشمل الوجود الإنساني كله، وليس كأنه - ضمنًا - لا يهتم بصحة أليسيا، أو أنه استسلم لحكم القدر عليها بالهلاك، أو أن وجعه كان أقل من وجعها، وأنها أخطأت لا ريب. ثم بدأ صوته يرتفع ويشرح كيف أن النفوس تختلف في تلقيها للفواجع وفي مواجهتها. فرمقته أورورا بنظرة حادة، لم يواجه غابرييل مثلها قَطُّ، ونهضت من مكانها منطلقة إلى الغرفة الأخرى وتركت صراخه وشروحه.

وهكذا يبدأ البوار في السريان داخل عروق العلاقات. صمت يشي باتهام، ونظرات مستترة، وتجنب الأعين بعضها لبعض، وخطوات ثقيلة قوية تصرخ باتهامات أثقل منها، أو أشياء نصبُّ عليها جام وغيظ صدورنا، أو التعجب من كل شيء والبوح بالانزعاج من كل شيء. وكانت هذه هي الحقبة التي بدأ فيها غياب غابرييل عن المنزل يتزايد، يومًا بعد يوم، فأصبح يأكل في الخارج ويعود متأخرًا، وفي كل مرَّة يتأخر عن المرَّة التي سبقتها، ويعود بخطوات ثقيلة ويدين مرتعشتين وأنفاس أثقلها الخمر. وبنبرة شاكية متبرمة، حكى لها أن المعهد انقسم إلى طائفتين لا جامع بينهما، وأن الزملاء من الجانبين طلبوا منه، بل توسلوا إليه، أن يكون حكمًا بين الطائفتين، ليعيد الوئام إلى المكان، وأن هذا سبب غيابه عن المنزل. واستمعت أورورا إلى عذره ولم تشِ ملامحها بشيء. لطالما كان غابرييل مبغضًا لصراعات القوى في المعهد التي تكشف بوضوح عن مآسي الطبيعة البشرية. وتوقعت أورورا وقوعه في تناقض، كما لو كانت تقرأ ما في صدره. وقص عليها غابرييل كيف أنه حاول التملص من الأمر لكنهم أرغموه على أن يدخل في انتخابات اختيار المدير،

ليكون مديرًا مؤقتًا، حتى يعم السلام بين المتحاربين ويصلوا جميعًا إلى مدير يتوافقون عليه. قص عليها كل هذا بلغة بيروقراطية وصفية، أما أورورا فقد بدا عليها أنها لا تصدِّق أي شيء، ولم تعلم سبب ذلك، لكن وقر في قلبها أنه يكذب. وعادت مرَّة أخرى تفكر في مارتا ونوريًا وبيترث، وفي مقطوعات الغرام. لكن التعب كان قد تمكن منها، فلم تعد لديها طاقة لتركض لاهثة خلف هذا الحدس.

لم تكن أورورا تنوء بعبء أليسيا فحسب، بل لقد عادت إلى العمل في المدرسة بدوام جزئي، فكانت تعمل في الوقت الذي لا تكون فيه أليسيا معها. أما أكثر ما أهلكها وأتعبها، فكانت تلك الاتصالات التي لا تنتهي من سونيا وأندريا، وأمهما في بعض الأحيان، وكلٌّ منهن تُلقي على مسامعها أطنانًا من القصص، وتنقضي الساعات والساعات في تلك القصص والحكايات، وفي كلٍّ منها ألف تفصيلة سمعتها ألف مرَّة، وكأن قدرتهن على الحكي والرواية لا تعرف الكلل أو الملل، ولكلٍّ منهن رواية تضرب في رواية الأخرى، حتى ما بقيت تفصيلة واحدة إلا ولها ألف رواية، تنكر بعضها بعضًا، وتناقض بعضها بعضًا، ثم يأتي أوان تعليق كلٍّ منهن على تفاصيل رواية الأخرى، تعليقات معقدة طويلة كأنها الدهر، حتى أضحت أورورا كمن أُغلق عليه قفص كابوسي ليس للفرار منه سبيل.

وهكذا ما مرت ساعة من ساعات بقائها إلا واطلعت فيها على حبكة من حبكات حيواتهم. فعلمت أن أندريا بعدما أصبحت قادرة على الكسب، أقامت أحيانًا في بنسيون أو في شقة صغيرة، لكنها في أحيان أخرى كانت تعود لتعيش في منزل أمها على الرغم من كسبها. وأدركت أن أندريا تجمعها بأمها علاقة بغضاء أقرب إلى الحب. شعور معقد، منعها من العيش معها، وفي الوقت نفسه منعها من هجرها. لذا عاشتا معًا حقبًا طويلة، حتى أضحت علاقتهما لا تُطاق،

فهجرت أندريا منزل نشأتها وصفعت وراءها الباب صفعة بدت أنها الأخيرة. وقد قالت أندريا إنها كانت تعود إلى المنزل لتعتني بأمها، وحتى لا تعيش وحيدة بين جدرانه، لأنها تحب أمها بجنون ويسعدها أن تضحي من أجلها. أما أمها فحكت أن أندريا ما كانت تعود إلى المنزل لتعتني بها، بل لأنها هي التي كانت تحتاج إلى من يعتني بها، ولأن هذا كان على هواها، حيث تجد في المنزل الطعام والإقامة المجانية. وأن أندريا ما كانت تتزحزح عن الطاولة، وما كانت تقوم بأقل أعمال المنزل. وفوق كل هذا وقبله، لتعيد أندريا على أسماعها، حكايتها بأنها كانت سبب إخفاقاتها الموسيقية والدينية، وحكاية القِط الذي قتلته، ويوم هجرتها، ويوم فرت من المنزل في البرد القارس، وحكاية الخاتم، وأوراثيو، ويوم أرغمتها على تنظيف مؤخرات العجائز، ويوم أخرجتها من المدرسة، وكيف أحبَّت وفضَّلت سونيا عليها، وغابرييل قبلها وفوقها، وكيف ألقت بصورة الفاتح العظيم في القمامة، وتبرهن بهذه القصة على أنها ما أحبت زوجها قَطُّ، وكيف كانت هي، أندريا، الأقرب إلى قلب أبيها، وكيف كان لا يدعوها إلا بـ«أميرتي»، وذلك اليوم الذي اصطحبها فيه إلى حديقة الحيوانات ولا ثالث لهما، وكيف ركبا الجمل معًا، وكيف التقطا صورة للذكرى، وكيف أن هذا كان أمرًا يستحيل لها، لأمها، فعله، فما حملها يومًا جمل، ثم تنطلق ضاحكة ساخرة من مجرد تخيل أمها وهي على ظهر الجمل، وكيف أكلتها الغيرة منها، لأنه فعل هذا مع ابنتها المنبوذة منها، الابنة التي ما رغبت هي يومًا في ولادتها. ثم تنزل بضع درجات في مستودع مظالمها وملامتها: ماذا تقولين عن حسائكِ الذي يشبه مذاقه النعاج المشعرة؟ وماذا تقولين عن صورة الجمل التي مزقتِها بلا ريب؟ وماذا تقولين عن مشيتكِ الجامدة، وحقيبتكِ السوداء، وقراميش الخبز الطيبة التي ما كنتِ تقدمينها إلا لغابرييل، وتشاؤمكِ المقيم، وعجزكِ عن اللعب واللهو؟ فما كانت أمها تزيد على قولها:

- لا تحبين شيئًا في الدنيا كحبكِ لمعاناتي وألمي.

طوال سنوات، أمطرت أندريا أذنَي أورورا باعترافاتها، وشكاواها، وتبرُّمها الطويل من الماضي الذي كُتب عليه الخلود. ظلت تهيم على غير هدى، حتى حصلت على وظيفة في مكتب البريد، لكن إخفاقاتها في العشق والموسيقى صبغت حياتها بصبغتها، لكنها وجدت طريقة تنفِّس بها عن هذه الأوجاع، فاتخذت مذاهب وضعتها موضع العقائد، فأضحت تؤمن بتقديس البيئة وحماية الحيوانات ومذهب الطبيعة، ولم تنسَ أغاني الميتال والبانك روك، لتتخذ من كل هذا ملاذًا من أشباح وحدتها التي ما فتئت تعذبها ببقايا أحلامها المبتورة...

وسونيا؟ كانت أخبارها تأتي إلى أورورا مؤقتة بوقتها، حتى لو كانت أخبارًا تافهة. بعد طلاقها، عرضت عليها أمها العودة إلى محل الخردوات، ليس من أجلها، بل من أجل أثوثينا وإيفا، وقبلت سونيا العرض لحاجتها، وتحمَّلت لأشهر طوال، لوم أمها لها - في مجيئها وذهابها - على كونها دمرت مستقبلها، وأضاعت مستقبلًا مزدهرًا مع رجل طيب، مثقف، مهذب، مثل أوراثيو. وإذا لم تشغل لسانها باللوم، فإنها تشغله بالتوسل والمناشدة: «ما الضير في الاتصال به وطلب العفو منه والعودة إليه؟»، «أليس خيرًا لكِ أن تكوني إلى جانبه؟»، «ألا ترين حاجة ابنتيكِ إلى أبيهما؟»، «آه لو علمتِ ألم أوراثيو ومعاناته لفراقكِ ورغبته في عودتكِ إلى المنزل!». وكانت تُتبع مناشداتها بأسئلة ناقمة ناقدة مثل: «لستِ مغرمة بآخر، أليس كذلك؟»، «ألا تخبريني بعيب أوراثيو؟»، «أي خلاف هذا الذي نشب بينكما ولا يحله الحوار؟». وتدثرت سونيا برداء الصمت فلم تنزعه عنها. ومرت الأيام، وهي لا تجرؤ على أن تُطلِع أمها على سبب هجرها لأوراثيو، لكرامتها، ومن أجل البنتين، حتى لا يؤذيهما ما ستعرفانه عن والدهما. إلى أن جاء يوم نفِدت فيه

قوتها ولم تعد لديها طاقة لسماع كلام أمها، فصرخت في أثناء نوبة هستيرية بأنها تركته إلى الأبد.

- لا أنكر أن أمي ساعدتني كثيرًا في رعاية البنتين، وأن العمر الذي عاشتاه في منزلها يزيد على العمر الذي عاشتاه في منزلي، لكنني لم أعد أحتمل أمي، وكرهت نظرة الاتهام التي ما فتئت ترمقني بها في كل لحظة، وإيماءاتها وهي تذكِّرني بأخطائي، وجلستها كما لو أنها في غرفة انتظار لاستشارة، أو لقطار أمامه ساعات طوال حتى يصل، وشكواها طوال الوقت من ارتفاع الأسعار، والمصائب التي تكاد تحل بنا، وهمِّ العيش.

واستمرت حالها هكذا، حتى وجدت وظيفة في وكالة سفريات، حيث نفعها حبها للغة الإنجليزية واهتمامها بالسفر، في نهاية المطاف. وأخيرًا عرفت حياتها الهدوء والسكينة، وتركتها الأوهام وكذلك المخاوف. لكنها اعتادت القول: «حياة مقرفة»، فهي وإن كان كسبها يُمكِّنها من السفر والترحال الآن، فإنها فقدت الرغبة فيه، ولم يعد قلبها يهفو لرؤية أرض جديدة، ولم يعد عقلها يتوق إلى تعلُّم لغة أخرى. وكانت أورورا تُلقي لها سمعها ولا تزيد على تهدئتها من أثر انفعال، أو تشجيعها على أمر، أو إضافة بعض المرح لتُذهب مرارة حكاياتها. وامتلأت هذه الفترة بغراميات عابرة، فكانت تتصل بأورورا يوميًّا لتخبرها عن تفاصيل كل قصة، بل كل مشهد فيها، بل وبشائرها ونذرها، وما قاله الطرف الثاني، وكيف كانت قسمات وجهه، وكيف كان هندامه، وكيف أجابته هي، وما أحبت فيه، وما كرهت منه، وهكذا سنين عددًا. إلى أن جاء يوم قررت فيه سونيا أن تكتفي من أمر الحب، وأن تغلق بابه إلى الأبد. الحياة مقرفة، والحب مقرف، والأسرة مقرفة، حتى السفر مقرف. كانت ترى كل شيء مقرفًا. وعلى الرغم من ذلك، فما كفَّت عن

الاتصال يوميًّا بأورورا، للنظر في الماضي، وتأكيد حكاياتها عنه، لأن حياتها تسممت بأملاح الماضي فأصبحت بورًا قاحلة، وتلك السموم سموم زعاف معروفة، حتى الطفل الصغير يعرفها ويشير إليها بإصبعه. وهكذا كانت تحكي لأورورا، وأورورا تنصت في كل يوم، فتسمع الحكايات وهي تراقبِ شمس الصباح، أو هطول المطر، أو شمس القيلولة الحارقة، أو تفتُّح الأزهار، أو الريح وهي تحمل أوراق الخريف الميتة. لا يمل الناس من الحكايات أبدًا، حتى لو لم يجدوا ما يحكون عنه، وكأن ألسنتهم ما خُلقت إلا لهذا. فإن وقع جحيم على الأرض، رأيت الناس يحكون حكايته لقرون مديدة، وكأن الحكاية لعبة يلهون بها عشية وصباحًا، وهم يوغلون في حكاياتهم لعلها يومًا تفتح باب ملاذ مقفل من دون قصد، كأنها «كلمة السر» التي تفتح مغارة علي بابا، فتفتح لنا بابًا نجد فيه كنز المنطق والنور والحكمة الحقيقية من كل شيء حولنا...

تغيرت نبرة أحاديث سونيا وألوانها منذ نحو عام. فماذا حدث يا تُرى؟ عندما رأت أن حياتها قد انتهت بالوحدة وغياب الحب، بل والاستكانة إلى قدرها، وعندما أصبحت - كما تقول - وحيدة بنكهة أرملة، ظهر روبرتو فجأة في حياتها، وبه عاد الأمل إليها مرَّة أخرى.

- جاءني في وكالة السفريات باحثًا عن رحلة إلى كينيا. أنتِ تعلمين تلك الأحلام الأفريقية التي يحملها معظم الناس في نفوسهم. ووقع في قلبي عندما رأيته، وانتابتني مشاعر لم أشعر بها قَطُّ، وناديت نفسي في تلك اللحظة ذاتها: «آمنت بالحب ووجوده، الحب الذي تبشر به الأغاني الرومانسية، ليس اختلاقًا بل حقيقة واقعة، ولم أكتشف هذا إلا الآن بعد سنوات وسنوات. آمنت بسهام الحب التي لا تخطئ». وسرى في أوصالي ساعتها فرح عظيم، استغرقني،

واحتواني، فالحب جميل بلا شك، لكنه يكاد يكون أمرًا غيبيًا، فإما أن يُحيي روحكِ وإما أن يسحقها. ثم حدثت المعجزة، فوقع في قلبه ما وقع في قلبي. علمت لاحقًا أنه طبيب نفسي، مطلق، ولديه ابن. لكن في تلك اللحظات يا أورورا شعرت بأني أعلم عنه كثيرًا، وهو كذلك، أمورًا لا تكفي الحياة ولا الدهر لكتابة حكاياتها. حدثنا قلبانا: نعرف كل شيء. ولم نزِد في كلامنا على الكلام عن الأسعار والعروض، والضرائب، والفنادق، والرحلات مع المرشدين، والبعوض، والأمراض، وكذلك محمية ماساي مارا، وسيريتغيتي، ونغورونغورو، وكأننا نسمع زئير الأسود ووقع الحُمر الوحشية. وقد رد عليَّ حديثنا شغف طفولتي بالسفر، وكنت أحدثه وقد أشرق وجهي، لاحظت ذلك، وكان ينظر إليَّ نظرة السعادة بعينيه الزرقاوين وهو الطبيب النفسي الخبير. من كان يتوقع أننا سنجد رحلة العمر في وكالة سفريات من دون أن يحتاج أيٌّ منا إلى الخروج بحثًا عن الآخر. هذا ما شعرت به يا أورورا العزيزة، وأنتِ تعلمين أني لست رومانسية على الإطلاق، ولا أدري إن كان هذا الشعور قد زاركِ يومًا.

ولم تدرِ أورورا ماذا تقول، فقد ألجمتها الحيرة فعلًا، وها هي تتذكر تلك اللحظات الآن، وتهرب من أفكار نفسها، فلا ترغب في الغوص فيها، ولا ترغب حتى في أن تعرف إن كان غابرييل قد أحس بشيء كهذا معها، أو حتى مع مارتا أو نوريًا أو بيترث، في حقيقة أو حلم. ما درجة حقيقة الحب المتخيل التي يمكن للمرء أن يعيشها عَيشه للحب الحقيقي؟ وكيف هذا؟ وكيف يمكن أن تُختلق الغيرة اختلاقًا، في بعض أحيانها؟ لماذا إذن لا تكون المشاعر الأخرى مختلقة؟ «هل أفقد عقلي؟»، «هل كنت مريضة طوال عمري

من دون أن أعلم؟»، هكذا سألت نفسها. ثم أتت أليسيا على بالها، فاقشعرت من إحساس بالذنب كاد أن يخالط عظمها.

تذكرت أنها - مع بدء غياب غابرييل عن المنزل، بعذر تهدئة الأجواء في المعهد - راحت تفكر في مارتا ونوريًا وبيترث. هل هن حبيبات حقيقيات؟ ربما كُن زميلاته، أو ربما من تلميذاته. وتذكرت ليلة زفافهما في روما، وولع غابرييل الخفي باللذة المنفردة والمجلات الإباحية. واختلط شعورها بالذنب ناحيته، مع شعورها بالذنب تجاه أليسيا، لأنها عجزت عن إسعاد زوجها وتحقيق كفايته، ولعل لهذا السبب أثره الضار السام على من حولها، فقد تبخرت شخصية غابرييل المحببة، الحكيمة، الرزينة، التي عرفتها يوم التقيا.

ثم تعمقت في التأمل في حياتهما، وإذا بها تتحول ضد غابرييل، وخالطها غيظ منه غير معروف لها، غيظ تحوَّل إلى غل مكتوم، غل تعرفه وكانت تنظر إليه بشفقة وخِيفة، في سونيا وأندريا. واستغرقت في تخيل غابرييل وهو يداعب عشيقاته النضرات. هل أغواهن كما أغواها، بقدراته المنطقية نفسها، والبلاغة نفسها، وصورة الرجل المتزن الواثق نفسها؟ هل تلاعبت أصابعه بالقلم معهن كما فعل معها؟ وأخذت الريبة تتعاظم في صدرها، ثم استجلب عقلها براهين أخرى جعلت ريبتها تقوم مقام الحقيقة. ماذا عن لعبه بالكرة، ومقطوعات الغرام، وقوانين الطعام التي يريد أن يفرضها عليها؟ ونبتت الملامة في صدرها لبساطة الأحكام التي وصلت إليها، وهنا توقفت فجأة، وقد ملأها الذعر من نفسها. لعلها هي أيضًا تختلق ماضيًا لم يكن، وتختلق قصة قوامها الشك والريبة، والتفاهات والخيالات، مثل سونيا وأندريا. وعادت تسأل نفسها: هل نبتت بذرة الجنون التي في داخلها أم ماذا دهاها؟

ومنذ ذلك الحين، بدأت في جمع الإشارات والحجج التي تؤكد قولها أو التي تعارض حدسها وغريزتها. وهكذا انطلقت بلا خجل،

مدفوعة بالغيظ، وبمتعة تخطيها لحدود خصوصية الآخرين، لتبحث في أمتعة غابرييل، في أعماق خزائنه، وفي أدراجه، وفي ملابسه، وخلف كتبه، وفي كل مكان يمكن أن يخفي فيه شيئًا. فعثرت على صور يظهر فيها غابرييل مع أشخاص لا تعرفهم، وفي بعضها فتيات يقفن أو يظهرن بمظهر لم يعجبها. ووجدت علبة واقيات ذكرية فانتازية، ووجدت خصلة شعر، ووجدت تلك القطع التي يستعملها في إقامة ملعب الكرة على مكتبه، ووجدت في الدرج نفسه، أسفل كومة من الورق، لعبة راعي البقر البلاستيكية ولعبة العربة الحمراء. وكان غابرييل قد أخبرها أنه أقلع عن اللعب بهما في الخامسة أو السادسة من عمره، وأن مصيرهما قد آل إلى القمامة بلا شك لأنه لم يرَهما منذ زمن طويل، لكن ها هي تجدهما، كأنهما من المقتنيات الثمينة. وتذكرت أن سونيا وأندريا أخبرتاها أن غابرييل ما أقلع عن اللعب بهاتين اللعبتين حتى بلغ رشده، بل حتى بعدما تلبسته شخصية الفيلسوف، وأنه ما فتئ يستغل هذه الكذبة التي سمَّاها «سخيفة»، ليبرهن على حقدهما.

بالصبر والتأني في البحث، اكتشفت أورورا أن غابرييل لا يزال يلعب باللعبتين، وحارت في أمرها. هل تعفو عن هذا الحنين الذي يسحبه إلى الماضي، أم تستغل ما وجدت لتبرهن على ازدواجيته وأنه من ذوي الوجهين، وتؤكد زيفه وزيف حياته؟ وفي هذه الأثناء، تخلى غابرييل - كعادته - عن سعيه ليشغل منصب مدير المعهد، وكان يقول الحقيقة هذه المرَّة. وهكذا ترك الصمت يجرفه لفترة، بلا أوهام لا تلبث أن تتبخر ومن دون أن يفعل أي أمر نافع.

أما أعظم اكتشاف، فكان بعد سنوات على يد أليسيا. كانت أليسيا تلعب في إحدى الأمسيات على الأرض فلاحظت أورورا شيئًا عجيبًا بين يديها،

كأنه من عالم آخر، وقد جذب هذا الشيء انتباه أليسيا بالكامل، فراحت تحدق إليه وتقلبه بين كفيها، لعلها تجد استخدامًا له أو تفهم ماهيته. جثت أورورا على ركبتيها لتشاركها لعبتها، وإذ باللعبة خاتم، خاتم عتيق، ثقيل، وفصه حجر كريم قرمزي. فسألتها من أين جاءت به، فمدت أليسيا ذراعها لتشير إلى مكان في المنزل. هل وجدتِه في غرفة بابا؟ فقالت أليسيا نعم، وأومأت برأسها.

أول ما خطر في بال أورورا حينذاك أن تجمع لعبة راعي البقر البلاستيكية ولعبة العربة الحمراء والواقيات ومقطوعات الغرام والخاتم بين يديها، وتلقيها بين يدَي غابرييل من دون أن تتفوه بكلمة، وتواجهه وجهًا لوجه، لينطق بين يدَي هذه الأدلة العجماء التي لا ترد، ويحكي قصة الماضي المظلم. لكنها أزاحت هذه الفكرة عن رأسها، فقد بدت لها عقابًا شديدًا على سرقة حدثت منذ زمن بعيد، وكان السارق طفلًا صغيرًا! وحار عقلها في أمر الخاتم، ماذا تفعل به؟ فكانت أول فكرة خطرت لها أن تلقيه بعيدًا أو تعطيه لشحاذ، لكنها أرادت أيضًا ألا ينجو بفعلته من دون عقاب، فاختارت حلًّا وسطًا، حيث ألقت الخاتم - عشوائيًّا - في ركن من أركان غرفة غابرييل.

«لا أدري إن كنتُ فعلت الصواب»، هكذا فكرت وهي تنظر بأسى إلى رسومات الأطفال الكرنفالية، وخيالاتهم التي رسموها على الورق بالخطوط والألوان. لعله من الخير أن تخرج جثث الغرقى من بحورها، هكذا نبكي عليها مرَّة ثم ندفنها وتنطفئ نارها في صدورنا. منذ ظهر الخاتم، وقعت أورورا في شباك تلك القصة العائلية، وكلما أرادت التأمل فيها اكتشفت أنها أضحت مجرد شخصية أخرى من شخصيات حبكتها. في أثناء رعايتها لأليسيا، وفي أثناء شرح الدروس لتلاميذها، وفي أثناء قيامها على شؤون المنزل، وفي أثناء إنصاتها إلى سونيا وأندريا، وأحيانًا إلى أمهما، ما فتئت أورورا تقلب في عقلها

يمينًا ويسارًا، كمغزل دوَّار، صور لعبة راعي البقر والعربة الحمراء، والخاتم، ومارتا ونوريًّا وبيترث، والكرة الخشبية، وخصلة الشعر، ومقطوعات الغرام، والقصص المصورة، وليلتهما في روما، وأمورًا أخرى سخيفة أو غير مؤذية أصبحت تشغل حياتها، وكأن تلك التوافه أضحت فتوات أقوياء مكرمين لهم القرار الذي لا يُرد في منحها السعادة أو منعها إياها.

وربما كان هؤلاء الفتوات الأشاوس يحكمون حياة غابرييل وهي لا تعلم، فيوم العثور على الخاتم برزت تلك التوافه بروزًا يبز كلامه عن أفلاطون وكانط. عاد في يوم بعده ثملًا، يملأه الشعور بالذنب والندم، ووقف أمام أورورا يحدثها بكلمات مفككة ليس بينها رابط، لكنها كانت صادقة مؤثرة، في ظاهرها على الأقل، حتى جثا على ركبتيه فجأة، ومرغ كرامته في التراب أمامها، إجلالًا وتكفيرًا عن ذنوبه، وراح يتحدث عن خوفه من نفسه، ويتوسل إليها أن تسامحه، وأن تمنحه فرصة أخرى ليكون رجلًا حكيمًا، واستحضر مستقبلًا زالت عنه آمال زمنهم القديم قبل الزواج، لكنه وعدها بالرعاية، والحنان، والحماية، وقد تداخلت أمامه أوهام غريبة عن مسلحين ورحلات سفاري ومزارع محترقة، وإطارات صاخبة تجري نحو الهاوية في سباق مجنون، وأهداف أسطورية، ومسدس دوار من عيار 38 مخبأ في حافظة كتف... كان ضائعًا وبحالة مزرية، لكن ادعاءاته لم تخلُ من حقيقة. وهكذا أنصتت أورورا مرَّة أخرى إلى حكاياته الجديدة الغريبة، وقبلت بها، وأراحت نفسها بها. وهكذا عاد الوئام بينهما، وعادت أمسياتهما الهادئة في القراءة، ومشاهدة التلفاز، والرتابة، التي إن لم تقتلك فستحمل عنك عبء يومك حتى يمر بسلام.

وهكذا مرت أيامهما، يقطعان طريقًا سهلًا مستويًا خاليًا من المخاطر والآمال، حتى جاء غابرييل يومًا (وقد حفزته رغبته في التطهر والوئام! ليس أمام أورورا فقط، لكن أمامهم جميعًا) بخبر رغبته في إقامة حفل لأمه

لإتمامها عامها الثمانين، ليجتمعوا جميعًا ويتصالحوا إلى الأبد، ويقضوا على تلك التفاهات والصغائر التي ما فتئت تمزق شملهم قضاءً تامًّا.

«لعل أمه على حق»، هذا ما دار في بال أورورا وهي تستمع إليه، وقد ناداها خاطر بعيد، جذبه صخب الحفل، بأن المصائب موقوتة بوقت لا تحيد عنه، لتُهلك من كُتبت عليه.

15

قالت سونيا:
- آه يا أورورا العزيزة، انتهى بي الأمر بمقاطعة الجميع!

سألتها أورورا:
- الجميع؟
- الجميع، أندريا، وروبرتو، ولا أدري إن كانت ستنتهي بي الحال بمقاطعة غابرييل لإقامته هذا الحفل الملعون. قاطعت الجميع ولم يبقَ أحد. أكرههم جميعًا. ولا أريد أن يأتي خبر بخير أو شر من أيٍّ منهم.

ردت عليها أورورا باندهاش:
- حتى روبرتو؟!
- حتى روبرتو. لقد كان أمرًا كريهًا. منذ كذبت عليه بشأن أوراثيو وعيد ميلاد أمي، واكتشف كذبتي، لم تعد الأمور بيننا كما كانت. فقد ثقته بي، وفقدت ثقتي بنفسي، ولم نعد نسترسل في حديثنا بعفويتنا المعهودة. خشيت أن أسقط في الوحل، وعندما بدأ في سؤالي عن أوراثيو، وعن أسرتي، وعن ماضيَّ، لم أطِق الكذب عليه، وما استطعت كشف جميع الحقائق بوضوح، فكشفت بعضها وأمسكت عن بعضها، وهذا ما زاد الطين بلة، فقد اكتشف روبرتو تناقض أقوالي، ولم يُجبني بشيء، لكن طريقته في الاستماع إليَّ وصمته المطبق أفصحا عن كل شيء. فقد إيمانه بي، وانكسر بيننا شيء لا يمكن إصلاحه. ثم لم يعد يهتم بأي شيء أقوله أو أفعله.

وما أحسست إلا أن قدريَّة أمي وقولها إن المكتوب على الجبين ستبصره العين لا محالة استحكمت في نفسي. وقبل أن تأتي المصيبة، سبقتها وتخليت عن كل شيء.

- قطعتما علاقتكما هكذا بلا تردد؟

- يمكنكِ أن تقولي إننا قطعنا علاقتنا من دون أن نقطعها. قال لي روبرتو: «انظري يا سونيا، أظن أننا بحاجة إلى ترتيب حياتنا، دعينا نأخذ وقتًا للتفكير». ولم يزد على هذا. وعندما يقول الرجل هذا فأنتِ تعلمين ما يرغب في قوله فعلًا. ومنذ ساعتها لم يتصل أحدنا بالآخر، ولم نتبادل حتى رسالة واحدة على الواتساب.

- قلبي معكِ يا سونيا، لا أدري ماذا أقول لكِ.

- ليس عليكِ أن تقولي شيئًا، وكذلك... لا أعلم، كل شيء غريب. سنرى. إني مدمرة، لكني أظن أن الحقيقة شدت عضدي هذه المرَّة، أو خففت من روعي على الأقل. في اليوم التالي اتخذت قرارًا بأداء طقس تدميري تطهيري، فأخبرت أندريا بكل شيء، كما تعلمين. أخبرتها بكل شيء عن أوراثيو. ثم قصدت بيت أمي، وهناك، وجهًا لوجه، أخبرتها بكل شيء. أخرجت من عروقي كل السم الذي ما كف عن إيذائي منذ كنت أخفي الدُّمى حتى لا تأخذها مني، وبُحت لها بأمر إخراجي من المدرسة، وكيف قتلت الطفلة بداخلي وألبستني فستان الزفاف. وعندما انتهيت وخرجت من بيت أمي، أتدرين ماذا فعلتُ؟ ذهبت إلى روبرتو، وقصصت عليه الحقيقة أو معظمها. أتدرين ماذا جرى؟ لم يهتم بأي شيء قلته. الحب شعلة، وقد انطفأت الشعلة بيننا. وهأنا أتصل بكِ لأنكِ الوحيدة التي ما زالت تفهمني، والوحيدة التي لم أقص عليها قصتي بعد.

أغلقت أورورا عينيها، وابتلعت ما استطاعت من الهواء حولها. كرهت أورورا سماع هذه القصة، وتخيلت الصمت ملاذًا منيعًا آمنًا لا تصل إليه الكلمات، لكن صمتها كان بلا فائدة، فقد شرعت سونيا في روايتها، وأنصتت أورورا إلى هذا الصوت، صوت من الأصوات المتوسلة التي ما فتئت تصب قصصها على مسامعها منذ زمن طويل.

- ... لأنه أخبرني بعد خطوبتنا: «عندما نتزوج، ستظل براءتنا مقدسة، كما لو كنا نعيش في الفردوس الأرضي، الفردوس الذي لم تشُبه خطيئة». كنت في الرابعة عشرة حينذاك، وكانت طفولتي حية في روحي، ولم أعرف ما قصده أوراثيو بمقالته، لكني عرفت بعد زواجنا. يوم زفافنا أعطاني دورة مكثفة في البراءة، بعدها أصبحت حياتي والعدم سواءً.
- أين سافرتما في شهر العسل؟
- لم نسافر إلى أي مكان. كنت آمل أن يحملني إلى مكان جميل لقضاء شهر العسل، إلى الكاريبي أو الهند، لأفرح بزواجي منه على الأقل، لكنه قال لي: «السفر بالخيال أجمل بكثير من السفر في الحقيقة، هكذا يسافر الأطفال. هنا في بيتنا، لدينا كل ما يُسعدنا، ولا نحتاج إلى شيء آخر. بيتنا جنتنا. واعلمي أن اللصوص متربصون دائمًا، ويعلمون كل صغيرة وكبيرة، وإن رأونا خارجين بحقائبنا فسيدخلون منزلنا ويسرقون كنوزنا». لم نسافر قَطُّ، هل تصدقين؟ قَطُّ. ولا حتى داخل إسبانيا. بل لم نخرج من مدريد. بل إني لم أرَ البحر إلا بعد طلاقي. وهكذا قضينا ليلة زفافنا في المنزل، وكل ليلة بعدها. أنتِ ذهبت إلى روما ليلة زفافكِ، أليس كذلك؟
- بلى.

- يا لكِ من محظوظة! أما نحن فلم نسافر. ذهبنا إلى المنزل في ليلة الزفاف، تلك الشقة الفسيحة المظلمة، وعندما دلفنا إليها قال لي أوراثيو: «سنستحم أولًا، أو بالأحرى سأحممكِ بيدَي. اتفقنا؟ مثلما كان أبوكِ يحممكِ وأنتِ طفلة». ورفضت بالطبع، وأخبرته أني في الخامسة عشرة من عمري، وأني أستحم بنفسي، من دون أن أستعين بأحد. فرد بلهجة حازمة: «لقد أصبحتُ زوجكِ الآن». «لا أهتم». «إذن سأحملكِ بالقوة، كما نفعل بالفتيات المشاكسات»، ثم ضحك، وحاول حملي بالقوة. «انظروا إلى هذه الفتاة المشاكسة التي ترفض الاستحمام!»، قالها وكررها وحاول سحب يدي ناحيته. كنت أرتدي فستان الفرح، وكان يرتدي بدلة العُرس، وكلما حاول سحبي إليه قاومت ووقفت خلف باب الحمَّام وهو يتوسل إليَّ: «دعيني على الأقل أفرك جسمكِ بالصابون، فقط بالصابون»، وأحيانًا يصدر صوتًا كصوت الغول: «إن لم تفتحي لي فسأكسر الباب، وسآكل لحمكِ». قالها هزلًا، لكن الخوف خالطني منه. أما أعظم مخاوفي فكان الذي سيحدث لي في تلك الليلة. كان هذا هو الرعب الذي نهش صدري يومها. بعد قليل غادر موضعه، ولم أعد أسمع صوته، وما سمعت إلا صوت الصمت المظلم لهذا المنزل الفسيح. تأخرت في الاستحمام، وعندما فتحت الباب وجدت علبة عليها أربطة الهدايا اللامعة، وعليها ملصق «لطفلتي المشاكسة»، وبداخل العلبة وجدت بيجامات ملونة عليها رسومات طفولية. كانت سخيفة، واستحييت وأنا أضعها على جسمي. وفي ذلك الوقت تساءلت: «رباه، ماذا يحدث؟ ماذا يحدث لي؟». ولو كان أمري بيدي يومها فأقسم إني كنت سأفر من هناك، أو كنت سأقتل نفسي، أو سأُنزل بنفسي أي مصيبة أخرى.

قالت أورورا:

- أفهمكِ. أعلم أنها كانت أيامًا عصيبة عليكِ. وكذلك كنتِ غضة ليس لكِ خبرة بالحياة.
- لا بالحياة ولا بغيرها. وما كان لي علم بما يفعله الرجال والنساء. كنت فقط أظن ظنًّا مبهمًا. عندما أخبرني أوراثيو أيام خطوبتنا بأننا سننجب طفلين، بدا لي الأمر عويصًا، غير حقيقي، وكأن لا ناقة لي فيه ولا جمل. أعلمتِ كيف كنتُ في تلك الليلة؟ كنت أمشي في ردهة طويلة مظلمة، وعليَّ بيجامتي، وأنا أدعو الله أن يحميني، وألا يصيبني سوء. كانت غرفة المعيشة تغرق أيضًا في الظلام، إلا من أشعة النور التي تأتي من شراعة باب غرفة النوم. «أهذه أنتِ؟»، هكذا جاءني صوت أوراثيو. فأجبت بصوت واهن: «نعم»، وأنا أقف في الظلام لا أدري ماذا أفعل. «تعالي إليَّ يا فتاة، دعينا نلعب». فدخلت الغرفة، وإذ بأوراثيو مستلقٍ على السرير، يرتدي بيجامة تشبه بيجامتي، ويضع على السرير طاولة لعبة الإوزة التي كنت أحبها أكثر من لعبة السلم والثعبان، وكان ينتظر مجيئي لنبدأ اللعب.
- لا تقولي لي إنكما قضيتما ليلتكما تلعبان لعبة الإوزة!
- لأكثر من ساعة، كلٌّ منا يمسك بكوبه ويهز فيه النرد، وسقط النرد مرتين خارج اللوح، واختفى بين طيات الفراش، فأخبرني أوراثيو: «خسرتِ الدور لأنكِ لا تتقنين اللعب». وكان بين الحين والآخر يرفع كوبه في الهواء وهو يهز النرد، ويقول لي: «تعلمين أنكِ زوجتي الآن، وأني زوجكِ، أليس كذلك؟»، فأقول بلى. «حسنًا، تعلمين أن لنا الحق الآن في فعل كل ما نحب، أتفهمين؟»، فأقول

نعم. ونواصل اللعب. وبعد حين قال لي: «تعلمين أنكِ الآن لي، وأنا لكِ. لا تنسي هذا». وأشار بسبابته إلى رأسي: «فكري في هذا وافهمي معناه». ثم واصلنا اللعب. «صغيرتي، هل غسلتِ أسنانكِ؟»، فقلت نعم. فقال لي: «أحسنتِ. هكذا أحبكِ. افعلي هذا ثلاث مرات على الأقل في اليوم». وبعد حين سحب صينية كبيرة من أسفل السرير وقال لي: «هيا إلى العشاء». وعلى الصينية وجدت كل أنواع الحلوى وحبوب الهلام والشوكولاتة والفول المملح والفستق، وكل شيء. «أرأيتِ؟ لسنا سوى طفلين بريئين، لكن لا أحد يستطيع توبيخنا الآن، أليس هذا جميلًا؟ أصبحنا الآن نتمتع بالبساطة والحرية». واستمر في اللعب وتناول الطعام. ولاحقًا سألني: «هل ستكونين طفلة طيبة مطيعة؟»، فخرجت مني إيماءة غامضة حركت شفتَي وكتفَي بها. كان الأمر كله غريبًا! ولم تكن لديَّ رغبة إلا في النوم، وأن أكون في أي مكان آخر، وأن أستيقظ من هذا الحلم، وأن أعود مرَّة أخرى إلى مدرستي ودفاتري وكتبي. وأظن أني تثاءبت كثيرًا، فقد سألني أوراثيو إن كان النعاس قد بدأ يُثقل رأسي، فأجبته: «جدًّا»، فقال: «حسنًا، لنخلد إلى النوم». وأغلق الأنوار، وغصنا أسفل أغطيتنا، وبدأ في مداعبتي مداعبة لطيفة، على شعري، وعنقي، وظهري، وهو يهدهدني، كما نهدهد الأطفال لتنام، من دون كلام، وقد استرخيت لتلك الهدهدة والمداعبة اللطيفة، فداهمني النعاس أكثر من ذي قبل، فقد أتعبني صخب الزفاف وكان الوقت متأخرًا، وكل ما أتذكره قبل أن أسقط في النوم كخشبة بلا حراك، أنه أسر إليَّ في أذني: «سأطعمكِ بعض القشدة».

- لم أكن أعلم أن أوراثيو رجل استثنائي هكذا.
- وصف «استثنائي» قليل عليه، لكنْ فيه شيء غامض، شيء فظيع، شيء خطر، أو منحرف، لا يدري المرء وصفه لكن يعلمه إن عاشه، يختفي تحت مظهره اللطيف الأبوي. ولا عجب أنه خدع أمي حينذاك، بل خدع الجميع لزمن طويل. اكتشفت في الليلة الأولى لي معه أي الرجال هو. ظننت في أول الأمر أنني في خضم كابوس ثقيل، حتى أيقظني الألم، ألم لا يُحتمل، صرخت منه، ليس من شدته فحسب، بل لأني لم أدرِ ماذا يحدث لي، فقد كنت مقيدة، لا أستطيع فكاكًا ولا حراكًا. كان كابوسًا، لكنه كابوس على أرض الواقع. كان أوراثيو عاريًا، وقد خلع عني ملابسي. كان وجهي إلى أسفل، وهو فوقي، يدفع ويلهث، بخوار يشبه خوار البهائم المحصورة. حاولت الفكاك، فما وجدت إلى ذلك سبيلًا. ولم أستطع حتى الحركة مقدار إصبع. فقد حبسني ثقله فوقي، وكان قد أحكم إمساك ساقَي. إن رأيتِه تجديه رجلًا بجسم ضعيف، وعلى الرغم من جسمه الضعيف فقد أناخ عليَّ بكُله وكلكله، فما استطعت الهروب من هذا الألم الرهيب الذي داهمني، ومن هذا الإحساس المخيف بالاختناق، وكان وجهي غارقًا في وسادة، وما كنت أستطيع التنفس. وكلما حاولت الفكاك، شد عليَّ وثاقي بجسمه. فاستسلمت ولم أتحرك، ثم انفجرت في البكاء. لم أشعر في حياتي ببؤس كبؤس يومذاك. «لماذا تبكين يا صغيرتي؟»، هكذا قال لي من دون أن يكف عن الحركة فوقي. «بكاؤكِ من الألم، أم من الفرح، أم من كليهما؟». وبدا لي أن بكائي أثاره فوق إثارته.

- رباه! ما تحكينه فظيع يا سونيا! كأنكِ تقولين لي إنه اغتصبكِ اغتصابًا!

- جثم فوقي طوال الليل، واستمر بلا توقف. لم أدرِ أحق هو أم حلم. كنت أبكي حينًا وأنام حينًا. استيقظت مرَّة وكنت كمن يغرق، وجدته قد وضع شيئًا في فمي وكنت أختنق به كأني أغرق. سامحيني يا أورورا العزيزة لأني أحكي لكِ هذه التفاصيل، لكن هكذا كان الأمر. لم يسبق لي في حياتي أن رأيت هذا الشيء، إلا لدى غابرييل في صغره وأنا أحممه. ولم أرَ حتى ذاك اليوم ذلك الجزء من الرجل منتصبًا. ولم أدرِ ما كان. وقد أضاء أوراثيو مصباحًا على جانب السرير لأنظر إلى هذا الشيء ثم وضعه فوق وجهي. «انظري يا صغيرتي، انظري، يجب أن تحبي هذا! انظري إلى هذه اللعبة الرائعة التي جلبتها لكِ». ونظرت إلى هذا الشيء، فإذا به ضخم، وضخامته غير معقولة، بل أكثر من هذا أنه بدا لي كما لو أنه مشوه، وليس بشريًّا، كما لو كان سنامًا، أو رأس فيل، لا أدري. فقد كان شيئًا ضخمًا بحق. ليس لأني رأيت غيره فأقارنه به، لكن ذلك الشيء كان شاذًّا وغير طبيعي. وكان أوراثيو يمسك وجهي بإحدى يديه ليثبته، ويضع بالأخرى ذلك الشيء في داخلي، عميقًا إلى الداخل، حتى إني تقيأت كل شيء أكلته في ذلك اليوم، وأحمد الله أني لم أغرق في قيئي يومها...

قالت أورورا بتوسل:

- يكفي هذا يا سونيا! أرجو ألا تُكملي القصة!
- على العكس، أريد أن أحكيها كلها، بل أحتاج إلى أن أحكيها.
- هل هذا ما قصصتِه على مسامع أمكِ وأندريا؟

- مع زيادة أو نقصان. وقصصت لأمي تفاصيل أكثر.
- وماذا قالت؟
- استمعت إليَّ، ووجهها خالٍ من التعبير كالعادة، وذقنها إلى أعلى، وشفتاها الرفيعتان معقودتان، وهي تشيح عني بوجهها. أخبرتها لتعلم أنه لم يغتصبني في تلك الليلة فحسب، بل لثلاث سنوات بعدها. فالحقيقة يجب أن تُعلم وتسود، لأن الحقائق المكبوتة تُسمم الروح.
- وأندريا؟
- لا شيء، قالت إني أكذب، وإن مشكلتي تكمن في اشمئزازي من الرجال. تعيش أندريا في عالمها الخاص، وهي ملكة هذا العالم، وفي هذا العالم ليس ثمة أحد إلا هي وأوراثيو.

قالت أورورا:

- أسوأ ما في الأمر أن كوابيسنا القديمة تظل كوابيس لن نستطيع يومًا الاستيقاظ منها.
- صدقتِ. كأن الحياة أصبحت نهرًا واحدًا لا أول له ولا آخر، ليس فيها محطات أو راحة. كأن كل شيء يجري سرمديًّا. هذه كانت حياتي على الأقل. والمحطة الوحيدة الخارجة عن الحياة هي الموت.

وسقطنا في بحر صمت طويل.

- ألا زلتِ هنا يا أورورا؟
- بلى...
- أأنتِ بخير؟
- نعم، بخير...

- متأكدة؟
- متعبة قليلًا. هذا كل شيء.
- لا عجب. الحياة مقرفة. إن أردتِ فسأكف عن الحكي، ونترك هذه الحكاية لوقت آخر.
- لا، لا، تابعي، فالبوح سيريح قلبكِ.
- كأن مُقامي في حياتي قد انتهى، ولم يبقَ لي فيها إلا الحكاية. ظهر كل شيء في ليلة الزفاف، وكل ما خلا ذلك كان مجرد تجليات من تلك الليلة المروعة. وفي اليوم التالي، وقبل أن يذهب أوراثيو إلى محل الألعاب، جلس للتحدث معي، كما لو أن شيئًا لم يحدث، وكان حديثه مهذبًا، حانيًا، كان كمثل السيد هايد الذي يَخرجُ من الدكتور جيكل. حدثني مرَّة أخرى عن البراءة، وعن الفردوس الأرضي، وأننا كنا كالأطفال، أحرارًا وبلا خطيئة، وأن الفرح سيزورنا بلا رحيل. أتدرين ماذا قال؟ قال لو أن البراءة سادت في العالم، لأضحى كل شيء مشروعًا. ثم استعد للذهاب إلى المحل، وقبل أن يذهب قال لي: «أحسني التصرف، واعتني بالمنزل، لا سيما الألعاب والقصص المصورة، فإني أعلم أن فيكِ حماقة، وإن لعبتِ بها أو قرأتِها فافعلي ذلك بعناية شديدة حتى لا تمزقيها أو تبقِّعيها أو تلطخيها، فكلها فريدة من نوعها ولا بديل لها».
وعندما ذهب، لم أدرِ ما أفعل، هل أنفجر في البكاء، أم أفر من هناك إلى الأبد، أم أذهب إلى أمي وأشكو لها مواجعي؟ لم أرغب في قضاء ليلة أخرى كالتي مضت حتى لو دفعت عمري. وفكرت أن أخرج للسير قليلًا وأنظر في أمري. وكان أول ما فعلته بعدما ارتديت ملابسي أن بحثت عن بعض المال، ولم أجد أي مال

في أي مكان في المنزل، ولا فلسًا واحدًا. أما الأسوأ فقد اكتشفته وأنا أفتح الباب، حيث كان موصدًا ولا سبيل لفتحه. كان على الباب ألف قفل، فقد كان أوراثيو يخشى اللصوص، وكلها مغلقة، ولم أجد مفاتيحها في أي مكان. شعرت بالهلاك، ولم يبقَ لي إلا أن أنخرط في البكاء. «ما الذي يجري لي؟ ما الذي يجري لي؟»، هكذا سألت نفسي، وأنا أسير على غير هدى في المنزل الفسيح. ثم دار في بالي أن أسهل حل هو أن أتصل بأوراثيو وأسأله عن المفاتيح والمال. «لماذا تريدين مالًا؟»، هكذا سألني. «لا شيء، حتى لا أخرج إلى الشارع بلا مال». «وإلى أين ستذهبين؟»، «سأمشي قليلًا». وإذ به يضحك ضحكة مجلجلة من أعماق قلبه ويقول: «وكيف ستخرجين يا صغيرتي وأنتِ حبيسة؟»، «حبيسة؟ كيف؟!»، «كما نحبس الإوزة في القفص، أو كما تسقط الإوزة في الحفرة. لقد أصبحتِ سجينة، وليس لكِ أن تخرجي. هذه قوانين اللعبة». أواه يا أورورا العزيزة! كنت وقتها طفلة، جاهلة، شعرت بأنني لا حول لي ولا قوة، عزلاء، ولم أدرِ ماذا أقول. ثم قال لي أوراثيو: «ستنالين حريتكِ قريبًا». وعند الساعة الثانية عشرة صباحًا، سمعت صخب فتح الأقفال، ثم صوته وهو يقلد الغول، كأنه هو، وهو يناديني من ردهة المنزل: «أشم رائحة لحم طازج! أين تلك الصغيرة التي سآكل لحمها نيئًا؟». وقد كان يأكلني، كما تفعل الديكة بالدجاجات. كنت في المطبخ، أبحث عن شيء آكله، فوجدت كثيرًا وكثيرًا من القوارير، ومئات المعلبات، وكثيرًا من الشوكولاتة، وحلويات من جميع الأصناف، وكثيرًا من الآيس كريم، وكثيرًا وكثيرًا من الحلوى... وهناك بالضبط شل حركتي

وضاجعني. رفعني على أطراف قدمَي وخلفي الثلاجة، كثور هائج له خوار وشخير، وانطلق في الوقت نفسه صوت الثلاجة، وكأنها تُكمل هذا المشهد الدرامي!

قالت أورورا:

- لم أتصوَّر قَطُّ أن أوراثيو كان... لا أدري، مريضًا نفسيًّا.

- مريض نفسي، ومنحرف. قضيت معه ثلاث سنوات من العذاب. كان يضاجعني في كل ساعة وكل حين وفي أي مكان، ولا يكتفي ولا يشبع أبدًا، سواءً كان بخير أو بشر. وما كانت تمر عليَّ ليلة إلا وأستيقظ فيها من نومي لأنه اعتلاني وحجزني بين رجليه. كل هذا ولم يتخلَّ يومًا عن صوته المعسول وكلامه عن الفردوس والبراءة. أتذكَّر يومًا عاد فيه إلى المنزل حاملًا لعبة كانت جديدة في السوق، رشاشًا يُصدِر صوت تاتاتاتا ويضيء بأنوار عندما تضغطين على زناده، وتسلل به إلى المنزل من دون أن يُصدِر صوتًا، وكان يرتدي قناع وجه رامبو، فملأني الرعب منه حتى الموت. «سأقتلكِ!»، هكذا صاح، وانطلق يركض خلفي في كل أرجاء المنزل. وما زال يصرخ: «الموت! الحرب! الموت!»، حتى ألجأني إلى ركن في المنزل، ووقف هناك يصرخ: «لقد متِّ، متِّ!»، من دون أن ينزع عنه قناعه، ومن دون أن يكف عن الصياح بالموت والحرب، ومن دون أن يكف عن الضرب بهذا الرشاش اللعبة، ثم اغتصبني بعدها لمرات لا أحصيها. وإن قاومته تشتد فظاعة الأمر، إذ كان يقسو أكثر، بل يشجعني صارخًا: «دافعي عن نفسكِ يا صغيرتي، دافعي عن نفسكِ، هذه هي الحرب!». وعلى ذكر الحروب والمصائب، أتذكَّره وهو يقول: «لنشاهد

الأخبار، لنرَ ما يحدث في العالم»، وما كان ينتظرنا سوى مشاهدة الكوارث، والقتل، والاختطاف، والحروب، وحوادث السيارات، فقد كانت تلك الأمور تثيره. وأتذكَّر مضاجعته لي وجهاز التحكم في التلفاز في يده، يقلب بين الصور، أو يكبرها، أو يقلب بين القنوات. وكان يحب كذلك تلبُّس الشخصيات الأخرى، فقال لي ذات مرَّة: «تخيلي أنكِ عشيقتي»! أو أني أمي، أو أختي، أو أني راهبة أشفيه من جراحه، أو كأني مت ونحن في العزاء، أو أنه ليس زوجي بل عشيقي، أو أنه شخص أحبه، أو قد أحبه، وأخون زوجي، أوراثيو، معه! ولا يزال يثقل عليَّ بطلباته حتى يجد شخصية مناسبة لخيالاته...

- كان عليكِ الهروب منه يا سونيا، ورفض العيش معه. كان عليكِ اللجوء إلى الشرطة.

- صدقتِ يا أورورا، ولم أعلم هذا إلا بعد ذلك، فقد كنت جاهلة حينها، وكنت أظن أن خصوصيات الأزواج لا تزيد على هذا ولا تقل. وكنت أخاف خوفًا شديدًا من أوراثيو، وأشعر برعب حقيقي. وكان أحيانًا ينظر إليَّ... نظرة ثابتة كالتي ينظر بها مجرمو العصابات، لوقت طويل، ثم يقول لي شيئًا مثل: «هل لديكِ ما تحكينه لي؟»، فلو أجبته بـ«لا»، كانت إجابتي تُسمم الأجواء بيننا بالشك والريبة كأني كاذبة. وأحيانًا كان يقول فجأة وبلا سبب: «انتبهي لما تفعلين»، أو «لا تحاولي ارتكاب حماقة». يبدو الأمر للسامع كذبة، لكني عشت خوف السقوط في الخطأ، حياة مليئة بالأخطاء المتخيلة. أتذكر يومًا جرَّدني من ملابسي وأنا على السرير، وأطال النظر إلى جسدي العاري، ثم قال: «المرأة العارية

مثل حيلة سحرية مكشوفة معروفة»، ثم ألقى عليَّ بعض الثياب ومعها إيماءة ازدراء منه. «استري نفسكِ، هيا، استري نفسكِ»، كما لو أني آذيته!

- ولم تغادري المنزل؟
- وحدي؟ لا أتذكر مرَّة خرجت فيها وحدي. ما فتئ يقول لي إننا في المنزل نملك كل ما يسعدنا، وإن الشارع ممتلئ بالمخاطر. وكان يُلزمني بالمكوث في المنزل متعللًا بأنه قد يأتيه طرد أو خطاب مسجل على عنوان المنزل ويجب تلقيه في ذات اليوم. وكان يقول إن شحنة على وشك الوصول إلى المنزل، وصدق، ووصلت الشحنة، لكنها كانت مرسلة منه إلى نفسه. والشيء الآخر أن إذنه لي لخروجي معه أو منفردة للشراء أو للذهاب إلى السينما، ومنحي المال ومنعي منه، كل ذلك يعتمد على حسن تصرفي معه، فإن أسأت التصرف، عاقبني، وما كان يصفو لي بعدها على الرغم من العقاب.
- يعاقبكِ؟! لماذا؟!
- نعم، يعاقبني، إن صددته عما يهوى ويريد، أو فعلت الأمور على طريقة غير التي يحبها. يقول لي: «أنتِ زوجتي»، ويعود إلى حديثه عن الفردوس وعن البراءة، وأن أرض الفردوس لا تعرف الخطيئة، وأن الخطيئة اختلاق اختلقه القساوسة والسياسيون ليكبتوا الناس. وكلما أنكرت عليه وتمسكت بالرفض، حبسني في المنزل في اليوم التالي لأنتظر وصول طرد له. وما أكثر الأيام التي كانت على شاكلة ذلك اليوم. وكان يعاقبني بحرماني من التلفاز، وحدث أن نزع قطعة من التلفاز حتى لا أستطيع تشغيله. وما كان يقول لي إنه يعاقبني،

لكني كنت أعلم عندما يفعل. وأحيانًا أخرى كان يتركني للشك القاتل، فلا أعلم إن كان يعاقبني أم لا. وكان عليَّ عبء أن أكتشف هذا بنفسي.

- وماذا كنتِ تفعلين في المنزل طوال اليوم؟
- عكفت على دراسة الإنجليزية، والاستماع إلى الراديو، ومقاومة الملل، والانخراط في البكاء، والنوم...
- وشؤون المنزل؟
- لم يكن يهتم بها. كان يأكل الطعام المحفوظ، أو يأتي بطعام جاهز، بيتزا أو هامبرجر في معظم الأوقات. وكانت هناك امرأة يثق بها تأتي لتنظيف المنزل كل أسبوع. كانت عجوزًا، وما تحدثت معي بشطر كلمة، ولا أعلم اسمها حتى اليوم، وأظن أنها كانت صماء، أو متخلفة عقليًا، فكنت إذا سألتها شيئًا، تحد إليَّ النظر ولا تفهم، كما لو كنت أحدثها بالصينية.
- ولم تحكي قَطُّ ما تعانينه لأمكِ؟
- لم تعرف الثقة طريقها في علاقتي بأمي، وما كنت أجرؤ على إخبارها بكل هذا. وفوق ذلك، ماذا عساي أن أقول لها؟ أمي تؤمن أن النساء خُلقن للمعاناة. وإن أخبرتها ما كانت لتصدقني قَطُّ، فأوراثيو في نظرها الرجل المهذب المثقف ولا يماثله رجل في العالم. ما خلا يوم من حديث لهما عبر الهاتف أو زيارة منه ليراها، وبينهما أسرار كثيرة. وكان يغدق عليها بالهدايا. وإن حدثت مشكلة في السباكة أو أي عطل آخر في المنزل، كان يسرع إلى إصلاحه. وإن احتاجت إلى زيارة الطبيب، كان يصطحبها إليه. وأعانها كثيرًا في النفقات، وكان صبورًا عليها بلا

حد. واعتدنا زيارة منزل أمي يوم الأحد للطعام، أو كنا نذهب بها إلى مطعم، وآهٍ لو رأيتِ كيف يتبادلان النظرات ومقدار الاحترام بينهما، ورأيتِ أوراثيو، وسلوكه، وأخلاقه الطيبة! مَن سيصدِّق أن هذا المهذب المحترم منحرف الخُلق؟ لم يكن بيني وبين أمي كلام كثير، لكنها كانت تستغل كل فرصة لتسدي إليَّ النصح، بأن أُحسن التصرف مع أوراثيو، وأن أشكره على كل شيء يفعله، وألا أعارضه في أمر أبدًا، وأن أكون محبة له راعية لأمره. ولهذا فمهما حدثتها بسوء عن أوراثيو، لم تكن لتقبل مني شطر كلمة ضده. وقد أخبرتها بكل شيء بالأمس، وأعلم أنها لم تصدقني. وعلى العكس، ستظن أني أختلق كل ذلك اختلاقًا لأنتقم منها ولأزيد من معاناتها. وكان أوراثيو نفسه، إن عصيته في أمر، يقول لي: «لنرَ ماذا ستقول أمكِ، ستقول إنكِ طفلة مشاكسة، وزوجة ناشز، وابنة عاقة». وهكذا كنت أعلم أنهما يتحدثان عني فيما بينهما.

قالت أورورا:

- ما كنتِ إلا طفلة صغيرة. لا أدري كيف تحملتِ كل هذا الزمن الطويل.
- لأني كنت طفلة، ولأني حملت بعد قليل بإيفا. وعندما كنت في الشهر الخامس أو السادس قال لي: «لا أحب بقاءكِ وحدكِ في المنزل. سأطلب من دوريتا أن تأتي وتعيش معنا، وهكذا تعتني بكِ، وترافقكِ في حملكِ». كانت دوريتا موظفة لديه في محل الألعاب، حيث يعمل رجل عجوز واحد وست شابات، وكانت دوريتا أصغرهن سنًّا، بل أصغر مني. كانت صغيرة الحجم، ساذجة، بل

حمقاء. وكان فمها نصف مفتوح على الدوام كما لو كانت تعيش حالة ذهول لا تنتهي. وما إن وقعت عيناي عليها حتى علمت ما وراءها. لم أذهب إلى محل الألعاب إلا بضع مرات، لكن في أول مرَّة ذهبت إلى هناك، رأيت كيف غضت النظر عني واستحال لونها أحمر كالدم، فعلمت أن أوراثيو يخونني معها. ولعله فعلها في الغرفة الخلفية في محله، كما فعل معي في المرات الأربع التي كنت فيها في المحل معه، وأظنه فعل مع أندريا الأمر ذاته، ولا أعلم إن كان فعلها مع الأخريات في المحل. لكنني لم أهتم، ولم أهتم بتنقله من عاهرة إلى أخرى، فقد كنت أعلم أنه منحرف، وأنه يتردد على المواخير. بل على العكس، فهو عندما يفرغ رغباته خارج المنزل، يُريحني من عناء الحرب! على كل حال، جلب دوريتا إلى المنزل، وكان يناديها بـ«صغيرتي»، كما اعتاد أن يناديني، وكان ينادينا بـ«صغيرتيَّ» إن كنا معًا. كانت دوريتا مثل الكلب النفور، تخشى كل شيء، حتى المداعبات، فما كانت تثق في أحد، أو كانت تظن أنها لا تستحق أي شيء. وكلما حاولت التقرب منها لم أجد إلى ذلك سبيلًا. فإن سألتها عن أمر، امتطت فرس المراوغة أو الدهشة، كأنها لا تفهم السؤال. وما كانت تخشى شيئًا، وكانت تقضي وقتها في الدوران في المنزل كأنها شبح. أعد أوراثيو غرفة لنفسه في هذا المنزل الفسيح المترامي، الذي لم أنتهِ إلى أمره حتى غادرته. وفي تلك المتاهة العظيمة، كانت حال ثلاثتنا كحال المينوتور، نصف الثور ونصف الإنسان، والعذارى. وهكذا انقطعت عني أخبار دوريتا على الرغم من أننا نعيش تحت سقف واحد. فإذا جمعنا جامع، ما كانت تجرؤ على النظر إلى عينَي، بل كانت تسترق النظر

إليَّ استراقًا. ضبطتها يومًا متلبسة بجُرم تحديقها إليَّ، فسألتها: «إلامَ تنظرين يا دوريتا؟»، فتغير لونها خجلًا، وخفضت نظرها، وقالت: «أنتِ فاتنة يا سيدتي». ولا أخفي عنكِ، لقد حركني قولها، فأخبرتها أنها جذابة، وكانت الحقيقة، فلم تكن جميلة، لكنها تمتعت بالفتنة والبراءة وزهرة تفجُّر المراهقة، وحضورها الشاحب الحزين، ولم أسبر قَطُّ أغوار غموضها. كانت ضئيلة، كأنها سحلية، ومهما نظرتِ إليها تجديها تائهة غائبة عن حاضرها في خيالات أو ذكريات. وإن رأيتِها وهي تسحب مخاط أنفها، لعلمتِ بساطتها وسذاجتها. «أترغبين في مشاهدة التلفاز؟»، «أترغبين في لعب البارتشيس؟»، «أتشتهين طعامًا؟»، هكذا كنت أسألها، وما كانت تجيبني إلا برد مهذب مثل: «كما ترين يا سيدتي». ولم يحدث يومًا أن نادتني باسمي مجردًا أو بادرت من نفسها بفعل شيء. وعلمت أنها في الخامسة عشرة من عمرها، وأنها كانت عاملة متدربة في محل الألعاب منذ عام، وأنها يتيمة، وأنها عاشت مع أقارب بعيدين لها. سألتها ذات مرَّة: «كيف يعاملكِ أوراثيو؟»، فتلبسها شيطان التوتر والانفعال، وكانت إجابتها بأن حوَّلت جسمها كله عني، ولم أدرِ ما كانت ترغب في قوله... مسكينة دوريتا! لم أرَ مثلها في خوفها وانعدام حولها وقوتها وحيلتها!

- وعندما يعود أوراثيو إلى المنزل؟

- ما كنت أهتم بما يفعل كما أخبرتكِ من قبل. لقد وصلت إلى مرحلة ما كنت أهتم فيها بشيء، لا شيء على الإطلاق، إلا بابنتي التي كانت ستصل إلى الدنيا قريبًا. في ليالٍ كثيرة، كان النوم يجافيني، فأنظر إلى النجوم المضيئة على السقف، وأفكر في حياتي العجيبة،

وفي تعاستي. وتساءلت نفسي: هل من مصير آخر لي غير العيش في هذا المنزل مع أوراثيو، مصير يكون لي فيه أطفال، أشيخ فيه، وأتذكر بأسى طفولتي وحلمي بالدراسة، وتعلم اللغات، والسفر حول العالم، حرة كطائر حر؟ بعد حين، أصبحت الأريكة فراشي. كنت على وشك الولادة، ومع ذلك لم يترك ليلة لم يأتِ فيها ليأخذ حقوقه الزوجية.

- ألم تقل أمكِ شيئًا عندما قصصتِ عليها تلك الأمور؟
- ولا كلمة. كانت جامدة كأبي الهول، ولم تزد على رعشة خفيفة ظهرت على جانب شفتيها، ولم تستطع التحكم بها. وحكيت لها أن دوريتا، عند ولادة إيفا، أقامت في غرفة المربية. وقلت لها: «نعم دوريتا، تلك الشابة التي ظللتِ تمدحينها، ليس لحميد أخلاقها، فما كان لها من خُلق، بل لأن أوراثيو اختارها لي، لتخدمني خدمة العبد للسيد. وقلتِ لي يا لسعدكِ بزواجكِ من أوراثيو!». أما أنا فتابعت النوم على الأريكة، وكانت دوريتا تنام أحيانًا مع أوراثيو في فراشه، وكنت أسمع صخبهما ونخيرهما في ساعات الليل. وجاءت أثوثينا بعد إيفا بقليل، وكنت قد قررت الانفصال عن أوراثيو، إن لم يكن من أجلي فمن أجل ابنتَي، فما كنت أهتم بشيء سواهما. ذات يوم دهمني داهم، حيث رأيت أوراثيو ودوريتا يغتسلان مع الطفلتين.

نطقت أورورا بصوت متهدج:
- أوَقد فعَلا؟
- نعم، فعَلا. وكانت تلك هي اللحظة التي أحالتني من طفلة إلى امرأة ظاهرًا وباطنًا، إلى امرأة عاقلة تملك مصيرها، امرأة تتمتع

بأفكار واضحة وتعلم مكانها في هذه الدنيا. انتزعت الطفلتين من حوض الاستحمام، وألبستهما ملابسهما، ثم انطلقت إلى أوراثيو لاحقًا وقلت له: «إن رأيتك تلهو مع الطفلتين مرَّة أخرى فسأقتلك!». وأشرت إليه بسكين كبير استللته من المطبخ من دون حتى أن أدري، كأن يدي تعرف واجبها. وهددته بالإبلاغ عنه، وطلبت الطلاق حينها. وامتلأت الأيام التالية بمشاهد عنيفة، فيها التهديدات، ومحاولات الصلح، والوعود. ودخلت دوريتا في نوبة هستيريا، وصفعتُها كما في الأفلام، وأمرتها بأن تترك المنزل فورًا.

سألتها أورورا:

- وتركَته؟
- قد فعلت. جمعت أسمالها وخرجت زاحفة وهي تبكي على سلم المنزل.
- وماذا فعل أوراثيو؟
- واجهني. وقف أمامي مضطربًا من الغضب، أو الخوف، لا أدري، وعاد إلى مقولته: «أنتِ مشاكسة، مشاكسة، و...»، لكني لم أدعه يتمها، حيث صفعته بكل ما أوتيت من قوة، فأخذته المفاجأة للحظة من قوة الصفعة، فقد جاءت تلك الصفعة من أعماقي. ولم أكتفِ بهذا، فصفعته صفعة أخرى، وإن عجبتِ فاعجبي منه، حيث وقف مذهولًا مما يجري بعد الصفعة الأولى، أما بعد الثانية فقد نظر إليَّ وضحك ضحكة طفل بعد دغدغته. «زيديني، اقسي عليَّ بيدكِ! فأنا أستحقها! أرجوكِ، اضربيني كما شئتِ!»، قالها بهمس المستمتع.

- وضربتِه؟
- أظن نعم. كان دينًا رددته إليه، وقد خرجت البغضاء والاشمئزاز من صدري إلى يدي فبطشت به. صفعته ولكمته، وتقهقر فتبعته لأجهز عليه، ولم أدرِ بنفسي إلا وسوط في يدي وأوراثيو مستلقٍ على الأرض، جاثٍ على ركبتيه، مهان، وقد كُشفت كتفه وصدره وظهره. وصار يتوسل إليَّ أن أقسو عليه في الضرب، وأن أجلده بلا رحمة، ليدفع ثمن كل الإهانات التي تلقيتها على يديه، وظل يتوسل إليَّ لأستمر في ضربه. كان السوط يتزين بكريات حديدية صغيرة على طرفه، وضربته به بأقصى قوتي، وزدت في سبِّه، فنعتُّه بالقذر، المريض، اللقيط، ثم شددت عليه بأقصى قوتي عندما رأيته يتلذذ ويتوسل إليَّ بنبرة خبيثة أن أقسو عليه في الضرب وأزيد من سبي له، ونظرت إليه فإذ بالدماء تسيل من جميع أنحاء ظهره.
- هذا لا يصدِّقه عقل! والطفلتان؟ ألم تكونا معكما في المنزل؟
- كانتا في الروضة. ومنذ ذلك الوقت لم أفارقهما لحظة. وبعد بضعة أيام حملتهما إلى منزل أمي لنعيش هناك. كانت هذه حكايتي يا أورورا العزيزة. يمكن أن أحكي لكِ الكثير والكثير مما لم أحكِه بعد، وسأحكي لكِ يومًا ما، لكن مما بحت به إليكِ ستعلمين كيف كانت حياتي مع أوراثيو.
- ولم تقصِّي على أمكِ شيئًا؟ ماذا قلتِ لها عندما سألتكِ عن سبب الانفصال؟
- لم تكلف خاطرها وتسألني، فقد أقرت ما قاله لها أوراثيو بأني كنت مشاكسة متقلبة المزاج، وأني أتبع أهوائي ولا أفكر

إلا في الدراسة والسفر والخروج، وأني لا أرعى المنزل، وأني لم أنضج ولا أعرف روح التضحية، وأني ثائرة كافرة بالنعمة، وأني لم أتحمل وجود دوريتا، وأن نار الغيرة منها نهشت صدري، وأني لم أكن مخلصة له، وفوق كل ذلك لم ينسَ أن يزعم أني كاذبة، وأني ما فتئت أختلق الأكاذيب عنه، لا لشيء إلا لبغضاء في صدري وحب للانتقام. وأظن أن أمي صدقته، فقد كانت تراني حاقدة موتورة، ليس فقط على أوراثيو، بل عليها أيضًا. وهكذا تواطأ كلاهما عليَّ، واختلقا حكايةً كل تفاصيلها ضدي، وما كان بيدي شيء لأفند قولهما. ولهذا السبب عدت إلى محل الخردوات لبعض الوقت، فلم أتحمل موال الملامة الذي تبدأ فيه أمي من الصباح إلى الليل، وثناءها على أوراثيو لصبره عليَّ، وكيف أني كنت أصل معاناته، وكيف ظل حبيس المعاناة لخطيئتي.

تنهدت أورورا ولم تدرِ ماذا تقول، ولم يعد في جعبتها كلمة مواساة ولا عزاء.

- هكذا يمكنكِ تخيل كيف اجتمع الغيظ مع المتعة وأنا أكشف لأمي النقاب عن حقيقة أوراثيو. لم تتفوه بكلمة. كانت جامدة أمامي، لا تُسبر أغوارها، إلا من تلك الرعشة التي أصابت جانب شفتيها، فعلمت أني حركت روحها الجامدة. فقد كانت تلك الرعشة أول الشك، شك ضرب شرخًا في جدار ضميرها.

- وكيف كان وداعكما؟

- لا شيء. انتهيت من حكايتي فقمت وقلت لها: «هذه حكاية القديس أوراثيو، وهذه معجزاته. والآن أتركك للاتصال به،

لنرَ أي كذبة سيختلقها، وما ستحكينه أنتِ على مسامعه، وما الحكاية التي ستختلقانها لأكون أنا العاقة وأنتما الخيرَين. أما عني، فقد أصبحتِ الآن تعلمين قسمتكِ من الفشل الذي أصاب حياتي». ثم غادرت.

- على الأقل بُحتِ بما جثم على صدركِ وتخلصتِ من هذا العبء.
- نعم. لكنني أشعر بفراغ داخلي. لا أعلم هل البوح بالأمور خير أم شر. لم أعد أدري. ربما من الأفضل وأد بعض حكاياتنا، وأن يظل الماضي ماضيًا أبد الدهر.
- معرفة ذلك عسيرة، لكن هأنتِ سردت حكايتكِ، ولم يعد أمامكِ إلا النظر إلى الأمام. أتدرين ماذا يؤلمني أشد الألم في كل هذا؟ ما جرى مع روبرتو. كنتما رائعَين، وكان طريق السعادة أمامكما...!
- سنرى. كل هذا بسبب ذاك الحفل الملعون. الحياة مقرفة. وماذا بعد؟ ماذا يمكنني أن أفعل في حياتي؟ لقد سئمت العيش. أنظر إلى المستقبل ولا أرى شيئًا. فراغ تائه وسط الضباب. ما أسخف حياتي!
- دعكِ من هذا القول يا سونيا. ستجدين خبيئتكِ لا محالة، لطالما وجدتِها. ستجدين دافعًا قويًّا لتستعيدي رغبتكِ في الحياة.
- أوجاع الحب تتقلب في صدورنا وتدفعنا إلى السفر حتى ننسى الجراح. سئمت من رؤيتهم في الوكالة. أعرفهم بينما يدلفون من الباب. أتعلمين؟ ربما أقدر على تشجيع نفسي...

ومزجت صوتها بنبرة ساخرة وأضافت:

- لأنطلق في الحج إلى مقام القديس يعقوب. وقد أشتري كلبًا وأنا عائدة.

وانفجرتا في الضحك.
- أنتِ طاقة سعادة يا أورورا العزيزة. سنجلس يومًا ما وأحكي لكِ مزيدًا من حكاياتي. لا تدرين أي عبء زال عن صدري بحديثي إليكِ. أحبكِ جدًّا. اطبعي قُبلة مني على وجنة أليسيا.

16

تعتمل في صدر أورورا حكاية، تتوق إلى أن تُعلم، وتُروى، وتُسمع. حكاية ظلت خاملة كامنة في صدرها حتى اليوم، تنتظر إشارةً، أو هَبة نسيم لتُضرم نيرانها. لعلك أدركت الآن أن حكاياتنا ليست قبسًا من نور الملائكة، وقد كذب مَن قال إن الكلمات تحملها الريح بلا زيادة أو نقصان، فهذا ليس طبعها. إن كلماتنا - إن خرجت - تخرج كثور يُولد من ثقب إبرة، ومهما حاول العودة منه، فلن يجد إلى ذلك سبيلًا، ولن يغرقه في بحر النسيان إلا الموت. هكذا تصمت الكلمات إلى الأبد، وتجد سلامها الأبدي.

اليوم الخميس، وقد مرت ستة أيام منذ أن خرج غابرييل بفكرته لإقامة حفل لأمه. حفل يحشر إليه الجميع، فيتبادلون العفو والمغفرة، ويُحلُّون بعضهم بعضًا من أخطاء وخطايا الماضي، لترقد ضغائن الماضي حيث مثواها الأخير. لكن أورورا فقدت إحساسها بالزمن، ومرت تلك الأيام الستة عليها مرور الدهر، كالذي حدث مع أندريا يوم هجرتها أمها لبضع دقائق، لكن تلك الدقائق كانت كالدهر بالنسبة إليها، وكأن أمها لم تعد قَطُّ ولن تعود أبدًا.

حكايات، وانطباعات، وظنون، وأحلام، جسدتها الكلمات وحوَّرتها، حتى ألبسها الزمن ثوب الحقيقة، حقيقة لا تقبل الجدل ولا التفنيد. ذات يوم قالت أورورا لأندريا في أثناء حديث من أحاديثهما:

- هذه هي الحقيقة.

فردت عليها أندريا:

- إذن الحقيقة محض كذب.

ولعلها أصابت الحق. وهذا عجيب، هكذا فكرت أورورا، فما يُهلكه النسيان، تجمع شتاته الذاكرة وتغذيه بأخبار من الخيال والحنين، حتى يفترق النسيان والذاكرة. وكلما عظم النسيان، عظمت تفاصيل الذاكرة وازدهرت.

شذرات من أفكار تهيم في عقل أورورا وتستبد بها وتُقلق راحتها. للحظة أرادت أن تسعى خلف هذه الظنون الغامضة لتكشف سراب الذاكرة، لكن مجرد التفكير في هذا السعي جعلها تتثاءب - حقًّا وليس ظنًّا - وهي تقف أمام هذه المهمة الشاقة، وربما المستحيلة: «إني متعبة، وذاكرتي تقض مضجعي»، هكذا فكرت وهي تنظر إلى تلك الشموس الصفراء المرسومة في لوحات الأطفال. «الحياة جميلة، جميلة جدًّا»، سمعت صوتًا طفوليًّا يصرخ بهذا في الشارع، وإذ بطيف «أليسيا» يمر بعقلها، وإذ بذكرياتها وذكريات من يقص عليها ذكرياته تنقض عليها كأنها صورة لوحوش جهنمية. لكن في هذه اللحظة جاء صوت أعادها إلى الواقع.

- سيدة أورورا، الساعة الثامنة.

هكذا قال لها البوَّاب من الباب الموارب! الساعة الثامنة! لقد تأخر الوقت! لملمت أورورا أشياءها، ووضعتها في معطفها، وأمسكت بهاتفها وإذا به مُطفأ، لعلها أطفأته من دون أن تنتبه، أو لعلها كانت ردة فعل بعد الحديث مع غابرييل. وعرفت الآن لماذا لم تسمع له صوتًا منذ حين. لم يكتب كل ما حدث النهاية المحتومة للحفل، ولا استطاع أن يوقف سيل القصص، ولا رغبتهم جميعًا في متابعة الحكي والرواية. بل على العكس من كل ذلك، فقد وجدت على شاشة هاتفها أكثر من عشر رسائل صوتية، ورسائل بريد إلكتروني، ومكالمات فائتة. «سينطق صوتكَ قريبًا، قريبًا جدًّا»، هكذا وجَّهت حديثها إلى هاتفها، وأغلقت عينيها كما لو أن فكرتها كانت تهديدًا شخصيًّا. ثم ألقت نظرة أخيرة على فصلها، وأغلقت الأضواء. «تصبحين على خير يا سيدة أورورا». «تصبح على خير».

كان مطر خفيف وثلج يتساقطان من السماء، وتدثرت أورورا بمعطفها ومشت مشيًا بطيئًا إلى محطة الحافلات. كانت الشوارع خالية، إلا من بعض الظلال التي تتلاشى سريعًا في الظلام. مشت ومن حولها تراقصت انعكاسات أضواء الشارع على الأرضية المبللة، وصخب سيارات تظهر بلا مقدمات وتختفي كما ظهرت، وأضواء النوافذ ثابتة كنجوم الليل. وقفت تحت مظلة، وسحبت منديل رأس من حقيبتها، ووضعته على رأسها، وربطته من أسفل ذقنها. وفي تلك اللحظة ذاتها انطلق رنين الهاتف. رن الهاتف كالغاضب، وذكَّر أورورا بخطوات الأم الصارمة وهي تمشي مشية الوعيد حاملة حقيبتها المشهورة. وما فتئت تلك الخطوات الصارمة تدق في ذاكرة الأسرة جميعها على الرغم من تعاقب السنين. هذا غابرييل يتصل بها، ولعله ينتظر غضبًا على الطرف الآخر من الخط. لم تكن لدى أورورا رغبة في العودة إلى المنزل، أو رغبة في الحكايات، أو الابتسام، أو الشرح، أو قراءة كل هذه الرسائل والإجابة عن كل تلك الاتصالات، أو سماع أسرار كل شخصية من شخصيات تلك الحكاية التي لا تنتهي، ورواياتهم المتضاربة لكل حقبة من حقبها، وكل تفرعاتها وتفاصيلها، وفوق كل ذلك انتظارهم تعليقها على كل تفصيلة، وتفهمها لهم، وإرشادهم، وتوجيههم، ومعالجة صمتهم الناطق، وتقديم الأمل والدعم لهم... كل هذا جعل التعب يتملكها بمجرد التفكير في حدوثه، وتقلصت طاقتها، وكانت مدينة بدين كبير للنوم، كأنها لم تنَم منذ سنين. كان المطر خفيفًا، لكنه لم يكف ولم يسكن. لقضاء وقتها، وربما بدافع الفضول، لأننا أحيانًا نغوص بأقدامنا في الحكايات فلا نرى منها فكاكًا، وربما لا نعلم كيف نحيا من دونها، وربما تلبية لنداء العذاب الخالد، قررت أورورا الاستماع إلى الرسائل على الهاتف.

غابرييل يحكي لها أن الأمور أصبحت مختلفة عن ذي قبل، وأنه أدرك أخيرًا جوهر الحياة، وأنه يحبها كثيرًا، يحبها حبًّا لم يحبها مثله من قبل، وأن طرف الحكمة مس روحه أخيرًا بعد بحث طويل بلا جدوى عن الحكمة.

- سأحكي لكِ كل شيء. كما أني أعددت مفاجأة لكِ ولأليسيا، مفاجأة رائعة، وأنتظر وصولكِ لأحكي لك عنها، سترين.

ويستحثها في رسالة أخرى على أن تكتشف المفاجأة، ويتحداها بأنها لن تعرفها مهما حاولت.

تحكي لها سونيا، بصوت فخيم، أن روبرتو اتصل بها، وأنهما سيمنحان علاقتهما فرصة أخرى، وربما ينطلقان في رحلة إلى مقام القديس يعقوب.

- لكني في حيرة ولا أدري إن كنت أحب العودة إلى روبرتو أم لا. يجب عليَّ التحدث معه أولًا، فلدينا أطنان من الأمور يجب الإجهاز عليها. ولا تنسي أني اكتشفت عنه أمورًا كنت أجهلها، تفاصيل أريد أن أستوضحها... اكتشفت أن روبرتو ليس من أحسبه. لديَّ الكثير والكثير الذي أريد البوح به لكِ. أخبريني متى أستطيع أن أراكِ لنتحدث بهدوء. أواه يا أورورا، لا أطيق انتظارًا لأراكِ وأحكي لكِ كل شيء!

اتصلت أندريا بها ثلاث مرات، وأرسلت إليها بريدًا إلكترونيًّا ورسائل صوتية. أخبرتها أنها تحدثت مع أوراثيو، وأنه أوضح لها المكنون من الحكاية، وأنه، أوراثيو نفسه، يرغب في الحديث معها، مع أورورا، ليخبرها بالحكاية بنفسه، بتفاصيلها كلها، من البداية حتى النهاية.

- إن كنا سنقول الحقائق، فلنكشفها كلها. سونيا لا تستطيع أن تعيش مع رجل، لأنها تشمئز منهم جميعًا. أتعلمين لماذا؟ لأن سونيا في جوهرها تكره العلاقة مع الرجال، وتكبت هذا في نفسها، وما دامت كبتت هذا السر ولم تعترف به، فستظل تختلق تلك الحكايات

الخيالية السخيفة. بل وأكثر من هذا، وهذا ما حكاه لي أوراثيو فهو يعرفها حق المعرفة، أن سونيا كانت منحرفة ومغرمة بأمور غريبة، وهذا يفسر كل شيء. سأحكي لكِ الحكاية كلها.

وانطلقت تتحدث عن نفسها، وكيف وقعت بين أنياب الجميع، وأنهم نهشوها حتى لم يبقَ فيها لعاعة لحم.

وقالت في رسالة أخرى:

- لم أعد أنتظر شيئًا. ولم أعد أفكر في الخلود، فإني لست سرمدية، وحياة واحدة تكفيني. والحقيقة لم أعد أمانع في اللجوء إلى الانتحار مرَّة أخرى.

وها هي رسالة من الأم، قصيرة، يملأها الأسى، وتكاد لا تُسمع وسط دموعها:

- أورورا، ابنتي العزيزة، قاطعني الجميع، كما لو أني كلب أجرب، ولم يعد لي إلا أنتِ، فلم أعد أدري كيف أنظر إلى أوراثيو... ثم تلا كلامها صمت طويل ثقيل قبل أن تقطع الرسالة.

وأخيرًا استمعت إلى رسالة من أوراثيو، كان صوته يشي بكرامة مهدورة:

- أورورا، أحتاج إلى الحديث معكِ في أقرب وقت. أنتِ أكرم شخص، والمنصفة الوحيدة بين أفراد هذه الأسرة. أريدكِ أن تعرفي حقيقة سونيا. التزمت الصمت لسنوات طوال، لكنها أرغمتني الآن على الخروج عن صمتي. من أجل شرفي، ومن أجل سمعة ابنتَي، ومن أجل دوريتا أيضًا. أحتاج إلى الحديث معكِ، أرجوكِ، اتصلي متى استطعتِ. شكرًا لكِ.

لا تزال جعبة الرسائل تفيض بما فيها، لكن ستسمعها لاحقًا وستقرأها لاحقًا، ربما غدًا. الآن ستذهب لشراء الحليب والخبز للإفطار في الصباح،

صباح الجمعة، اليوم الذي تشعر فيه بأن المستقبل يكاد ينقض عليها، لكنه المستقبل نفسه الذي يلح عليها في النداء ويجبرها على السير تحت المطر لتقترب من المستقبل ويقترب منها، من الطريق نفسه الذي تمشي فيه، وهي متدثرة بمعطفها، بعجلة تبدو كوميدية وسخيفة. لِمَ العجلة؟ أتخشين الوصول إلى وجهتكِ متأخرة، أم تخشين فوات قطار ينتظركِ؟ وعلى الرغم من هذا دفعتها غريزتها العمياء للمستقبل إلى السير بعجلة وخطى واسعة. وصلت إلى شارع فسيح يخترق الضياء كل ركن فيه، وإذ بها تجد جمعًا اشتعل حب الاحتفال لديهم فاجتمعوا على طرف الشارع ليطفئوا رغبتهم في الاحتفال، وكان بعضهم يرتدي ملابس مضحكة، حتى خالطت أورورا رغبة في أن تذهب إليهم وتسألهم: «يا فلان، اسمعني! أيمكنني المكوث هنا حتى يأتي المستقبل؟». استمرت في السير، وكان التشويق يرفع قدميها عن الأرض، فشعرت بخفة ورشاقة، وشعرت بأمان، حتى حين، من أذرع الواقع. «هل أصابني الجنون؟»، هكذا فكرت. وقفت في إشارة مرور أمامها، على الرغم من أن الشارع ليس فيه أحد، لكنها لم تعد في عجلة من أمرها، فقد نزلت على قلبها معجزة أجارتها من المستقبل وتهديداته فما عادت تهتم به. بل على العكس، أضحى المستقبل أمامها ملاذًا آمنًا. حمل عنها استبصارها وطأة الأعباء والشعور بالذنب، وحثها لتمشي مشيًا بطيئًا، وأنار لها لحظة تمشي فيها بعجلة للمرَّة الأخيرة نحوه، نحو المستقبل الهادئ. «أشعر أني خطرة»، هكذا فكرت. ثم سمعت زئيرًا متلألئًا يسبح بسرعة على طول الطريق، كزخة شهب تخترق الطريق من حولها، ويقترب منها شيئًا فشيئًا، حتى جاءتها اللحظة الحاسمة فصرخت: «الآن!». وانطلقت كالسيف البتار نحو الضفة الأخرى من أيامها، حيث ينتظرها الصمت الأبدي!